연탄 한 장으로 나는 행복하네

연탄 한 장으로
나는 행복하네

도연 스님

담그래

그러니까, 어떤 녀석이 묻습니다.
— 스님, 머잖아 휴전선이 무너진답니다.
내가 대답했습니다.
— 60년 동안 물을 가득 채운 댐이 어느 날 예고도 없이 무너진다는 얘기로구나!
　배는 준비되었다더냐?

그러니까, 어떤 녀석이 또 묻습니다.
— 스님은 어느 편입니까? 좌요 우요?
내가 대답했습니다.
— 그대는 한쪽 팔 한쪽 다리로만 사는가? 합쳐도 시원찮은 판에 편 가르지 마라.
　승복은 원래 검은색도 아니고 흰색도 아닌 회색이니라.

또 다시 봄입니다. 식물에겐 해마다 꽃이 피는데
사람은 일생동안 몇 번이나 꽃이 필까요

연탄 한 장으로 나는 행복하네

지장산 숲에 녹슨 컨테이너 하나 들여놓고 수행처 삼아 살기 시작한 게 엊그제 같은데 벌써 10여 년이 지났습니다. 숲에서 홀로 살면 외로울 거 같지만 그렇지 않습니다. 나무와 들풀과 새들이 기꺼이 친구가 되어주기 때문입니다. 또 이따금 함께 수학하던 도반도 찾아오고 나무와 풀과 새를 좋아하는 사람도 찾아오고 외로운 사람도 찾아옵니다.

숲에 가만히 앉아있으니 새들이 먼저 다가왔습니다. 나는 새들과 사이좋게 땅콩이나 잣을 나눠 먹었고 번식기가 다가오면 새들에게 예쁜 둥지를 만들어 주었습니다. 새들은 기다렸다는 듯 알을 낳고 새끼를 키웠습니다. 그러면서 새들과 친해지고 산책길에도 새들이 졸졸 따라다녔습니다. 새들은 처음 내 손에 있던 맛난 잣이나 땅콩을 물어가더니 시간이 지나면서 머리에도 앉고 안경에도 앉고 어깨에도 스스럼없이 날아와 앉았습니다. 새뿐 아니라 너구리, 고라니, 멧돼지, 족제비 따위의 야생동물들도 앞마당을 수시로 오가며 먹이를 먹었습니다.

얼마 지나지 않아 '새와 사는 스님' 이라고 소문이 나는 바람에 신문이나 방송에 여러 번 소개되었고 덕분에 찾아오는 사람들이 많아졌습니다. 사람들은 '부처가 어떻다'는 얘기보다 새 이야기, 숲 이야기를 더 좋아했습니다. 결국 나는 사람들이 좋아하는 얘기를 들려주기로 했습니다.

　온라인으로는 〈나의 비밀의 정원〉이라는 제목으로 홈페이지를 만들어 '산에 사는 이야기'를 전했고 오프라인에서는 틈틈이 촬영한 사진을 대형 스크린에 보여주며 자연과 생태, 환경 이야기를 들려주었습니다. 또 강연요청이 있으면 어디든 달려가 '함께 사는 길'에 대해 얘기했습니다.

　사람들은 시주금을 놓고 가거나 후원금을 보내주었습니다. 나 혼자 편히 먹고 살라는 게 아니라 세상을 향해 쓰라는 뜻입니다. 상황이 이렇게 전개되다보니 숲에 들어가 조용히 살겠다는 야무진 생각은 일찌감치 물거품이 되고 말았습니다.

　이 책은 그 동안 틈틈이 메모해놓은 것들과 SNS를 통해 이야기하던 것들을 묶은 것입니다. 다 아는 얘기입니다만 천천히 음미하면서 읽어보면 더러는 유익한 얘기가 있을 것입니다. 고맙습니다.

그러니까, 어떤 녀석이 묻습니다.
— 스님, 팔만대장경을 한 마디로 압축하면 뭐가 됩니까?
내가 대답했습니다.
— 바르게 살자!

그러니까, 또 어떤 녀석이 묻습니다.
— 스님, 컴퓨터 키보드에 느낌표와 물음표는
　왜 저렇게 멀리 떼어놓았을까요?
내가 대답했습니다.
— 화두를(의문을) 깨달을 때까지는 시간이 좀 걸리거든!

1

연탄 한 장으로 나는 행복하네

잃어버린 소를 찾아서

4월은 부처님 오신 달입니다. 온 세상이 꽃천지가 되었습니다. 절에 가면 대웅전 바깥 담벼락에 소를 탄 동자 그림을 보셨을 것입니다. 심우도(尋牛圖) 십우도(十牛圖)라고 합니다. 수행자가 수행을 통해 본성을 깨닫는 과정을 잃어버린 소를 찾는 일에 비유해서 그린 선화(禪畵)입니다. 그 과정을 10단계로 구분하고 있어 십우도(十牛圖) 또는 심우도(尋牛圖) 혹은 목우도(牧牛圖)라고도 한답니다.

남의 소만 세지 말라는 뜻입니다. 남의 소 백 마리 천 마리 세어 봐야 정작 내 소는 한 마리도 없습니다. 내가 누구인지 어디서 무엇을 하고 있는지, 본성을 찾는 일에 게으르지 말아야겠습니다. 새벽부터 내리는 촉촉한 비가 대지를 적시고 갈색 대지가 순식간에 초록으로 바뀌고 있습니다. 잃어버린 소, 꼭 찾으십시오. ❀

가끔은 '우리가 이 세상에 없다면' 하고 생각해봅니다. 자동차가 줄지어 다니던 아스팔트 도로나 주택가에는 야생동물들이 유유자적 걸어 다닐 테고 공원 나무에는 새들이 삼삼오오 모여들 것입니다. 딱딱한 콘크리트나 아스팔트를 뚫고 식물 싹이 돋기 시작하면 우리가 살던 세상은 10년도 가지 않아 푸른 밀림으로 변할 것입니다. 사람이 문제입니다. ❀

스리랑카 와산드

아침 일찍 외국인 근로자 스리랑카 와산드가 문을 두드립니다. 들어오자마자 와산드가 무릎을 꿇고 합장을 하며 용서를 빕니다. 사연인 즉, 친구들과 스리랑카 붓다데이를 어떻게 보냈느냐며 안부전화를 하면서, 와산드가 나한테 닭 한 마리와 돼지고기 〈심부름〉 부탁한 걸 얘기한 모양입니다. 그랬더니 친구들이 '어떻게 스님한테 그런 심부름을 시킬 수 있느냐, 큰일 났다' 며 어서 가서 사과하라고 했다는군요.

깜짝 놀란 와산드는 밤에 와서 사과하려고 했지만 너무 늦은 거 같아 아침 일찍 왔다는 겁니다. 내가 괜찮다고 해도 와산드는 잘 몰라서 그런 거니 제발 용서하시라고 머리를 조아립니다. 그러면서, 사과의 의미로 스리랑카식으로 요리한 닭고기를 가져왔으니 맛있게 드시라는 겁니다.

— 헐!

와산드는 앉을 때 나와 나란히 앉지 않고 따로 앉거나 바닥에 앉습니다. 스님은 스승이고 부처님과 동격이라서 그런답니다. 나는 스승께 한 번도 그래보지 못했는데 말입니다. ❀

세상과 소통하기

머리 깎고 산에 들어간 걸 두고 사람들은 세상과 인연을 끊었다고 말합니다. 그러나 머리 깎고 산에 들어가는 것은 목적이 아니라 과정이어야 합니다. 세상으로 나아가기 위해, 세상과 소통하기 위해 머리를 깎아야 하는 것입니다. 산에 들어왔어도 세상과의 끈은 절대로 끊어지지 않습니다. 내가 쓰는 전기도 세상에서 만들어진 것이고 종이 한 장 연필 한 자루, 쌀 한 톨, 먹는 것 입는 것 어느 것 하나 세상 것 아닌 게 없습니다.

그러므로 세상에서 빚어진 공양물을 받으면서 나 홀로 무위도식 유유자적 한다면 '도적놈' 소리를 들을 수밖에 없습니다. 최소한 밥값은 해야 도적놈 소리를 듣지 않습니다. 수행자는 거듭나기를 반복합니다. 그러기 위해서는 수 없이 머리를 깎아야 합니다. 내가 타고 다니는 자동차, 자전거, 내가 사용하는 컴퓨터, 카메라, 연필, 공책은 목탁에 해당하고 내가 생각하고 말하고 쓰는 것들은 염불에 해당합니다.

그리하여 온전히 회향하는 것입니다. 절은 절하는 곳입니다. 무수히 절을 하는 것은 자기를 낮추고 자기를 내려놓고 겸허해지기 위한 기도행위입니다. 중이 머리 깎고 고무신을 신는 것 역시 한없이 자기를 낮추는 행위입니다. 올 여름 안거는 한 소식 하셨을 줄 압니다. 여러분 행복하십시오. ✼

태권도(跆拳道), 궁도(弓道), 유도(柔道), 다도(茶道), 검도(劍道) 등 운동에 도가 들어가면 그것을 통해 심신을 단련하고
도(道)에 이른다는 뜻입니다.

우편배달부 H씨

비가 오나 눈이 오나 한결같이 우편물을 가져오는 우편배달부 H씨, 비바람 몰아치는 오늘도 별로 중요하지 않은 우편물 하나를 달랑 들고 왔습니다. 나한테 오는 우편물은 중요한 게 없으니까 일주일에 한 번만 와도 된다고 당부했지만 말을 안 듣습니다. 내가 법당에서 점심공양 하는 걸 보고 H씨가 같이 먹어도 되느냐고 묻습니다. 도시락을 싸갖고 다니는 H씨는 우편물이 웬만큼 배달됐다 싶으면 적당한 곳에 앉아 도시락 점심을 먹는다고 합니다.

우비와 장화에 줄줄 흐르는 빗물을 대충 털어내고 도시락을 펴는데 반찬이 김치와 줄줄이 소시지 몇 개가 전부입니다. 놀고먹는 나야 김치 한 가지만 놓고 먹어도 황송한 일이지만 오토바이를 타고 하루 종일 쏘다니는 사람이 먹는 게 너무 부실해보입니다. 그러나 나라고 딱히 내놓을 게 없는 터여서 계란 두 개를 부쳐 밥에 올려주었습니다. 그런데 햄은 집에서 요리도 하지 않은 걸 그냥 싸왔습니다. 내가 전자레인지에 데워 먹으면 맛있다고 했더니 전자레인지를 아직 장만하지 못했다고 한다. 2000년 하고도 10년이 지났는데 전자레인지 하나 없다니. H씨 아내는 중국인입니다. H씨가 중국에 있는 한국 식료품 회사에서 일할 때 아내를 만나 결혼했고 지금은 초등학교 3학년에 다니는 예쁜 딸도 있습니다. 사는 게 팍팍해 아직 전자레인지 하나 장만하지 못한 것입니다.

안 쓰는 전자레인지가 하나 있는데 줄까 물었더니 주시면 퇴근 후 가지러 오겠다고 합니다. 얼마 쓰지 않아 멀쩡했지만 기왕이면 새 것으로 하나 선물해줄까 하다가 새 제품 살 돈은 봉투에 넣어 딸아이 용돈으로 쓰도록 하고 안 쓰는 전자레인지를 잘 닦아 포장했습니다. 전기포트도 없대서 전기포트도 챙겼고 고무장갑도 몇 켤레 넣어주었습니다. 비가 올 때면 부엌에서 아내가 쓰는 고무장갑을 끼고 오토바이를 탄다고 합니다.

어릴 적 시골에서 월급 받는 사람은 학교 선생님과 경찰관, 면서기, 우체부가 전부로 알고 자랐기 때문에 우체부도 멋진 직업인 줄 알았더니 요즘은 비정규직도 있다는군요. 비정규직 H씨가 한 달 일하고 받는 돈은 140만 원.

인구가 줄고 우편물도 줄면 비정규직 우편배달부도 '짤린다'고 합니다. 내 나이에 인구 늘릴 '비법'은 없겠고 앞으로는 H씨를 위해서라도 E-mail 대신 손편지를 써서 부쳐야할 거 같습니다. ✿

심리전부대 최영원 부장이 방울토마토를 몇 포기 심고 간 게 오며가며 주전부리 감으로 그만입니다. 거름이라야 쌀뜨물밖에 주지 않았는데도 방울방울 얼마나 많이 열리는지 미처 따먹지 못할 지경입니다. 작은 배려가 그 사람을 오래오래 기억하게 합니다. ✿

그러니까, 어떤 녀석이 물었습니다.
—스님, SNS가 무엇이라고 생각하십니까?
내가 대답했습니다.
—물물교환!

자전거를 타고 의령에서 창녕 우포늪으로 가는 길이었습니다. 도로변 풀베기를 하던 아낙들에게 꾸벅 인사를 했더니 경상도 특유의 억양으로 화답합니다.

― 일하러 가나?

나를 동네 청년(?)으로 알았나봅니다. 정말 나는 무슨 일로 이렇게 열심히 자전거를 타고 가는 걸까 생각해봅니다. ✽

목숨 걸고 공부했다고 자랑할 것도 없습니다. 오늘 아침에도 세상 사람들은 목숨을 걸고 출근하고, 암자 근처 신병교육대 병사들도 목숨 걸고 훈련합니다. 좌탈입망(坐脫立亡) 자랑할 일도 아닙니다. 우리 동네 혼자 사는 남자는 벽에 기대 앉아 죽었습니다.

술 마시다가! ✽

계곡 물을 끌어올리는 모터가 고장 나 모터 수리점에 갔습니다. 주인은 대충 들여다보곤 부속이 없다는 소리만 되풀이 하며 새로 사는 게 낫다고 합니다. 부속 하나만 교환하면 될 거 같아 다른 공구 수리점으로 갔습니다. 그 주인은 모터를 살펴보더니 부속을 주문하여 올 때까지 사용할 수 있도록 응급처치를 해주었습니다. 사람이(생각이) 이렇게 다릅니다. ✽

일거수일투족이 무진법문(無盡法門)이라, 낙동강 하구 명지지구 환경감시 초소에 들렀습니다. 근무자는 순찰을 나갔고 초소 벽에 내가 나온 신문기사를 붙여놓은 게 눈에 띄었습니다. 몇 번 방문한 적이 있었는데 내가 나온 신문기사가 반가웠던 모양입니다. 수행자에겐 일거수일투족이 바로 무진법문이라 늘 조심하고 조심할 일입니다. ✽

아카시 나무. 번식력이 좋아 수입종을 들여다 심은 건데 나중에는 숲을 망친다는 이유로 자라는 족족 베어내 화목으로 쓰곤 했지요. 그런데 최근 아카시 나무가 가장 많은 오염물질을 제거한다는 연구결과가 나왔습니다. 아카시 나무 밑에서 받은 빗물이 가장 깨끗했다는 것입니다. 더불어 여름이면 향기로운 꿀을 펑펑 쏟아내니 좋은 나무일 수밖에요. 세상에 나쁜 나무는 없습니다. ✽

學而時習之니 不亦說乎아 학이시습지니 불역열호아
有朋이 自遠方來하니 不亦樂乎아! 유붕이 자원방래하니 불역낙호아
人不知而不溫이니 不亦君子乎아! 인불지이 불온이니 불역군자호아

해석하면 이렇습니다.
상추 뜯고 고추 따서 아침 공양을 준비하니 즐겁지 아니한가. 풀한 포기 꽃 한 송이에게서 수시로 배우고 익히며 천리만리 먼 곳에서 새들은 날아와 기꺼이 벗이 되어주니 어찌 즐겁지 아니한가. 더불어 가만가만 기도하니 나비가 춤을 추는구나. ✽

16

촛불도 그만하면 됐고 쇠고기도 그만하면 됐다. 신문도 방송도 이제 그만하면 됐다. 파업도 그만하면 됐다. 불구부정(不垢不淨), 일체의 본성은 더럽거나 깨끗한 분별이 없다고 했느니, 좋다 좋다 다 좋다. 세상에 변하지 않는 것은 없다. 다 본성으로 돌아가리라. ✽

오늘 돼지 농장에서 일하는 스리랑카 산타한테서 전화가 왔는데 목소리가 우울합니다. 함께 돈 벌러 온 친구 하나가 지하탱크 청소하러 들어갔다가 가스에 질식되어 죽었다는 것입니다. 이렇게 외국인 근로자들은 우리들 대신 험한 일을 하다가 목숨을 잃고 있습니다. 스리랑카에서 슬퍼할 가족 생각에 가슴이 먹먹해졌습니다. ✽

힘들면 피하지 말고 그 힘듦 속으로 뛰어들라. 삶이란 사실 배수진(背水陣)의 연속이다. 물러설 곳은 없다. 그러니 어쩔 텐가. 물러서서 패배자가 될 것인가 아니면 장엄하게 뛰어들어 인생의 승리자가 될 것인가. ✽

오르막이 있으면 반드시 내리막이 있습니다.
내리막이 즐겁다고 방심하지 마십시오.
언제 또 다시 오르막이 나올지 모르니까요.

인기척에 나가봤더니 젊은이가 장승처럼 서 있습니다. 나를 보자마자 〈점을 보러 왔다〉고 합니다. 의정부 사는 어떤 보살이 스스로 신내림을 자처하는 이 청년에게 어디어디 가면 용한 스님이 있으니 찾아가보라고 했다는 것입니다. 점 잘 보는 걸 배워 어디 쓸 거냐고 물으니 대뜸 사람들을 거느리기 위해서라고 합니다. 남 거느릴 생각 버리고 자네 자신부터 잘 거느리는 방법이 무엇인지 공부하라 이르고 돌려보냈습니다. ❀

화장실 연탄난로가 한창 피어오를 때는 저 혼자 타는 게 너무 아깝기도 하고, 방 보다는 화장실이 더 따뜻해 나는 읽을거리를 들고 화장실로 들어갑니다. 볼일을 보면서 책을 읽는 게 아니라 우정 의자를 가져다 놓고 난로가에 앉아 독서를 합니다. 난로 위에 올려놓은 물도 저 혼자 뜨거운 게 아까워 멀쩡한 손도 닦아보고 세수도 해보고 가끔은 책을 읽으면서 커피도 타서 마십니다.

도회지 어디에 잘 꾸며진 화장실이 있다지만 화장실을 이용하는 사람들이 화장실에서 커피를 끓여 마셨다는 소리는 아직 들어보지 못했으니 나의 화장실이야말로 화장실 중에 으뜸이 아닐까 싶습니다. 어쩌면 나는 또 따뜻한 화장실 앉아 라면까지 끓여 먹을지도 모르는 일입니다. ❀

처음 이 숲에 올 때 낡은 컨테이너 하나, 침낭 하나, 코펠 한 세트, 버너 한 개, 책 몇 권, 승복 두 벌이 전 재산이었죠. 그 때가 살아오면서 가장 행복했던 거 같습니다. 법정 스님 특집방송을 보고 몇 분이 내 생각이 났다고 안부 문자를 보내왔습니다. 스님은 검소한 수도자의 대명사였습니다. 스님과의 잠깐의 인연으로 스님 흉내만 내도 잘 살았다는 소리를 듣겠다 싶어 열심히 따라하고 있습니다. ❀

비닐하우스 법당을 지었다니까 김 거사가 말합니다.
—이제 부처님만 사오면 되겠는데…?
—부처님을 어디서 사와?
—조계사 앞에 가면 많아요!!
복잡한 게 싫어 혼자 살겠다더니 웬 딴소리냐고
한 방망이 얻어맞은 것입니다.

〈언제나 만행 중〉인 스님을 만날 때마다 내가 내미는 '거마비'는 2만 원. 빵집에서 스님 좋아하는 빵도 사서 같이 먹고 출출할 때 드시라며 조금 더 사서 싸드렸습니다. 스님과 헤어진 후 길에서 만난 어떤 분이 지난번에 책을 받고 책값을 드리지 못했다며 2만 원을 주고 갑니다. 나가면 들어오고 들어오면 또 나갑니다. ❀

수행하는데 '마(魔)'가 없기를 바라지 말라, '마'가 없으면 서원이 굳건해지지 못하니 그래서 예부터 성현은 모든 '마군(魔軍)'을 수행의 벗으로 삼으라 하셨습니다. 살다보면 시비 거는 사람도 있고 시빗거리도 참 많죠? 그러니 사는 것도 수행입니다. 수행하는 마음 아니면 세상을 살아내기가 쉽지 않습니다.

밤늦도록 벌들이 벌통 밖에서 웅성댑니다. 알고 보니 꿀을 훔치러 온 다른 집 벌들이었습니다. 그것도 모르고 어서들 들어가라고 벌통 출입문까지 활짝 열어주었으니 정작 안에 있던 벌들은 얼마나 기가 막혔을까요. 도둑을 위해 대문을 열어 준 미련한 주인 때문에 여름 내내 저축한 겨울양식은 또 얼마나 빼앗겼을까 싶지만 아무나 먹고 살았으면 또 됐다 싶습니다. ✿

산에 오는 사람들은 으레 땅콩을 꺼내들고 새부터 부릅니다.
나는 안중에도 없습니다.
그러나 새들이 사람들을 기쁘게 했으니 새 또한 부처입니다. ✿

예쁜 낙관을 선물 받았습니다. 예담공방을 하고 있는 문화일보 김연수 기자님의 조카 이혜정 디자이너의 작품입니다. 대개 작가들은 전각을 배워서 스스로 낙관을 제작해 사용하고 있습니다만 전문작가의 작품을 사용하면 이야기 거리가 생겨 좋습니다. '이 작품에 찍은 낙관은 누구 작품이고 저 작품의 낙관은 누구 작품이다' 하는 식이지요. 맘에 드는 예쁜 작품 소중하게 잘 쓰겠습니다. 감사합니다. (이혜정 디자이너의 연락처입니다. 010-3044-0771) ✿

20

꽃잎 떨어지는 소리, 들어본 적 있나요?

아파트 화단에 동백꽃이 뚝뚝 떨어지고 있습니다. 저렇게 속절없이 떨어질 걸 애쓰며 피었구나 생각하면 아름답기도 하고 슬프기도 합니다. 이른 봄 낮은 곳에서 피는 바람꽃이며 현호색이며 노루귀는 아름답기 전에 애처롭습니다. 큰 나무들이 겨울잠에서 깨어나 햇볕을 차단하기 전에 꽃을 피우고 번식을 해야 합니다. 한여름 숲이 우거지면 이들은 있는 듯 없는 듯 지내거나 어떤 녀석들은 일찌감치 겨울잠에 들어갑니다.

세상에 아름답지 않은 꽃이 어디 있겠습니까만 사는 동안 온갖 풍상風霜을 겪은 고목나무에서 피는 꽃이야말로 아름다움의 극치입니다. 그런 걸 보면서 나도 아름답게 늙어야겠다고 생각하는데요, 옛사람들이 고목나무에 핀 매화를 즐겨 그린 것도 그런 까닭인지도 모릅니다.

이제 30분 후면 열차는 서울에 도착합니다. KTX 사장은 친절하게도 내 옆좌석만 비워두었습니다. 불행인지 다행인지는 모르겠지만. 어쨌거나 나는 달리는 열차 안에서 아름답게 늙으려면 어찌해야 하는지도 생각할 수 있었고 랩탑을 펼쳐놓고 글도 쓸 수 있었습니다. 그리고 점심은 서울역에서 맛난 뷔페를 먹자고 문화일보 김연수 사진부장께 문자를 넣었습니다. 어떤가요, 이만하면 괜찮게 늙는 거 아닌가요?^.^ ❀

꽃도 수도 없이 흔들리며 피고 조개도 상처를 받아야 진주를 만듭니다. 성인이 되어가는 과정도 그렇고 뭘 알아가는 과정도 그와 같습니다. 생각해보면 사는 동안 무던히 흔들렸습니다. 사람들이 대나무를 치는(그리는) 이유를 조금은 알 거 같습니다. 대나무처럼 곧은 심지, 철학을 갖고 살고 싶다는 의지일수도 있겠고 다른 한편으로는 대나무처럼 한쪽에 치우치지 않고 적당히 흔들리며, 흔들렸다가도 다시 제자리로 돌아오며 사는 것이야말로 세상 사는 이치라는 의미일지도 모릅니다.

고민하지 않으면 돼지나 다름없다고들 하지만 시간에 맡겨버리는 것도 나쁘지는 않을 것입니다. 시간이 흐르고 적당히 흔들리고 숙성되면 아, 그게 그거였구나 싶을 때가 있을 것입니다. 모처럼 여유를 부리며 아랫녘에 내려왔습니다. 도연암 앞에서 마을을 오가는 아침 아홉 시 10분 버스를 타고, 다시 직행버스로 갈아타고 수유리까지 와서 지하철로 서울역으로, 서울역에서 다시 기차를 타고 부산으로 내려왔습니다. 부산에서도 지하철과 버스와 승용차편으로 창녕까지 가야합니다.

대구를 지나면서 빈자리가 생겨 랩탑을 꺼내놓고 글을 쓰는 여유를 부렸습니다. 자동차를 운전하지 않으면 이 곳 저 곳 들르지 못하는 단점이 있지만 이렇게 대중교통을 이용하면 책도 읽고 잠도 자고 바깥세상 구경도 할 수 있어 좋습니다. 고속도로를 마치 쇼트트랙이나 되는 양 위험천만하게 운전하는 광기 가득한 사람들을 만나지 않아 좋고, 옆에 앉은 승객과 두런두런 이야기를 주고받는 것도 좋은 일입니다. 어제는 72세 된 분과 합석했는데 인생 선배의 살아온 이야기를 듣는 것도 나쁘지 않았습니다. 부산역에 도착했을 때 허리가 굽고 다리가 불편한 노부부를 만났습니다. 직장 다니는 아들에게 간다고 하는데 묵직해 보이는 가방 안에 무엇이 들었는지 금방 짐작이 되었습니다. 나는 빼앗듯 가방을 들고 지하철까지 '운반' 해드렸습니다. 나는 아직 젊다며 괜찮은 척 했지만 가방이 얼마나 무거웠는지 어깨가 빠지는 줄 알았습니다.

　지하철에서 내려 버스를 탈 때는 일부러 줄을 서지 않고 제일 끝에 섰습니다. 앞에 서거나 뒤에 서거나 어차피 같은 버스를 탈 것이기 때문입니다. 산다는 건 긴 여행입니다. 서두르지 마십시오. 새벽에 잠이 깨 오늘을 고민하는 젊은 사람들을 위해 적습니다. 남쪽에는 벚꽃이 잎과 섞여 있어 이제야 좀 볼만합니다. ✿

　〈생활성서〉에서 올가 수녀님 일행이 취재차 다녀갔습니다. 종신서원 마치고 아랫녘으로 간다고 했는데 며칠 후 신문에서 종신서원에 대한 기사를 읽었습니다. 기사를 읽으면서 나의 종신서원은 무엇일까 생각해 봅니다. ✿

　밤새 비가 내려 '배고픈 다리'가 넘치고 길이 끊겼습니다. 다리가 넘치면 폭설이 내릴 때처럼 고립무원(孤立無援)이 됩니다. 오가는 이가 없어 속옷 바람으로 드나들어도 눈치 볼 일 없습니다. 가끔은 홀로 지낼 일입니다. ✿

여러분이 숲에 들어갈 때는 숲의 '손님'이 되는 것입니다. 손님으로 온 사람이 마구 떠들고 함부로 행동하고 이 것 저 것 마구 가져가면 안 되는 것처럼 숲에 들어가서도 마찬가지입니다. 또한 숲에 사는 모든 것들은 우리가 정복해야할 대상이 아니라 함께 살아가야 하는 존재라는 걸 명심해야 합니다.

아이들과 처음 자전거를 타던 날, 아이들은 내 자전거 타는 솜씨가 자기들보다 못하다고 생각했나봅니다. 앞서서 씽씽 달리다가 연신 돌아보며 빨리 오라거나 좀 쉬었다가 가겠느냐고 묻기도 합니다. 아이들은 내가 저수지 가파른 언덕길을 엉덩이를 들고 쓱쓱 능숙하게 타고 올라가자 놀란 기색이 역력합니다. 한 녀석이 진지하게 묻습니다.

― 스님, 순간이동 할 줄 아시죠?

헉! 순간이동이라니, 이놈들은 나를 순간이동하는 영화 속 아바타 쯤으로 압니다. ❀

멍멍이 곰돌이가 펜스 밖을 내다보고 있습니다. 바깥에서 보면 곰돌이가 갇혀있지만 안쪽에서 곰돌이가 볼 때는 내가 갇혀있는 형국입니다. 곰돌이는 생각할 겁니다. 인간들, 참 분주히도 오간다고요. 분주히 오가는 건 갇혀있다는 뜻이기도 합니다. 자유롭기 때문에 오가는 게 아니라 구속되어있기 때문에 오가는 거지요. ❀

그러니까, 어제 몇 사람과 밖에서 저녁공양을 하는데 그 중 한 사람이 말합니다.

— 며칠 전 스님 안 계실 때 절에 갔었습니다. 마침 소나기가 와서 스님 앉으시는 의자에 앉아 비 그치기를 기다리는데 바깥 풍경이 얼마나 아름다운지, 고요한 시간에 홀로 산사에 앉아 호사를 누리는구나 싶었습니다.

비가 올 거 같아 접이식 의자를 들여놓았더니 누군가에게 행복한 시간을 가져다주었군요. 앞으로도 의자는 그 자리에 놓아두어야겠죠? ❀

인공 새둥지가 걸린 나무 밑에서도 '기분 좋은 소리'가 들린다. 새 끼들이 먹이를 보채는 소리다. 새끼들은 어미가 먹이를 물고 가지에 앉는 순간의 아주 작은 흔들림을 감지하고 어미가 왔음을 알아챈다. 알에서 깬지 3일 까지는 내가 내는 소리에도 입을 벌리며 보채던 녀석들이 3일이 지나면 눈치가 빤해져 제 어미가 아니라는 걸 알고 죽은 듯 미동도 하지 않는다. 나름대로의 생존전략이다.

새벽부터 새들이 한꺼번에 울어도 시끄럽지 않다. 바람소리에 실려 오는 듣기 좋은 소리는 세포 구석구석 스며들어 내 영혼을 맑히기에 충분하다. 그 어떤 음악도 숲이 들려주는 소리를 대신하기에는 역부족이다. 나는 세상을 향해 어떤 듣기 좋은 소리를 하고 사는가.

손바닥만한 창문마저 쇠창살로 막힌 컨테이너 숙소는 특히 여름이면 더 숨이 막힌다. 큰 맘 먹고 '대공사'를 시작했다. 우선 차방 창문부터 뜯어냈다. 솜씨 좋은 사람들에 의해 반나절도 걸리지 않아 뚝딱 커다란 창문이 하나 만들어졌다. 창문 높이는 앉아서 팔을 고이고 밖을 내다볼 수 있을 만큼 낮게 했다. 이제는 앉아서도 먹이를 먹으러 오는 새들과 다람쥐와 꽃이 피는 소리를 보고 들을 수 있을 것이다.

바깥 나뭇가지에 등을 하나 걸었더니 불을 켜지 않아도 방이 환하다. 커다란 창문으로 은빛 가득 달님이 들여다볼 것을 생각하며 나는 벌써부터 향기로운 차를 우려낸다. 붉나무 그림자도 방 안으로 들어왔다. 소쩍새 울음소리도 방 안으로 들어왔고 새벽이면 되지빠귀, 뻐꾸기, 호반새의 청아한 울음까지 커다란 창문으로 들어와 한 바퀴 공명을 일으킨 후 산으로 돌아갔다. 바깥세상이 고스란히 초대되는 것이다. 창문 하나에 갑자기 눈이 즐겁고 귀가 행복해졌다. 세상을 향한 창문도 활짝 열고 소통할 일이다. ✳

산에서는 주로 인터넷을 통해 바깥소식을 접하는데 그 때마다 지혜의 눈이 필요함을 절실하게 느낀다. 자칫하면 대중(大衆)이 아니라 견중(犬衆)이 되기 때문이다. 마을에 낯선 사람이 들어섰을 때 먼저 발견한 개가 짖기 시작하면 다른 개들도 멋모르고 짖는다는 이야기다. 스스로 판단하지 못하고 남이 짖으니까 덩달아 짖는 것이다.

충분히 생각하지 않으면 부화뇌동(附和雷同) 할 수밖에 없다. 그래서 그런가, 네티즌이라는 말 대신에 누리꾼이라는 신조어가 만들어졌다. 사기꾼, 노름꾼, 협잡꾼처럼 꾼이 들어간 단어는 대체로 부정적 의미를 갖는데 요즘 인터넷을 열면 눈이 어지럽다. 눈이 어지러우면 마음도 혼란스럽다. 부처님 이마에 있는 지혜의 눈을 갖지 않으면 부화뇌동, 휩싸이는 건 불을 보듯 뻔하다. 특히 솜처럼 뭐든 빨아들이는 세대는 말할 것도 없다. ✸

컴퓨터는 인간을 본 떠 만들었다고 하죠. 하드웨어와 소프트웨어로 이루어졌습니다. 하드웨어만 있으면 그야말로 '깡통'이라고 합니다. 책은 마음의 양식이라는 거 다 아시죠? 하지만 우리는 몸을 위해서는 좋은 음식을 먹지만 머리를 위해서는 좋은 책 읽기에 게으릅니다. 그러지 않으려고 나는 아침밥을 먹기 전에 단 한 줄이라도 책을 읽습니다. 오늘 아침에는 장영희 교수의 '문학의 숲을 걷다'를 읽었습니다.

— 거리에서 교통순경이 자동차를 안내하는 것처럼 문학은 우리를 사람답게 살아가도록 안내한다.

책에 나오는 내용을 내용인데요, 어떻게 사는 게 '사람다운' 건지 또 생각할 여지를 남깁니다. ✸

속가(俗家) 맏형님을 가슴에 묻고 돌아오다

밖에서 누가 자꾸 불렀다. 내다보니 밖은 칠흑빛이다. 속명을 부르기도 하고 법명을 부르기도 한다. 또 누가 애타게 찾는 것일까. 전남 광주 사는 속가 맏형님이 '열반'에 들었다. 장성한 두 아들을 앞서 보내고 무던히도 맘고생을 하더니 고요하고 고요하여 그 어떤 번뇌도 일어나지 않는 적적(寂寂)의 세상으로 들어갔다. 살아서 끄지 못한 번뇌의 불길이 죽어서야 꺼진 것이다.

장례를 마칠 때까지 오며 가며, 쓸쓸하게 보내드린 게 너무 미안해 슬픔이 한꺼번에 밀려온다. 세상을 살 만큼 살았대도 멀리 떠나는 길은 두렵기 마련이다. 떠나려는 눈치를 챘더라면 서둘러 내려가 손이라도 잡아드렸을 텐데 그러지 못해 너무 미안하다. 부디 호수처럼 잔잔하고 평화로운 세상에서 편히 쉬시라. 산에 돌아오니 꽃이 피었네. 형님은 꽃이 되셨는가. ✽

은정이와 자전거

아이들과 자전거를 탈 때면 가끔 낯선 아이들이 꽁무니에 따라붙는다. 그런 아이들은 헬멧이나 장갑 같은 안전장구도 갖추지 않았을 뿐더러 변속기는 벌겋게 녹이 슬었고 브레이크도 제 역할을 하지 못하는 폐기직전의 자전거를 탔다.

은정이도 그랬다. 은정이는 할머니가 운영하는 구멍가게에서 할머니와 단 둘이 산다. 그런데 어느 날, 가게 한 구석에 새 자전거 한 대가 눈에 띈다. 할머니께 웬 거냐고 물으니 "작년에 어디서 경품으로 받은 건데 10만 원만 받고 팔았으면 한다"고 하는 것이다.

할머니의 방은 카운터다. 거기 앉아서 셈도 하고 전기장판이 깔려 있어 누우면 방이 된다. 그리고 가게 한쪽에 판넬로 칸막이를 한 어두컴컴한 창고 같은 곳이 은정이의 방이다. 사는 형편이 이런 터여서 경품으로 받은 자전거라도 팔아 생계에 보태려는 할머니의 속마음이 안쓰럽다. 고물 자전거를 타는 은정이에게 새 자전거를 내어 주려는 마음이 왜 없었겠는가.

할머니의 자전거는 내가 샀다. 스님께선 자전거가 있으면서 이런 자전거를 뭣에 쓰겠느냐고, 괜한 말씀 마시라 했지만 다 쓸 데가 있다면서, 자전거를 꺼내 바람도 넣고 안장이며 핸들이며 손을 보았다. 은정이를 나오게 해 한 번 타보라고 했더니 씽씽 날아다닌다. 할머니의 새 자전거는 은정이의 한가위 선물이 되었고 은정이보다 내가 더 행복했다. (김신환 원장께서 아시고 자전거값을 보내주셨다. 그리고 또 다른 아이에게 새 자전거가 선물되었다.) ✻

어떤 사람이 아이들과 자전거를 타며 노는 나를 보고 '옛날 시골에 뭐든 잘했던 대학생 같다'며 '아직은 젊다'고 위로한다. 그 사람 기억에 그런 청년이 있었던 모양이다. 어떤 사람은 목탁이나 칠 일이지 한다. 자전거도 목탁이 될 수 있다는 걸 모르기 때문이다. ✽

가을은 수확의 계절이자 버리는 계절이다. 식물들의 겨울채비가 나날이 눈에 띄게 변한다. 단풍이 들자마자 뭐가 바쁜지 서둘러 잎을 버리는 벚나무도 있고 풍요로웠던 여름이 못내 아쉬워 잎을 버리지 못하고 겨울 문턱까지 굳세게 버티는 참나무도 있다. 제 역할을 다한 잎이 우수수 떨어지고 나면 나목(裸木)도 아름답지만 바닥에 무수히 쌓인 가랑잎도 아름답다. 나무는 버릴 때 버릴 줄 아는 지혜의 보살이다. 〈나무관세음보살〉이다. ✽

독립영화 만드는 김은호 감독, 틈틈이 커피 공부를 하더니 바리스타(Coffee Barista) 자격증까지 취득했다며, 맛 좋은 커피 한 잔 만들어 드리겠다고 여친까지 대동하고 와 목하(目下) 솜씨를 뽐냈다. 얼마 전에 결혼을 한다고 청첩장을 보내왔는데 내가 찍어준 사진을 썼다. 마치 연하장을 받은 것처럼 내가 더 기분이 좋다. ✽

사진은 생각을 영상으로 말하는 작업, 사진은 내가 생각했던 것들, 내 생각을 영상으로 말하기 위한 작업이다. 시(詩) 역시 생각을 문자로 옮기고 영상이나 사운드를 문자로 옮기는 작업이고 보면 시 속에 영상도 있고 사운드도 있으니 사진을 찍는 것과 시를 쓴다는 게 다르지 않겠다. 사진이나 시는 상당히 주관적이지만 객관적이다. ※

— 무엇을 먹고 입을까, 오늘 밤은 어디서 잘까.
집을 버리고 진리를 배우는 사람은 마땅히
이 같은 장애를 극복하리라.(숫타니파타)

들판에 나가 새들을 볼 때마다 나는 부처님께서
제자 사리풋타에게 하신 이 말씀이 떠오른다.
저 새들이야말로 어디에도 걸림이 없는
무위진인(無位眞人)이다. 나는 죽으면 새가 될 것이다. ※

요샛 사람 치고 한겨울에 손빨래하는 '별미'를 아는 사람이나 있을까요. 공중목욕탕에서 몸을 닦은 후 마치 더러운 걸레라도 되는 양 휙 던져버렸던 수건, 옷이라는 것도 그렇습니다. 좋아라 몸에 걸쳤을 때는 '옷'이 되지만 일단 빨래를 하기 위해 벗었을 때는 마치 걸레처럼 미련 없이 던져집니다.

던져진 빨래가 깨끗이 세탁되어지면 코를 킁킁거리며 빨래향을 맡고 새옷처럼 다시 몸에 걸치는, 도대체 빨래와 걸레의 차이, 깨끗함과 더러움의 경계는 무엇일까요. 침침했던 눈 수술을 마치고 나니 구석구석 안 보이던 먼지까지 다 보입니다. 나는 행주를 빨아들고 닦기 시작하는데, 자세히 보지 말라며 그러다가 아무것도 하지 못하겠다며 책망하는 사람 말마따나 지나친 결벽증은 단단한 고치를 만들고 스스로를 그 안에 가두게 돼 타인의 허물을 돋보기를 들고 자세히 들여다보는 몹쓸 질환에 걸릴 수도 있겠습니다. 자기를 끊임없이 쓸고 닦으며 다그쳐야 하는 수행자의 마음자세와 손빨래를 하는 일은 서로 많이 닮았습니다. 빨래를 비비고 헹구는 동안의 사색도 숲을 고요히 걷는 것만큼이나 온유하고 거룩합니다.

적어도 빨래를 하는 동안은 내 마음도 수시로 꺼내 씻고 닦고는 있는지 점검할 수 있기 때문입니다. 깨끗함과 더러움의 경계는 없습니다. 다시 내 몸에 입혀질 테니까요. ❀

중세 유럽의 교회가 교구민에게 징수하던 십일조(十一租), 이 제도가 다른 생명을 위한 나눔의 행위는 아니었을까. 그런 의미에서라면 울타리 바깥에 열에 하나쯤은 우리가 아닌 다른 생명들의 몫으로 남겨두어야 옳다. 벼를 수확할 때 다른 생명을 위해 한 고랑쯤, 한 가마니쯤 거두지 않고 남겨두는 아름다운 마음씨를 가진 농부 어디 없을까. ✽

할아버지 제사를 모시러 온 초등학교 3학년 꼬마가 '스님은 어쩌다가 중노릇 하게 되었느냐'고 묻는다. 당황한 어른들이 당장에 '어떻게 스님이 되셨느냐'고 묻는 게 옳다고 바로잡아 주었지만 꼬맹이 질문이 '리얼'하다. ✽

그러니까, 어떤 녀석이 물었습니다.
— 스님, 불국토(佛國土)를 만들자고 하는데 부처님 나라를 만들자는 뜻입니까?
내가 대답했습니다.
— 불(佛)은 부처를 뜻하고 부처는 자비를 뜻하는데 우리 모두는 여기에 속하지. 결국 불국토란 특정한 종교를 말하는 게 아니라 자비로운 세상, 서로 사랑하는 세상이라는 뜻이네.
노가다 시인이 나한테 말했습니다.
— 스님들은 단칸방에 이불 한 채 옷 한 벌 바루 하나로 살고 이슬만 먹고 이슬똥만 누는 줄 알았어요.
어릴 때 예쁜 여선생님이 그런 줄 알고 있었는데 화장실에서 나오는 선생님을 보고 충격 먹은 사람 많겠지요? 시인이 말하는 옷 한 벌 바루 하나, 이슬과 이슬똥은 수도자들에게 큰 화두입니다. ✽

위장텐트 명상

그러니까, 내가 조류 촬영을 위해 위장막 속에 들어가 있으면 어떤 사람들은 '그래봐야 새들이 다 알고 있다'며 소용없는 짓이라고 말합니다. 새들에 대한 최소한의 배려로 위장텐트를 치지만 또 하나 세상과 독립되고 고립된 것 같은 위장막 속에서 보내는 시간을 내가 좋아하기 때문입니다.

비록 얇은 천 하나로 가려졌지만 위장막 속에 앉아있으면 이상하게 편안해집니다. 마치 숨바꼭질을 할 때 아무도 찾지 못할 장소에 숨은 것처럼 세상 모든 것으로부터의 시선이 차단되었다는 안도감 때문일 것입니다.

흥미로운 건 숲은 분명히 나를 보고 있는데 나는 위장막 틈새로 숲을 엿보는 느낌이 든다는 것입니다. 내가 관찰하는 대상에 별다른변화가 없을 때 시간이 지나면서 나는 아주 편안한 명상에 빠져든다는 걸 알았습니다. 명상은 무심(無心)을 말하며 무심은 무의식의 세계로 들어가는 것을 말합니다. 무의식은 생각 자체를 쉬는 것입니다. 생각을 쉬면 살면서 쌓인 긴장을 완화시킬 수 있습니다.

명상은 앉아서도 하지만 걸으면서도 하고 달리면서도 하고 자전거를 타면서도 하고 등산을 하면서도 하고 일을 하면서도 합니다. 명상은 땀을 흠뻑 흘리는 것과 같습니다. 당연히 건강에 좋겠지요? 나는 새를 관찰한다는 핑계를 대다가 언제부턴가는 숲에 위장막을 치고 가만히 앉아있는 걸 즐기게 되었습니다. 그리고 혼자 즐기는 게 아까워 여러 개의 위장막을 준비해 가끔은 사람들과 그 시간을 공유하기도 합니다.

명상은 연필 스케치를 통해서 시도해도 좋을 것입니다. 수도 없이 금을 긋다보면 무아의 경지에 빠지게 되니까요. 반야심경 첫 구절에 명상에 대해 잘 말해주고 있답니다. 팔만사천(많다는 뜻) 법문을 압축해 놓은 반야심경은 관자재보살행심반야바라밀다시조견오온개공도… 하고 시작하는데, 관자재보살(세상을 손바닥 보듯 하는 존재)이 깊은 반야의 세계로 들어가 안이비설신의 미색성향미촉법 모든 것을 들여다보니 모든 것이 공함을 깨달았다, 고 시작합니다. 반야심경은 방대한 법문을 압축해 놓은 거라서 평생을 봐도 깨달을까 말까 할 만큼 어렵지만 재미도 있습니다.

아무튼 종교를 떠나서 심오한 이야기가 숨겨져 있는 반야심경을 한번쯤 공부해보는 것도 세상 이치를 깨닫는데 도움이 될 것입니다.

제각각의 위장막에 들어가 숲에서 침묵의 시간을 보내는 건 색다른 경험이 분명합니다. 갖가지 새들이 사람을 의식하지 않고 눈앞에서 재롱을 떠는 건 보너스입니다. ✳

동백 열 그루, 피라칸사스 열 그루, 비파나무 다섯 그루, 호랑가시나무, 불두와, 수국, 명자나무. 어제 우포늪 근처에 심은 나무들입니다. 앞서 심은 나무들은 며칠 전 촉촉이 내린 비로 제법 자리를 잡았고 백목련과 적목련은 꽃이 활짝 피었습니다.

혼자 나무를 심느라 힘은 들지만 먼 훗날 사람들이 나무에 기대 쉬는 모습을 상상하면 힘든 것도 금방 잊어버립니다. 유서 깊은 사찰에 가면 나는 커다란 나무부터 안아봅니다. 수백 년 전에 누군가 나와 같은 생각으로 나무를 심었겠구나 싶습니다.

습지를 가득 채웠던 큰기러기는 모두 북쪽 고향으로 돌아갔습니다. 적막한 습지에 노랑부리저어새 한 마리가 넓은 습지를 휘젓고 다니는 모습이 외롭습니다. 무리에서 이탈되면 고향으로 돌아가기도 쉽지 않겠고 홀로 살아가기도 힘들 터여서 은근히 염려가 됩니다. 내가 힘들세라 청둥오리 몇 마리가 꽉꽉거리며 응원을 합니다. 딱따구리는 내가 나무를 다 심을 때까지 드르르르 쉬지 않고 타악기를 연주합니다. 여름철새 되지빠귀 울음소리도 들렸습니다. 여름새 중에서 가장 노래를 잘하는 녀석입니다. 내가 사는 곳에서는 지난해 4월 14일에 울음소리를 들었는데 남쪽이라 그런지 열흘이나 빠릅니다.

바로 앞 정자가 있는 연못에서는 구르륵 구르륵 참개구리들이 합창을 합니다. 나무 심기를 마치고 살금살금 가보려고 했다가 녀석들이 놀라 노래를 멈출까봐 그러지 않았습니다. 다음에 왔을 때는 올챙이들이 새까맣게 몰려다니는 걸 볼 수 있을 것입니다.

문득 100년 쯤 지나면 여긴 또 어떤 모습으로 변할까 궁금해졌습니다. 어릴 때 내가 어딜 갔다 오면 어머니는 이것저것 묻는 것을 좋아하셨습니다. 당신께서 가보지 못한 곳을 나를 통해서나마 들어보려 했다는 걸 나는 훨씬 크고서야 알게 되었습니다. 훗날 내가 어머니를 만나면 어머니는 옛날에 그랬던 것처럼 세상이 어떻게 변했는지 시시콜콜 물어보실 것입니다. 나도 그럴 거 같습니다.

"이봐요, 어디 살다 오셨오? 거긴 어떻게 변했소? 혹시 누구누구 아시오?" 하고 말입니다.

오늘은 기차를 타고 내가 '나의 비밀의 정원'이라 이름붙인 도연암으로 돌아갑니다. 그새 새들이며 나무들이 보고 싶어졌습니다. ✳

어떤 스님을 친견하려면 법당에서 3천 배를 하는 조건이 따랐다. 나는 만날 이유가 없는 사람이니 스스로 깨달으라는 뜻이다. 그랬더니 3천 배를 하다가 돌아가는 사람, 3천 배를 마치고도 그냥 돌아가는 사람, 3천 배를 마치고 뵙기를 청하는 사람이 있었다. ✳

우리가 먹고 마시는 음식은 사치스럽기 짝이 없다. 마치 먹기 위해서 태어났다는 듯, 먹기 위해 산다는 듯 '치열하게' 먹고 마신다. 인간의 사치가 인류 문명 발전에 공헌해왔다고는 하지만 한편으로 사치와 소비는 인류의 종말을 앞당기는 결과를 초래할지도 모른다. 지구도 다른 행성처럼 언젠가는 소멸되기 마련이겠지만 주어진 수명도 채우지 못하고 용도폐기 될 수도 있기 때문이다. ✳

　추위를 피해 내려온 되새 한 마리가 박새들 밥상에 올라앉았습니다. 박새들은 이방인을 경계하거나 내쫓지 않고 사이좋게 먹이를 나눠 먹습니다. 멀리서 온 손님을 환대라도 하려는 것일까요, 고양이가 나타나면 "빨리 피해!" 라고 소리치는 것도 박새 쪽입니다. 박새가 평생 러시아 들판을 방문할 이유는 없을 텐데도 손님들에게 꽤나 호의적입니다. ✳

물을 끌어올리는 펌프가 얼어 손빨래가 다시 시작되었습니다. 2년 전 세탁기가 들어온 후 참 편하게도 살았지, 오랜만에 손빨래를 하며, 얼음을 깨고 손빨래를 하던 기억이 덤으로 떠오릅니다. 바쁘게 살아가는 세상 사람들에게 세탁기는 편리한 물건이 분명하겠지만 산에 홀로 사는 수행자에게 손빨래 역시 물 긷기만큼이나 빼놓을 수 없는 의식수행의 일부입니다. 손빨래는 세탁기의 편리함과 바꿀 수 없는 알콩달콩한 낭만까지 가미됩니다. 눈이 폴폴 내리는 계곡에서 언 손을 호호 불며 빨래를 헹구거나 하얀 입김을 내뿜으며 물지게를 지고 오르내리는 게 고단한 일이기 보다는 즐거운 일로 기억될만합니다.

자기를 끊임없이 쓸고 닦으며 다그쳐야 하는 수행자의 마음자세와 손빨래를 하는 일은 서로 많이 닮았습니다. 빨래를 비비고 헹구는 동안의 사색도 숲을 고요히 걷는 것만큼이나 온유하고 거룩합니다. 세탁기 빨래가 죽은 빨래라면 손빨래는 살아있는 빨래인 셈입니다. 적어도 빨래를 하는 동안은 내 마음도 수시로 꺼내 씻고 닦고는 있는지 점검할 수 있기 때문이죠. 불구부정(不垢不淨), 깨끗함과 더러움의 경계는 없습니다. 다시 내 몸에 입혀질 테니까. ✽

예수 믿는 부처가 다녀갔네

대빗자루가 길에 나와 있다. 누군가 눈을 쓸고 놓아둔 것인데 법당 앞까지 길이 훤하다. 고맙기도 하여라. 연탄보일러와 화장실 난로에도 불이 확확 피어오르고 있다. 교회에 다니는 용태 씨 짓이다. 아랫녘에서 언제 오느냐고 묻더니 내가 오기 하루 전부터 연탄불을 지펴 놓은 것이다. 난롯가에는 물을 네 통이나 길어다 두었다. 방바닥이 따뜻하다. 따뜻한 방바닥만큼이나 따뜻한 마음 씀씀이에 나는 감사하네. ✽

갑자기 새들이 부산스럽다. 카메라를 하나씩 목에 건 사람들이 내가 아끼는(?) 눈을 여기저기 함부로 밟고 다니는 것도 모자라 새들 먹이터까지 점령한 것이다. 설경은 사람들의 발길에 짓밟혀 단박에 초토화가 되었고 새들도 혼비백산 모두 숲으로 달아났다. ❀

전국 곳곳에서 구제역으로 감염되었거나 감염이 의심되는 가축이 대량 매몰되었다. 사람들이 가축 모는 소리와 가축들 울부짖는 소리, 굴삭기 굉음이 뒤엉켜 아비규환, 지옥이 따로 없는 잔혹한 장면이 연출되었다. 새끼를 뱄거나 새끼를 낳았거나, 크거나 작거나 어미 새끼 가릴 것 없이 산채로 매몰되는 돼지들, 탈출하려고 안간힘을 쓰는 돼지들, 킬링필드며 아우슈비츠가 이랬을 것이다. 일은 사람들이 저지르고 가축만 희생양이 되었다.

먹기 위해 도살되는 죽음과 산채로 매장되는 죽음의 차이는 무엇일까. 과연 슬픔의 경중을 저울질 할 수는 있는 걸까. 사람들이 흘리는 눈물의 진실은 무엇일까. 산채로 묻어야 하는 가축이 불쌍해서일까 아니면 경제적 손실 때문일까. '자식 같다' 는 말은 또 얼마나 위선적인가. 수백 수십 만 마리의 소와 돼지와 닭과 오리를 산채로 땅에 묻는 잔인함에 대해 우리 모두는 공범이다. 적게 먹고 쓸 때는 아무런 일도 일어나지 않았는데 간사한 입 기쁘라고 먹기 시작하면서부터 재앙은 준비됐었다. 살기 위해 먹는가 아니면 먹기 위해 사는가, 모든 생명체가 살기 위해 먹는데 반해 유일하게 인간만은 오로지 먹기 위해 산다. 그대는 어떠신가. ❀

그러니까, 기차는 언제 타도 즐겁습니다. 차창 밖으로 흐르는 풍경을 감상하는 것도 좋고 또 동석한 낯선 이와 커피도 사서 나눠 마시며 주고받는 대화도 즐겁습니다. 하천을 따라 길게 이어진 자전거 도로에는 한가롭게 자전거를 탄 사람들이 오가고 오리들은 아랑곳하지 않고 한가롭고, 아, 백로들은 벌써 집을 짓고 번식을 준비하고 있습니다. 자동차 운전대를 놓으니 시야까지 넓어져 운전할 때 눈에 들어오지 않았던 풍경들이 마구 쏟아져 들어옵니다. ❊

가까운 사물이 잘 보이는 눈을 근시안이라 하고 먼 데 사물이 잘 보이는 눈을 원시안이라고 한다. 그런데 사람이 사는데 있어 '근시안'이란 부정적인 의미로 쓰인다. 가까운 데만 보고 미래는 보지 못한다는 뜻이다. 그래서 그런가, 사람들은 가까운 곳을 잘 보지 못하는 실수를 저지른다. 찾고자 하는 게 가까운 데 있다는 걸 모르고 너무 먼 데서 찾기 때문이다.

가장 가까운 데 답이 있다. 지금 위치에서 가장 유리한 게 뭐며 가장 잘하는 게 뭔지 생각해보면 그 안에 답이 나오게 마련인데 자꾸 바깥에서 찾기 때문에 시행착오와 실수를 연발하게 된다. ❊

　지구를 가로질러 이동하는 도요새 같은 새들을 나그네새라고 한다. 한 곳에 오랫동안 머무는 법이 없다. 남쪽에 도착했다 싶으면 다시 돌아갈 시기가 되었기 때문이다. '인류' 역시 새처럼 '유목민'이었는데 새들 입장에서 보면 인간이란 존재에 대해 도대체 이해가 되지 않을 것이다.

　─ 왜 저렇게 높게 짓지? 왜 저렇게 막지? 뭘 저렇게 만들지?

　　왜 저렇게 싸우지? ✽

　영화 '달빛 길어 올리기'를 보았다.

　때론 무모하고 때론 아름답게 달빛을 길어 올리려는 사람들에게 왜 이런 일을 하느냐고 물으면 이렇게 답할 것이다.

　─ 아무도 그 일을 하지 않으니까. ✽

성천문화재단 송곡 선생님 댁도 묵향 가득한 가문이다. 송곡 선생 사모님의 친정어머님이 우리나라 궁서체를 만든 유명한 서예가 꽃들 이미경 선생이며 자매 이철경 선생과 쌍벽을 이룬다. 송곡 선생 사모 님께서도 '한 붓' 하는 건 물론이다. 내가 붓장난을 하는 걸 알고 당 신께서 갖고 있던 품질 좋은 먹이나 화선지를 챙겨주기도 하는데 그 중에는 송곡 선생 부친이신 성천 유달영 박사께서 쓰시던 먹도 몇 개 들어있었다.

성천 선생께서 생전에 쓰시던 책상 하나도 나한테 와 있다. 책상 서랍 속에는 반쯤 닳은 먹이 유품으로 소중하게 보관되어 있었다. 엊 그제 재단 사무실에 들렀더니 또 한보따리 화선지를 챙겨주신다. 글 은 잘 되고 있느냐, 그림은 잘 되고 있느냐, 잘 된다 안 된다 문답은 없었지만 염화미소로 말이 오간다.

옛날 선비들이 붓을 놓지 않는 까닭은 묵향을 닮고 '향기로운 사 람'이 되기 위해서였을 것이다. 더불어 그들이 남긴 작품에 먹은 마 른 지 오래지만 작품에서 풍기는 묵향은 오래도록 멈추지 않는다. 훗 날 내게서는 어떤 향기가 맡아질 것인가. 향기라도 남을 것인가. ✽

어둠이 채 가시지도 않았는데 여름철새 〈되지빠귀〉는 청아하게 노래한다. 노래 가사를 적어보면 이렇다.

— 이봐요, 잘 지내셨나요? 지난겨울은 좀 어땠나요, 저야 따뜻한 남쪽에서 잘 지냈지만 춥지는 않았나요? 농막에는 불이 켜져 있는 거 같던데 누가 살기 시작했나요? 봄에는 어떤 나무를 심었나요, 공부는 좀 어떠신가요, 벌통이 여럿 보이던데 양봉을 다시 시작하신 건가요? 눈 수술 경과는 어떠신가요. 올해는 참새들이 참 많이 보이네요, 아무튼 올 때마다 숲이 변하지 않아서 너무 좋군요. ❀

아아, 달에 토끼가 살지 않는다는 사실은 얼마나 절망적인 일이냐. 아무려나, 훗날 나는 자전거를 타고 지구의 자장이 미치지 않는 대기권 바깥 토끼가 사는 곳, 시간마저 멈춘 곳까지 갈 수 있을 것이다. ❀

그러니까, 진해 벚꽃을 넋 놓고 보고 있는데 어떤 녀석이 묻습니다.
— 스님, 참 아름답지요?
내가 대답했습니다.

— 아름답긴 이놈아!
인간이 뇌가 고장났거나 미치지 않았다면
어떻게 한 종류의 나무만 저렇게 심겠느냐! ❀

노랑턱멧새가 날아간 자리에 하얀 알이 가득한 둥지가 발견되었다. 잠시 후 근처에서 산삼 한 뿌리가 발견되었다. 겨우내 먹이를 먹고 간 노랑턱멧새 부부의 선물이다. 조심스럽게 캐내 필요한 사람에게 보내졌다. ✿

더덕은 가만히 숨을 죽이고 있으면 괜찮을 텐데 사람이 지나가면 더덕 특유의 진한 향기를 내뿜는 바람에 그 존재가 금방 드러난다. 식물이든 사람이든 너무 나서면 해코지를 당한다는데, 굽은 나무가 산을 지킨다니. ✿

저 소리는 둥지에서 이소한 새끼가 어미새를 쫓아다니며 먹이 보채는 소리, 저 소리는 새끼새를 데리고 다니며 훈육하는 어미새 소리. ✿

속가 둘째 형수님이 '해당화 피고 지는 섬마을'로 훌쩍 떠났다. 빨래를 널며 '섬마을 선생'을 즐겨 부르던 형수님은 지금 쯤 '섬마을 총각 선생님'을 만났지도 모른다. ✿

주름 가득한 얼굴에서는 땀이 빗물처럼 흘러내린다. 등짝은 이미 흥건하게 젖어있다. 손에 든 검은 비닐봉지 안에는 불당에 올릴 향초 하나씩과 언제부터 갖고 있었는지 알 수 없는 꼬깃꼬깃한 지폐 몇 장이 들어있다. 허리 꼬부라진 늙은 어머니들이 이렇게 뜨거운 햇볕을 뚫고 오는 까닭이 무엇인가. ✻

　　나무는 생전에 수많은 생물을 보듬었을 것이다. 새들은 날마다 날아와 문안인사를 올렸을 것이고 이 마을 저 마을 새들이 삼삼오오 모여 재잘재잘 얘기꽃을 피웠을 것이고 더러는 둥지를 마련하여 새끼들도 여럿 키워냈을 것이다.

　　수많은 애벌레들도 나뭇잎을 갉아먹으며 아름다운 나비로 다시 태어났을 테다. 그늘 아래에는 또 얼마나 많은 사람들이 쉬어갔을 것인가. 사람들은 나무 밑에 모여 마을의 대소사며 집안의 경조사를 의논하고 걱정했을 것이고, 촌로들은 도회지로 나간 자식들 이야기며 누구네 영감이 논을 사고팔았고 누구네 아들 딸 시집 장가가는 날이 며칠 남았다며 손가락셈을 했을 것이다. 가끔은 홀로된 노인들이 앞서 간 사람을 그리워하는 장소였을 것이고 또 가끔 달 밝은 밤이면 처녀 총각이 남몰래 만나 밀어를 속삭이는 장소로 애용했을 것이다. ✻

멍멍이 똘이는 열심히 취미활동 중이다. 두 달 전 45일된 녀석을 입양했는데 입으로 물어 나를 수 있는 것은 뭐든 수집하는 게 녀석의 취미생활이다. 음식물이 담겼던 용기, 갖가지 페트병, 타다 남은 쓰레기, 버려진 걸레, 나무토막, 장화, 운동화, 슬리퍼, 고무호스, 면장갑, 무거운 전동드릴에 이르기까지 종류를 헤아릴 수 없다. 그래서 아침마다 앞마당은 쓰레기 집하장이 된다. 나는 청소하고 똘이는 다시 물어들이고, 청소하면 또 물어들이기를 반복하는데 아무래도 높은 취미생활을 핑계로 은근히 나를 골려먹는 거 같다. ✽

속가 둘째 형님을 모시고 제주도에 다녀왔다. 형님은 지난 7월에 형수님을 잃은 후 정들었던 창원을 떠나 철원 상사리에 예쁘장한 집을 구해 낯선 땅에서의 생활을 시작했다. 자식들이 모두 창원에 살고 있지만 나의 종용으로 내 사는 곳과 가까운 곳으로 이사를 온 것이다. 형님은 제주도 여행이 처음이다. 워낙 절약정신이 몸에 밴 까닭도 있겠지만 자식들 키워 출가시키느라 미처 본인은 여행다운 여행 한 번 다녀보지 못했다. 애월 바닷가에 널찍한 콘도를 이용할 수 있도록 배려해준 분이 있어 며칠을 편안하게 지낼 수 있었는데 "집사람하고 같이 오자고 약속했지만 그러지 못해 아쉽다"며 속마음을 드러냈다. ✽

눈에 찍힌 동물들의 발자국을 따라 걷다가 돌아보니 커다란 내 발자국은 마치 폭력배 같다. 새발자국이나 고라니, 너구리 발자국은 얼마나 단정하고 순수한가. 거기에 내 발자국은 함부로 쿡쿡 찍혔다. 걸음걸이나 발자국만으로도 어떤 사람인지 짐작할 수 있다더니 앙증맞은 야생동물 발자국 위에 거칠게 찍힌 내 발자국은 만물의 영장이라는 명성에 걸맞지 않는다. 그래서 서산대사께서는 이렇게 일렀다.

답설야중거(踏雪野中去) 불수호란행(不須胡亂行) 금일아행적(今日我行蹟) 수작후인정(遂作後人程)
— 눈길을 걸을 때 함부로 걷지 말라. 오늘 내가 걷는 길이 훗날 뒷사람의 길잡이가 될 것이다.
생각해보면 살면서 참 많이도 기웃거렸다. 이게 좋을까 저게 좋을까, 이게 옳을까 저게 옳을까, 이리 갈까 아니면 저리 갈까, 이곳에 머물까 저곳에 머물까, 이걸 가질까 저걸 놓을까. ❋

나이 구십이 넘어 열심히 외국어 공부를 하는 분에게 까닭을 물으니 '구십까지 살줄 모르고 팔십에 시작하지 않은 걸 후회했는데 후회를 반복하지 않기 위해서' 라는 답이 돌아왔다. 나는 구십이 되려면 한참 멀었으니 얼마나 희망적이냐. 그래서 오늘도 나는 한 그루의 사과나무를 심는다. ❋

고양이가 쥐를 잡지 않으면 애완동물일 뿐이다.

길을 가는데 낯익은 사람이 다가와 공손히 인사를 한다.

— 누구누구 아빠입니다!

아, 그렇구나. 그는 내가 이름을 지어준 아이의 아빠였던 것이다.

절에 다니는 사람은 스님에게 이렇게 삼배를 올린다. 큰스님이 되라는 뜻이다. 길을 가다가 인사를 받거나 찾아오는 사람들에게 큰절을 받을 때마다 빚이 늘어난다. 우리 아이 이름 지어준 스님, 결혼식 주례 선 스님, 우리 부모님 49재 올려주신 스님이 자랑스럽지 못한일로 입에 오르내리지 않으려면 어떻게 해야 하는지 가르치는 일이기 때문이다. ✽

1년 동안 '저축'한 돼지 저금통을 털어 나온 돈이 50만 원, 중국에서 탈북자를 돕는 목사님께 보냈다. 그랬더니 어떤 분이 유용하게 쓰라며 가득 배가 부른 돼지 저금통을 보내왔다. 비우면 채워진다. ✿

— 콜로라도의 달 밝은 밤은 마음 그리워 저 하늘, 반짝이는 금물결 은물결 처량한 달빛이여, 콜로라도의 달 밝은 밤을 나 홀로 길을 가네.

그러나 나는 지금 한탄강에 있을 뿐이고, 수억 만 년 도도히 생명을 이어온 강을 두고 100년도 못 사는 보잘 것 없는 인간들이 이러쿵 저러쿵 하는 걸 보고 강은 어떤 생각을 할까요. 같잖다고 비웃지는 않을까요? 어두운 강에서 문득 도종환 시인의 '깊은 물'이라는 시가 떠올랐습니다. 제가 이따금 붓글씨로 쓰며 암송하는 시 입니다.

《물이 깊어야 큰 배가 뜬다/ 얕은 물에는 술잔 하나 뜨지 못한다/ 이 저녁 그대 가슴엔 종이배 하나라도 뜨는가 / 돌아오는 길에도 시간의 물살에 쫓기는 그대는 / 얕은 물은 잔돌만 만나도 소란스러운데 / 큰물은 깊어서 소리가 없다 / 그대 오늘은 또 얼마나 소리치며 흘러갔는가 / 굽이 많은 이 세상의 시냇가 여울을》 ✿

'메디슨카운티의 다리' 라는 영화를 보셨는지요. 사진을 공부하는 사람이라면 영화 속 내셔널지오그래픽의 카메라맨 '로버트 킨케이드' 를 한 번쯤 꿈꿔봤을 것입니다. 시쳇말로 역마살이 끼지 않고서야 로버트 킨케이드가 되지는 못할 것입니다. 사진작업이라는 게 낭만적으로 보이지만 공부도 많이 해야 하고 시간과 돈도 많이 들고 다리품까지 많이 팔아야 합니다. 그래서 사진으로 성공한 사람은 몇 안 됩니다. 불편한 진실이죠. ❁

세상에 소중하지 않은 생명은 없습니다. 성경 말씀에 '피는 생명이니 절대로 먹지 말고 고기를 그 생명과 함께 먹지 말라.' (신명기 12장 23절)는 구절이 있습니다. 심장이 있고 피가 흐르는 모든 생명은 귀천이 없이 동일한 것이니 함부로 죽이거나 취하지 말라는 뜻으로 나는 해석합니다. ❁

가끔 사람들이 "스님도 커피를 드시나요?"라고 묻는다. 수행자에게 행여 커피가 방해가 되는 건 아닐까 염려하는 마음인 것이다. 마음 써주는 사람이 있다는 건 참 행복한 일이다. ❁

박정희, 전두환, 김대중, 노무현, 이명박을 빼닮은 사람만 산다고 가정해보자. 얼마나 끔찍한 세상이 되겠는가. 조선, 중앙, 동아만 있고 한겨레, 경향만 있다면 이 또한 얼마나 재미없는 세상일 것인가. 종교도 마찬가지이다. 세상에 어느 한 종교만 존재한다면 그게 쇠로 만들어진 로봇세상이지 인간세상은 아니다. 하느님이 어째서 검고 희고 누런 인간을 만들었는지 살펴볼 일이다. ✽

그러니까, 어떤 녀석이 물었습니다
— 스님께서는 과거와 미래를 보십니까?
내가 대답했습니다.
　— 물론이지. 기차를 타고 역방향으로 앉으면
　　과거가 보이고 순방향으로 앉으면 미래가 보이거든!

봄나물은 드셨습니까? 그야말로 만물이 소생하는 달입니다. 요즘 우리가 사는 주변에 돋는 새싹은 거의 먹을 수 있습니다. 나는 아직 봄나물을 뜯지 못했습니다. 엄동설한을 견디고 처음으로 세상에 얼굴을 내민 녀석들을 싹뚝싹뚝 잘라먹는 게 미안하기 때문입니다. 새싹이나 새 꽃이나 작년의 그 녀석들이 아닙니다. 처음 세상에 나올 때 얼마나 환희로울까요. 나는 녀석들이 안쓰러워 뜯지 못하고 있는데 낯선 아낙들이 몰려와 비료포대로 한 자루씩 뜯어갖고 내려옵니다. 비닐봉지로 하나만 뜯어올 것이지 커다란 자루에 저마다 욕심을 가득 짊어진 것입니다. ✽

인터넷 SNS를 Syber 즉 가상공간이라고 하는 것처럼 우리가 사는 이 세상 역시 실제가 아닌 가상공간입니다. 우리는 하루에도 몇 번씩 SNS라는 공간과 우리가 사는 공간을 부지런히 오갑니다. 놀랍게도(?) 우리는 드디어 '공간이동'을 시작한 것입니다. 컴퓨터 모니터에 보이는 것들이 어디 실존하는 건가요. 서버(Server) 또는 하드 디스크(Hard Disk)에 저장되어 있는 전기신호가 이미지로 바뀐 것으로 컴퓨터 전원을 끄면 모니터에서 흔적 없이 사라집니다. 인간도 마찬가지입니다. 사는 동안 실제인 것 같지만 시간 위에 올려놓고 보면 가상공간에 사는 가상의 흔적들입니다. 그러니 '실제'라는 건 착각일 뿐이지요.

두 개의 공간은 서로 다른 특성을 가질 뿐 가상이라는 의미에서는 같은 선상에 놓여있습니다. 접속자가 나와 생각이 같을 거라는 것, 같아야 한다는 것도 착각입니다. 이쪽도 장삼이사 저쪽도 장삼이사 살고 있는 거 같지만 아닙니다. 이쪽 장삼이사와 저쪽 장삼이사는 놀랍게도(?) 동일 인물이라는 것입니다. 그래서 저쪽에서 입은 상처를 이쪽으로 가져오기도 하고 이쪽에서 입은 상처를 저쪽으로 옮기기도 합니다. 그렇다고 두려워하거나 기피할 필요는 없습니다. 멀리서 보면 다 아름답습니다. 모두 아름다운 존재입니다. 달도 별도 다 아름다운 것처럼. ✿

이른 아침 한탄강을 돌아본 후 마당바위 식당(김완동)에 띠리리리 전화를 걸었습니다.

— 아침은 드셨나요?

— 아, 스님. 지금 아침 먹어요.

— 나는 조반 전인데 같이 먹읍시다.

— 그럼 올라오세요.

강에서 올라와 들렀더니 잠시 기다리랍니다. 잠시 후 그 댁 부인이 새로 지은 밥을 내옵니다.

— 아니, 밥을 새로 했어요?

— 우리는 찬밥 먹었거든요.

참 좋은 사람들입니다. 이런 사람을 알고 있는 나는 참 행복합니다. ✳

속상한 일이 있습니까? 하늘의 별을 보십시오. 셀 수 없이 많은 별 중 한 곳, 지구별에 우리도 살고 있습니다. 먼지처럼 작은 지구별에 사는 우리는 도대체 얼마나 작은 존재일까요. 그런 걸 생각하면 누굴 미워한다는 게 얼마나 부질없는 일이라는 걸 깨닫게 될 것입니다. ✳

한 번 사라진 것을 복원한다는 것은 무척 어렵습니다. 많은 비용과 시간이 소요됩니다. 람사르 습지 심포지움에서 백 년 전에 사라진 것을 복원하기 위해 앞으로 백 년을 계획하고 있다는 일본 대표의 발언에 가슴이 뭉클했습니다. ✳

그러니까, 또 어떤 녀석이 묻습니다.

— 스님은 왜 절만 시킵니까? 부처님께 절하면 기적이라도 일어납니까?

내가 대답했습니다.

— 무식한 친구야! 돌부처가 무슨 효험이 있겠나? 절은 그대 자신과 맞짱을 뜨는 행위야. 자신과 싸우면서 답을 구하게 되는 거지. 하기 싫음 말구! (이건 정말 비밀인데, 기적은 가끔 일어나기도 해!!) ❁

가끔이지만 종교인들이 옳지 못한 일로 뉴스를 타기도 합니다. 순행보살과 역행보살이 있습니다. 좋은 행동으로 가르치는 보살, 옳지 않은 행동으로 가르치는 보살입니다. 종교가 세상을 걱정해야 하는데 오히려 세상이 종교를 걱정하고 있습니다.

어떤 사람이 일본에서 훔쳐온 불상을 밀거래하다가 압수당했습니다. 관계 당국과 불교계에서는 우리 것을 침탈해 간 것이니 일본으로 돌려주어서는 안 된다고 하고 불상 봉안식을 치렀습니다. 내 생각은 다릅니다. 아무리 내 것이라도 도둑이 훔쳐온 것이니 일단 돌려주고 대화를 통해 돌려받아야합니다. 그렇지 않으면 훔쳐간 놈이나 훔쳐온 놈이나 다를 게 없으니까요.

일본으로 돌려준다 해도 손해 볼 건 없습니다. 그들은 남의 문화재를 가진 게 되고 그쪽 일각에서는 우리 문화를 찬탄할 것이기 때문입니다. 더 중요한 것은 불상이 쇠가 됐든 돌이 됐든 그건 언젠가는 사라질 물질에 불과하다는 것입니다. 그러니 불상 하나를 두고 왈가왈부 하는 것은 도를 닦는 수도자가 할 짓은 아니라고 봅니다. ❁

여러분은 눈을 뜨면 누구와 제일 먼저 대화를 하나요.
나는 곤줄박이, 박새, 동고비, 딱따구리에게
먹을 걸 나눠 주며 첫 대화를 나눕니다.
나를 잠에서 깨우는 것도 새들입니다.
곤줄박이는 창문틀을 똑똑 노크하듯 쪼아대고
동고비는 빗방울 떨어지듯 처마 끝을 톡톡 쪼아대고
딱따구리는 먹이통을 마치 목탁 두드리듯
힘차게 쪼아댑니다.
특히 곤이(곤줄박이)는 손으로 주는 먹이를 좋아해
나는 "곤이 왔더? 잘 잤져? 아고 착하네" 하며
혀 짧은 소리로 말을 붙입니다.
아침의 첫 대화입니다.

대화를 하기 위해서는 양치질을 잘해야 한답니다. ✽

오랜만에 수좌가 왔습니다. 그 흔한 휴대전화 하나 없어 인기척을 듣고서야 그가 왔음을 알아차렸습니다. 아주 오래 전, "내가 출가한 까닭은 이런 게 아니었는데, 내가 생각한 절이 이런 게 아니었는데…" 하며 기어이 출가한 절에서 나왔다가 나한테 딱 걸렸고 며칠 묵는 동안 내게 잔소리 좀 들었습니다. 그 후 몇 번을 더 오가다가 한동안 소식이 뜸하더니 모처에서 열심히 수행 정진하고 있다는 말에 마음이 놓였습니다. 그러면서도 '아직도 뭐가 뭔지 모르겠다' 고 합니다.

— 뭐가 뭔지 알면 다 안 거다. 뭘 깨달으려 하지 말라. 그냥 물 흐르는 대로 놓아두라. 그러다보면 시나브로 어렴풋 보이는 게 있을 것이다. 세상과 세상 사람들에게 나는 어떤 의미인지, 왜 출가했는지, 그래서 어쩌란 말인지를 화두 삼으라. 고 일렀습니다.

차방에서 자도록 하고 오늘 아침엔 푹 자도록 일부러 깨우지 않았습니다. 일곱 시 쯤 기침(起寢)할 때가 된 거 같아 "일어나셨는가" 가만히 불렀는데 조용합니다. 살짝 문을 열었더니 이불이 얌전히 개어져 있고 그의 허름한 걸망이 보이지 않습니다. 나는 수좌가 깰까싶어 조심스럽게 오갔지만 그는 오히려 내가 깰까봐 슬그머니 바람처럼 떠난 것입니다.

나도 바람처럼 기별 없이 떠난 적이 여러 번입니다. 그는 한때의 나를 꼭 닮았습니다. 그리고 그는 나를 통해 멀고도 험난한 출가의 길을 나섰습니다. 한 사람의 작은 몸짓이 다른 사람의 일생의 나침반이 되기도 하고 삶을 변화시키기도 합니다. 나는 허락한 적 없지만 그는 나를 스승으로 삼고 있습니다. 그래서 수행자로 산다는 게 여간 조심스러운 일이 아닙니다. 수좌가 읽던 책이 차방에 얌전히 놓여있었습니다. 가져가라고 말하지 못한 게 후회가 되었습니다. 마침 초파일을

앞두고 연등값 받은 게 있어 여비를 미리 챙겨주어 그나마 다행이었습니다. ✽

환경운동 30년 심포지엄에서 토론자로 나온 골드만 환경상 수상자 중 Tuenjai Deetes 라는 분이 다가와 허리를 굽혀 아주 정중하게 합장인사를 합니다. (태국 여성으로 왕족이라고 합니다.) 나는 책상에 앉아 있었습니다. 그녀는 합장한 채 바닥에 무릎을 꿇고 영어로 공손히 묻습니다.

— 영어 가능합니까. 이름(법명)은 누구라고 하십니까. 어디서 수행하고 계십니까. 아까부터 지켜보고 있었는데 참 거룩해 보여 인사드립니다. 스님 계신 곳을 방문하고 싶은데 주소를 알려주시겠습니까. 등등.

공식행사라 두루마기를 입고 정장을 한 탓에 그분 보시기에 그럴듯해 보였나봅니다. 바닥에 무릎을 꿇은 그녀는 나를 일깨우러 온 '관세음보살' 일지도 모릅니다. 이렇게 가끔은 거리에서 스승을 만납니다. ✽

새들에게 공손한 사람도 있지만 무례한 사람이 더 많습니다. 둥지 앞에서는 소곤소곤 조용히 대화를 해야 하는데 큰소리로 마구 떠듭니다. 심지어는 셔터를 누르면서도 떠듭니다. 큰소리로 전화통화를 하는 사람도 있고 담배를 피우거나 쓰레기를 버리고 전혀 주의를 의식하지 않으며 함부로 오가는 사람도 있습니다. 어느 새 카메라가 폭력의 도구가 된 거 같습니다. ✽

화이부동(和而不同)

— 다양성을 인정하고 조화롭게 어울린다. (서로 다르지만 어울려 산다.)

뭐 이런 뜻입니다. 세상을 함께 살기 위해서는 조화로울 필요가 있습니다. 꿀을 찾는 곤충 한 마리, 꽃이 피기 전에는 녹색이었다가 꽃이 피면 붉은색으로 옷을 바꿔 입습니다. 조화로운 게 뭔지 아는 거 같습니다. ✿

바깥 기온이 뚝 떨어졌습니다. 밤에는 얇은 담요를 깔고 잤다가 한기가 느껴져 두꺼운 걸로 바꿔 깔고 잤습니다. 요란하게 울던 풀벌레 울음소리가 그치면 숲은 기나긴 겨울잠을 준비할 것입니다. 문득 사람들도 겨울잠을 잤으면 참 좋겠다는 생각을 해봅니다. 추운데 연탄불 갈지 않아도 되겠고 사람들은 애써 일하지 않아도 되겠고 출근도 하지 않고 학교에도 안 가고 여행도 못 가고 취미 생활도 못하겠지요. 덩달아 쓰레기도 공해도 발생하지 않겠고 말 많고 탈 많은 원자력발전소는 돌리지 않아도 될 터이니 인간에게 시달릴 대로 시달린 지구별도 한시름 놓을 거 같습니다. 하느님은 어쩌자고 곰한테만 겨울잠을 잘 수 있는 은혜를 베푸셨을까요. ✿

놀러오는 들고양이에게 사료를 놓아주다가 가끔은 별식으로 치즈도 놓아주고 참치도 놓아주었습니다. 시간이 지나면서 들고양이는 내 손에서 치즈를 받아먹을 만큼 가까운 사이가 되었습니다. 그런데 그게 탈이었습니다. 녀석이 새들을 공격하기 시작한 것입니다.

녀석은 어디 아프기라도 한 것처럼 느릿느릿 먹이터를 오갔습니다. 그러다가 새들이 안심하고 먹이를 먹을 때 전광석화처럼 빠르게 새들을 낚아챘습니다. 깜짝 놀란 나는 들고양이에게 참치통조림을 놓아주면서 달랬지만 소용이 없었습니다. ❀

사람들이 호박꽃을 보고 호박꽃 호박꽃 합니다. 못생기고 쓸모없다는 뜻일 겁니다. 가물에도 애면글면 호박꽃이 피기 시작했습니다. 그러다가 말겠지, 호박이나 열리겠나 싶었더니 알게 모르게 커다란 호박을 하나 매달았습니다. 구박 받는 꽃 치고 이렇게 실한 열매를 맺는 식물은 없지 싶습니다. 구수한 된장국에 호박이 없다면 된장국으로서 함량미달입니다. 그러니 사람들이 호박꽃을 천대하는 것은 호박꽃에 대한 예의가 아닙니다. 모름지기 수행자도 호박꽃 같아야 합니다. 그의 삶은 눈에 띄지 않아도 알게 모르게 조용히 맺은 열매는 뭇 사람들을 감동시키니 말입니다. ❀

꿀벌은 말벌로부터 벌통을 지키려고 사력을 다하지만 반나절이 안 돼 대부분의 꿀벌은 장렬히 전사합니다. 꿀벌들이 세력이 약해졌다 싶으면 말벌은 쇠를 자르는 커터처럼 생긴 강력한 부리로 좁은 입구를 넓힌 후 안으로 침입합니다. 이때부터는 더 끔찍한 살육이 벌어집니다. 안에서 일하던 어린 벌까지 꿀을 빼앗기지 않으려고 말벌에게 덤벼들다가 죽임을 당하고 급기야 여왕벌마저 처치하고 나면 애벌레와 꿀은 말벌의 노획물이 되고 맙니다.

말벌이 한바탕 뒤지고 나가면 개미가 몰려와 청소를 시작하고 하루 이틀이면 벌통은 죽음의 성이 됩니다. 애초에 벌을 치지 않았으면 모를까, 아무리 약육강식이 자연의 이치라고는 하지만 약자가 목전에서 약탈당하는 걸 팔짱을 끼고 바라볼 수만은 없는 일입니다. 그래서 파리채를 들고 말벌을 쫓아내지만 한편으로는 불살생을 해야 할 수행자가 자연현상에 간섭하는 것 같아서 벌치기도 참 쉽지 않은 일입니다. ❀

— 옛날 사람이다!
— 우와! 빡빡머리 할아버지다!
아이들은 나를 보자마자 이렇게 외칩니다. 불교행사가 아닐 때는 불단을 커튼으로 가리는데 커튼 뒤가 궁금한 꼬맹이 하나가 커튼을 살짝 열어보고 달려와 묻습니다.
— 스님, 쟤는 누구예요?
— 누구?
— 저 안에 앉아있는 얘요.

정말, 누구일까요…? ❀

나무는 바람을 기다립니다

살랑살랑 부는 바람은 나무가 기다리는 바람이 아닙니다. 가지가 흔들리고 나뭇잎 몇 개가 떨어질 정도로 부는 바람도 나무가 기다리는 바람이 아닙니다. 나무가 기다리는 바람은 몸이 휘청거릴 만큼 힘센 바람입니다. 나무는 제 역할을 다하고도 고집스럽게 붙어있거나 쓸모없이 무거운 가지 때문에 온몸이 근질근질합니다. 드디어 나무가 기다리던 바람이 몰려왔습니다. 고맙게도 아주 힘이 센 태풍입니다. 태풍은 나무를 뿌리째 뽑아버릴 듯 거세게 몰아칩니다. 나무는 뿌리로 땅을 단단히 움켜쥐고 있는 힘을 다해 버텼습니다. 쓸모없는 가지들이 하나둘 뚝뚝 떨어져나갔습니다. 하루 종일 비바람이 몰아쳤습니다. 아침이 되고 동서남북 정신없이 불던 바람이 멎자 나무는 목욕을 한 것처럼 한결 예뻐졌습니다. 성긴 나뭇가지 사이로 쏟아지는 햇살도 덩달아 싱그럽습니다. ❀

어떤 행사에서 있었던 일입니다. 옆 부스에서 양계장 주인이 유정란을 팔고 있었는데 작은 실랑이가 벌어졌습니다. 누군가 무정란을 찾는 것입니다. 대개는 유정란을 찾기 마련이지만 손님이 무정란을 찾는 바람에 양계장 주인은 뜨악한 표정이 되었습니다. 알고 보니 무정란은 나를 위한 거였습니다. ❀

은종이는 나와 생년월일이 같은 초등학교 친구입니다. 가끔 전화를 하면, 공부는 어떠냐, 힘든 일은 없느냐며 조용조용 묻던 은종이가 요 며칠 부쩍 생각이 났습니다. 초등친구가 온다기에 은종이도 데리고 오랬더니 같이 못 올 사정이 있다고 합니다.

마음속에 늘 안쓰럽게 간직된 어릴 적 친구 은종이가 세상을 버린 것이었습니다. 은종이의 부음을 듣고 〈초등친구 유은종 영가〉라고 쓴 위패를 세운 후 물 한 그릇 떠놓고 기도했습니다. 술을 잔뜩 마시고 어디선가 추락했다고 했는데 나는 자꾸만 그가 삶을 스스로 마감했을 거라는 생각이 들었습니다. 마음고생을 징그럽게 하고 살았다는 걸 알기 때문입니다. ✽

나는 나무를 올려다보고 나무들은 나를 내려다봅니다. 내가 이 숲에 오기 전부터 계곡 밑에서 자라던 낙엽송과 아카시 나무는 그 높이가 20미터는 족히 될 만큼 장대합니다. 나무들이 보기에 주인행세를 하는 나를 딱하게 생각할 것입니다. 그래서 나는 고개를 숙이고 조심조심 다닙니다. ✽

겨울에 땔 연탄을 1천 장이나 쌓아놓아 나는 행복합니다. 티비를 켜면 지구촌 구석구석 소식을 들을 수 있는 것도, 수도꼭지를 틀면 물이 콸콸 쏟아지는 것도, 춥지 않게 밥을 먹을 수 있는 것도 행복한 일입니다.

연탄이나 전기가 없어서 옷을 잔뜩 껴입고 얇은 침낭 속에서 밤을 보냈던 기억, 10년 넘게 물을 길어다 먹었던 기억, 냉장고가 냉동고가 되는 비닐하우스 법당에서 밥을 먹었던 기억, 한겨울에 언 손을 녹이며 탁발 다녔던 기억, 버려진 토관 속에서 노숙하던 기억 등등, 사는 동안 힘겨웠던 일들을 생각하면 지금 내가 사는 건 천국이나 다름이 없습니다. ✽

음력 8월 4일, 오늘은 어머니 기일(忌日)입니다. 생진에 좋아하신 음식을 차려놓고 기도했습니다. 쓸쓸한 제삿날이었지만 '스님 아들'의 기도인 만큼 좋아하셨을 것입니다. ✽

두 사람이 감옥에 갔습니다. 한 사람은 미쳐서 나오고 또 한 사람은 시인이 되어 나왔다고 합니다. 직장, 가정, 사회 구석구석 따지고 보면 감옥 아닌 곳이 없습니다. 비교적 자유롭게 살 거 같은 스님들도 그렇습니다. 꼭두새벽 시간 맞춰 일어나고 시간 맞춰 기도하고 신도 하나하나 비위도 맞춰야 하고, 틈틈이 손님들 맞이해야 하고, 이게 로봇이 사는 거지 어디 사람이 사는 건가, 사람이 할 짓인가 싶을 때도 있습니다. 그러니 겉만 그럴듯하지 실은 감옥살이를 하는 거나 마찬가지입니다. 미쳐버릴 것이냐 시인이 될 것이냐, 세상을 어떻게 사느냐는 순전히 스스로의 몫입니다. ✽

하느님, 천주님, 제석천.

내가 가끔 '하느님' 운운하니까 어떤 분들은 스님이 부처님을 찾아야지 하느님은 또 뭡니까 합니다. 일전에 '고갱의 황색예수'를 그렸더니 사람들은 "부처님이나 그릴 것이지" 합니다. 내가 예수 부처를 그렸다는 걸 모르기 때문입니다. 불교에서는 깨달은 이, 우리에게 길잡이가 되는 이, 우리의 영혼을 하느님께 인도하는 이를 통틀어 '부처'라 부릅니다. 그러니 예수님 또한 부처인 것입니다. 불교에서는 '신들의 왕'을 '제석천'이라고 합니다. 인도말로는 '인드라'라고 하지요. 무슨 뜻이냐 하면 '천주' 곧 '하느님'이라는 뜻입니다. 기독교가 예수님을 통해 하느님에게 가듯 불교도 부처를 통해 하느님에게 나아갑니다.

'제석천'은 '관세음보살'로도 불립니다. 세상 모든 걸 다 들여다보고 관장한다는 뜻입니다. 성경에 "누구든지 내 이름을 부른다면 구원을 얻으리라"(로마서)라고 한 것처럼 불경(법화경)에서도 "내 이름을 한 번만이라도 부른다면 모든 번뇌망상을 여의고 재난에서 벗어나고 천국에 들 수 있다"고 말합니다.

내 어머니는 '관세음보살 나무아미타불' 밖에 몰랐습니다. 풀이하면,
— 이 세상을 주관하는 이여, 부디 가엾은 중생(백성)을 굽어 살피시옵소서.
뭐 이쯤 됩니다. 그러면서 가끔 '하느님 맙소사' 합니다. ❀

인도네시안가 어디인거 같았는데 산골짜기에서 숯을 구워 파는 가난한 사람들, 하루 숯을 구워 장에 내다 팔면 사흘을 먹고 살 수 있다고 합니다. 그 가족이 사는 집이 판잣집입니다. 거기까지 자원봉사를 간 우리나라 젊은이들이 그 집 여자아이에게 판자로 뚝딱뚝딱 방을 만들어 주었습니다. 방이라야 판잣집에 덧대서 만든 '쪽방'에 불과하지만 완성된 걸 보고 여자아이도 울고 아빠 엄마도 웁니다.
세상에는 이처럼 어렵게 사는 사람이 참 많습니다. 사소한 것에 감동하고 행복해합니다. 우리의 행복기준은 어디일까요. ❀

봄에 피는 꽃도 있고 여름에 피는 꽃도 있고 가을에 피는 꽃도 있고 겨울에 피는 꽃도 있다는 게 생각할수록 신비로운 일입니다. 봄이나 여름에 한꺼번에 피어도 될 걸 식물이 계절을 나눠 꽃을 피우는 것은 식물 나름대로의 생존전략입니다. 키 작은 식물은 키 큰 식물이 우거지기 전에 꽃을 피우고 햇볕을 많이 받지 못하는 곳에서 살게 된 식물은 낙엽이 지고 볕이 들면서 꽃을 피우기 시작합니다.

식물들도 제각각 남보다 돋보이려 애씁니다. 꽃의 색깔이나 디자인, 크기 등등 식물의 설계능력은 누구도 흉내 낼 수 없습니다. 그래서 인간도 식물에서 영감을 받아 음악도 작곡하고 그림도 그립니다. 이런 걸 보면 정말 위대한 건 인간이 아니라 식물이라고 해도 틀림없습니다. 인간은 '번역자' 일 뿐입니다.

눈이라도 내린 것처럼 새하얗게 무리지어 핀 꽃은 '미국쑥부쟁이'라는 꽃입니다. 여름에 피는 '개망초' 와 혼동되는 녀석이지요. 미국쑥부쟁이는 꿀벌들에게 막바지 겨울먹이를 제공하는 고마운 식물입니다. 사람들은 몹쓸 잡초로 차별하지만 드넓은 초지를 덮어버릴 만큼 하얗게 핀 꽃은 유채밭이나 메밀밭을 연상케 하여 우리에게 즐거운 볼거리를 제공합니다.

야생동물들 주고 남은 옥수수 알갱이들을 함부로 뿌려 놓았더니 싹이 트고 키가 가슴팍 높이까지 자랐습니다. 옥수수를 수확할 시기에 뒤늦게 파종한 셈이니 옥수수로서는 발등에 불이 떨어졌습니다. 서둘러 자라서 열매를 맺어야 합니다. 그러나 옥수수가 아무리 서둘러도 계절은 기다려주지 않습니다. 하루가 다르게 기온이 떨어지고 주변 나무들은 단풍이 들고 어떤 나무는 벌써 낙엽이 지고 있었으니까요.

농작물 중에서 이파리가 가장 긴 옥수수는 참 별종입니다. 대개의 식물이 꽃이 핀 자리에 열매를 맺기 마련이지만 옥수수는 꽃을 꼭대기에 피우고 막상 열매는 훨씬 아래쪽에 따로 키웁니다. 옥수수는 옥수숫대 가운데에 열매를 맺는데 여기에 꽃이 핀다면 무성한 옥수숫대에 가려 꽃이 햇볕을 받지 못할 테고 곤충도 꽃을 발견하기가 쉽지 않았겠지요. 이렇게 보면 꼭대기의 꽃과 아래쪽 열매를 서로 연결하는 메커니즘이 있나봅니다. 우리가 알기에 식물은 그저 멋대로 자라고 생각 없이 사는구나 싶지만 세상의 모든 식물은 나름대로 생각하고 연구와 진화를 거듭하며 생존하고 있는 것입니다.

열매 맺기를 포기하지 않고 안간힘을 쓰는 옥수수를 볼 때마다 나는 마음이 편치 않습니다. 제법 통통하게 살도 오르고 옥수수 술도 모양을 갖춰 살짝 만져보았지만 손끝에서 알갱이는 감지되지 않았습니다. 그대로 놓아두면 옥수수는 씨도 맺지 못하고 수명을 다할 것입니다. 하루가 다르게 기온이 떨어져 긴 이파리가 누렇게 변하기 시작했습니다. 그래서 서리가 내리기 전에 옥수수에게 비닐막 온실을 만들어주기로 했습니다. 성장을 멈춘 옥수수가 겨우내 눈에 밟혀 정작 옥수수보다는 내가 더 마음이 아플 거 같아서입니다. 옥수수가 열매를 맺는다면 옥수수는 안심하고 긴 겨울잠을 잘 수 있을 것입니다.

오늘은 바람까지 강하게 불었습니다. '나의 비밀의 정원'에도 단풍이 곱세 물들기 시작했는데 강한 바람 때문에 아쉽게도 단풍이 우수수 마당 가득 떨어졌습니다. 식물의 씨앗을 먹은 새들이 배설물을 통해 숲속 여기저기 퍼트리기도 하지만 바람을 당해내지는 못합니다. 바람은 식물의 씨앗을 온 산에 퍼트려 숲을 비옥하게 만드는 주인공입니다

때 아닌 해바라기 씨가 곳곳에 돋았습니다. 새들이 나중에 먹으려고 감춘 겁니다. 껍질이 벗겨져도 씨눈이 살아있는 까닭에 싹이 돋고 순이 자라는 모양인데 가만히 있다가 내년 봄에 싹을 틔었으면 좋으련만 계산을 잘못하는 거 같습니다. ❀

그러니까, 어떤 녀석이 와서 묻습니다.
— 스님! 귀신이 정말 있습니까?
내가 대답했습니다.
— 당근 있지! 미국 가서 망신당한 윤 머시기 귀신이 숭례문 복원 대목장 김 머시기한테 옮겨 붙었다 아이가! 귀신이 붙어 미치지 않았으면 어찌 대들보를 빼돌릴 수 있으며 '가문의 영광'을 헌신 버리듯 하것나! 니도 귀신 조심하그라! 물귀신 씌어서 강을 파헤친 사람도 있데이. ❀

하기야 사람이 곧 부처이므로 별 상관은 없어 보입니다. 차가운 금속성 또는 FRP로 만들어진 부처님(불상)이야 뭐 추운 거 더운 거 잘 견딜 수 있는 초능력을 갖고 있으니 비닐하우스 법당을 지키게 했다고 하여 불만은 없을 것입니다.
'부처님을 모신다'고 합니다.
사실 부처님은 '인간중심사상'을 가르치셨습니다. 인간이 곧 부처이고 부처가 곧 인간이기 때문인데 실상은 과연 어떤지요. 사람부처는 실종되고 커다랗고 위압적인 금불상만 혼자 법당을 지키고 있습니다. 그건 불상 즉 부처님 형상일 뿐이지 진정한 부처는 될 수 없습니다. 해마다 거금을 자선남비에 넣는 사람도 부처이고 밥을 굶는 사람을 위해 밥을 짓는 사람도 부처입니다. 이렇게 진정한 부처는 세상 곳곳에 있습니다. ✽

겨울에만 내려와서 월동하는 철새와 달리 텃새는 먹이 저축의 달인입니다. 그래서 먹이를 잘게 부수어 주지 않으면 한 시간도 안 돼 먹이가 동 납니다. 먹이가 부족한 엄동설한을 대비해 모두 물어다가 숲속 곳곳에 감추기 때문이지요. 그런데 무슨 까닭인지 박새류는 먹이를 저축하는 걸 한 번도 보지 못했습니다. 성질이 낙천적이어서 그럴까요. 그저 하루 벌어 하루 먹고 살면 그만이라는 식입니다. 같은 숲에 살고 날개를 가진 짐승이라도 식성도 다르고 생활 방식도 다 다르다는 게 사람이나 새나 매한가지라는 생각이 듭니다.

우리는 겨울에만 새들이 모여서 이동한다고 생각하지만 번식기에도 새들은 무리지어 이동합니다. 여름철새들이 번식을 하러 남쪽에서 올라올 때에도 무리를 짓고 번식을 마치고 다시 남쪽으로 내려갈 때도 무리를 지어 날아갑니다. 무리를 지으면 두려움도 줄어들고 안전하고 고난을 극복하는 힘이 생깁니다. ✽

비가 여름 장마 때처럼 내렸습니다. 하루 종일 비가 내린 덕분에 뒹굴거리며 쉬었습니다. 물닭 조승호 박사님께서 은근히 생일이 언제냐고 묻습니다. "중 생일은 초파일입니다" 했더니 궁금해서 그런다고 가르쳐 달래요. 그래서 내 생일은 국가에서 관리하므로 비밀이라고 했지요. 며칠 후엔 또 문화일보 김연수 부장께서 생일을 물어옵니다. 당연히 말씀 안 드렸는데 멋대로(?) 이번 17일을 D-day 로 날을 잡았습니다. 앞으로 내 생일은 17일이 될지도 모르겠군요.

주위에 몇몇 사람이 내 생일이 이쯤 어디라는 걸 대충 알고는 있지만 생일을 찾아먹을 만큼 잘 산 것도 아니어서 슬그머니 지나치곤 합니다. 그러니까 평생 생일을 찾아 먹은 게 서너 번은 될까, 아마 그렇습니다. 생일날은 나를 낳아주신 어머니 생각을 하면서 미역국 끓여 감사의 기도를 올리며 보내는 것으로 나만의 나름대로의 행사가 된 게 오랩니다.

며칠 전 나의 강력한 만류에도 불구하고 내 생일을 알아낸 신도들이 생일상을 준비하여 쳐들어왔습니다. 나는 그들이 도착하기도 전에 빠져나왔고 주인공 없는 빈 집에서 생일상을 차려 먹고 모두 내려갔다고 합니다. 좀 심했나요? 하여튼, 그 분들에게는 대단히 미안한 일이지만 '전례'를 만들면 앞으로 더욱 복잡해질 게 뻔해 부득이 자리를 피한 것입니다. ✽

우포 이인식, 정봉채 선생과 저녁노을이 완전히 질 때까지 우포늪에 앉아 있다가 창녕으로 저녁을 먹으러 갔습니다. 그런데 식당에서 뜻하지 않은 사람을 만났습니다. 음대를 나온 친군데 그는 대금과 단소를 붑니다.

대금이나 단소를 분다는 게 어찌 보면 낭만적일 것 같지만 그의 생활은 그리 넉넉한 편이 아니었습니다. 우리는 부산의 한 찻집에서 한 가지 약속을 했습니다. 너는 대금과 단소를 죽기 살기로 불어라, 나는 글씨(붓)를 쓰고 그림(먹)을 그리겠다. 그리고 10년 후에 만나자. 뭐 이런 애들 같은 손가락 걸고 도장 찍는 약속입니다만 사실은 그를 격려하기 위한 약속이었습니다.

들리는 소문에 지리산 어디에서 음악활동을 한다는 그를 창녕의 한 식당에서 만난 겁니다. 어떤 행사에서 연주하기 위해서라고 했습니다. 나는 5년 만에 그의 연주솜씨를 듣고 싶었습니다. 얼마나 갈고 닦았는지 그 동안 나와의 약속은 지켜지고 있는지 궁금했습니다.

그의 얼굴에 이미 붉은 단풍이 들어 연주를 들어볼 기회는 놓쳤지만 망가진 그의 앞니가 아직도 그대로인 걸 보고 마음이 아팠습니다. 전보다 형편이 그리 나아지지는 않은 거 같았기 때문입니다.

그러고 보니 나는 이와 비슷한 약속이 몇 개 더 있습니다. 바이얼린 하는 현우와도 약속을 했고 재즈 연주하는 녀석과도 약속을 했고 시 쓰는 도반과도 약속을 했고 또 도연암에 놀러오는 꼬맹이들과도 약속을 했습니다. 또 밀리는 아프리카 산골마을에 사는 몇몇 가난하지만 천사 같은 아이들과의 약속도 있습니다. 그리고 마지막으로 바로 나 자신과의 약속입니다.

나한테 삭발의 의미는 나 자신과의 약속을 상기시키기 위함입니다. 입산은 자신과의 치열한 싸움을 시작하는 서막입니다. 그런데 가

꿈 혹자는 나처럼 한가롭게 산에 홀로 살고 싶다고 합니다. 내 사는게 나긋나긋해보였나 봅니다. 우아하고 아름다운 고니(백조)가 수면 아래에서는 치열하게 물갈퀴를 움직인다는 걸 미처 모르는 까닭입니다. ❀

그러니까, 어떤 녀석이 또 묻습니다.

— 스님, 염불은 언제 하시고 나무만 심습니까?

내가 대답했습니다.

— 지금 염불하는 거 안 보여? ❀

도(道).

〈에티오피아〉의 13살 난 남자 아이는 머슴처럼 남의 집에 상주하여 일합니다. 엄마는 우시장에서 소 한 마리를 끌고 다섯 시간을 걸어 '배달'하고 받는 삯이 우리 돈으로 2천 원입니다. 집이 없는 어떤 가족은 남의 집 외양간에서 소와 함께 살고 있습니다. 아이들은 가축의 배설물이 범벅이 된 개울물을 식수로 사용하고 있습니다.

나는 이런 프로그램을 보는 내내 웁니다. 그러면서 도대체 내가 닦는 도(道)라는 게 세상에 어떤 의미가 있을까 의문을 갖습니다. 공염불을 하는 건 아닌지 말입니다. ❀

폭 좁은 리어카 하나 샀습니다. 앞으로는 이 녀석으로 연탄도 나르고 모래자갈도 나르고 나무도 실어 나를 생각을 하니 기분이 좋습니다. 오래 전에 천상병 시인이 살았던 판자촌 골목에는 이렇게 폭이 좁은 리어카가 다녔습니다. 골목이 너무 좁아 우리가 흔히 보는 리어카로는 다닐 수 없고 연탄을 두 줄로 쌓을 수 있는 작은 리어카만 다녔던 것입니다. 판자촌 개울둑에 군데군데 놓여있는 이동식 화장실 앞에서는 이른 아침이면 진풍경이 벌어집니다. 집집마다 화장실이 없기 때문에 화장실 보려면 길게 줄을 서야했습니다.

시인 천상병은 이런 곳에서 살다가 삶을 마감했습니다. 시인의 아내 목순옥 여사는 나더러 예쁜 각시 얻어 오순도순 살아야지 절대로 스님은 되지 말라고, 그래서 알았다고 했는데 통도사에서 있었던 중광 스님 다비식 때 딱 마주쳤습니다. 인사동 찻집에 가끔 들을 때마다 나를 애처로운 눈으로 바라보던 키 작은 천상병의 아내도 시인을 따라 간 게 꽤 됐습니다.

폭 좁은 리어카에 바람을 넣는 동안 앞서 간 분들이 달리는 자동차 창밖으로 스쳐 지나는 풍경처럼 떠올랐습니다. 시인 천상병, 시인의 아내가 돼주었던 목순옥 여사, 미친 존재감 중광 스님, 노래하는 음유 시인 이남이, 이들은 어디서 다시 만나 재미난 삶을 살고 있을까요. ✿

KBS1 TV 낮 뉴스에 시각장애인 아나운서가 등장했더군요. 손가락으로 점자를 만져가며 뉴스를 전했는데 틀리면 어쩌나 하는 걱정은 기우에 불과했습니다. 또 눈을 감고 들으면 그가 장애인인지 아닌지 전혀 구분할 수 없을 만큼 말솜씨가 매끄러웠습니다. 머잖아 저녁 메인 뉴스에서도 그를 볼 수 있기를 기대합니다. ✿

어머니와 고등어

한밤중에 목이 말라 냉장고 문을 열어보니 고등어 절임이 있었다고, 아침이면 고등어구이를 먹을 수 있다고, 어머니의 코고는 소리, 어머니를 보기만 해도 좋다, 는 김창완이 부른 '어머니와 고등어'라는 노래, 다들 아시지요? 아마 나만 좋아하는 노래는 아닐 거 같습니다.

김해 사는 어떤 분이 하동 고향집에서 어머니와 함께 잤다는 말에 문득 나도 내 어머니가 생각났습니다. '스님은 엄마가 안 계시죠? 하는 물음이 은근히 자랑하는 소리로 들렸습니다. 얼마 전에 그 분의 아버지께서 돌아가셨다고 들었습니다. 홀로 계신 어머니와 함께 자드렸으니 참 좋아하셨을 것입니다.

어머니, 는 '그리움'과 동의어일지도 모릅니다. 나는 중학교에 들어갈 때까지 어머니 젖가슴을 더듬으며 잠들었습니다. 고등학교 때 엄마 이불 속으로 들어가 뒤에서 안았더니 "아이고 이눔아 징그럽다!"며 손을 뿌리칩니다.

시험공부를 하다가 어머니의 가늘게 코고는 소리에 어머니의 잠든 모습을 물끄러미 바라봤던 기억도 납니다. 우리에게 세상의 빛을 보게 한 부모님은 하느님 같은 존재입니다. 살아계실 때 자주 가 뵙도록 하십시오. ❀

부산 〈습지와 새들의 친구〉 아이들이 다녀갔습니다. 도연암 새로 완성된 '힐링캠프'에 옹기종기 모여 '생태 이야기'도 듣고 철원평야와 한탄강에 나가 두루미도 관찰했습니다. 해방 전에 철원을 통제했던 북한의 '노동당사' 건물도 돌아보고 백마고지 전적비도 돌아보았습니다. 백마고지 전적비에서 묵념을 올리고 안내병사에게 6.25에 대해 설명을 들었습니다. 아이들은 백마고지에서 캐낸 탄피와 총알을 녹여 만든 부조를 만지며 전쟁의 비극에 대해 상기했습니다.

남북전쟁의 아픔. 우리는 여태까지 북쪽에서 먼저 공격했느냐 남쪽에서 먼저 공격했느냐, 그래서 누가 나쁜 놈이냐는 근시안적이고 미래지향적이지 못한 일에만 골몰해온 게 사실입니다.

아이들에게 이렇게 가르쳐서는 역사공부가 되지 못합니다. 남북전쟁의 원인은 일제의 식민지 이전부터 찾아야겠지요. 나라를 송두리째 빼앗기고 '우리끼리' 총부리를 겨누고 사생결단을 내게 된 원인이 무엇인지 제대로 알려주어야 합니다.

그러므로 일제 강점기 위안부 문제만 갖고 따져서도 안 됩니다. 또 전쟁을 시작한 북쪽만 탓해서는 과거와 미래를 보지 못하고 앞으로 나아갈 수가 없습니다. 전쟁 후 60년이 지나는 동안의 아픔을 잊어서도 안 되지만 힘이 없고 미래에 대한 준비를 하지 못해 일제에게 나라를 내준 까닭도 공부해야 합니다.

짧은 시간에 아이들에게 말해주기에는 너무 복잡하고 많은 역사 이야기였습니다. 백마고지 전투 기념관에는 왜 우리가 남북으로 갈라져 싸우게 되었는지 단 한 줄의 설명도 없어 볼 때마다 늘 안타까운 마음입니다. ❁

저녁 공양 하자고 도반 스님을 오라고 했는데, 잠시 후 스님이 도착, 내 차 기름 아끼려고 당신 차 타고 가자고 했더니 그러자며 뭐가 좋은지 빙글빙글 웃어요. 내가 운전대를 잡았는데 조금 가다보니 헐! 기름 넣으라는 불이 들어오네. 운전대 잡은 게 죄라고 내 돈 오만 원이 기름과 바꿔지고, 저녁 밥값도 내가 내고.

— 오지 마! 오지 마!

아, 뭐 스님 오지 말라는 게 아니고 티비 광고에서 할아버지가 손주들 오지 말라고 그러더라니까! ❀

새벽기온 영하 25도, 아침 기온 영하 20도. 연일 계속되는 한파로 새들의 겨울나기도 만만찮습니다. 추운 겨울밤을 보낸 새들은 마치 한데서 잔 노숙자처럼 잔뜩 움츠리고 움직일 줄 모릅니다.

— 새들은 정말 춥겠어요. 집이 있는 우리는 정말 행복해요.

— 어미새가 새끼를 키우는 걸 보고 가정과 가족의 소중함을 새삼스럽게 깨달았습니다.

— 누굴 미워했는데 새들을 보고 그 마음이 사라졌습니다.

— 새들이 살아가는 걸 보면 나는 너무 많이 가졌습니다. 그러면서도 늘 부족하다고 생각한 게 부끄럽습니다.

— 스님은 작은 산새들에게도 먹이를 나누는데 나는 정작 무엇 하나 나눈 게 없었습니다. 앞으로 베풀면서 살겠습니다.

— 실은 삶을 마감하고 싶었습니다. 죽기 전에 스님께 가보길 잘했다고 생각합니다. 지금은 저도 부지런한 새처럼 열심히 살고 있습니다.

어린 학생, 실의에 빠진 남자, 사업에 실패한 사장님, 패배의식에 젖은 사람, 배신당하고 상처 입은 사람 등등, 도연암에 다녀간 많은 이들이 문자를 보내옵니다. 새들 먹이를 대는 비용이 만만찮지만 25그램 산새들로부터 우리가 얻거나 깨닫는 걸 비용으로 환산하면 무한대입니다. 지금도 추운 들판에 나가 겨울새들에게 먹이를 제공하고 보살피는 분들이 여럿입니다. 이분들의 노고에 감사할 따름입니다. ❀

편히 주무셨습니까? 저는 요즘 잠자리가 무척 편합니다. 나무침대를 새로 만들었기 때문입니다. 나무를 사다가 톱으로 자르고 가로세로 모양을 갖춰 뚝딱 못을 박고 다리도 세웠습니다. 마지막으로 바닥은 합판으로 처리하고 홈쇼핑에서 라텍스를 구해 깔았습니다. 쿠션 좋은 침대만큼은 아니더라도 이렇게 훌륭한 침대가 완성되었고 나는 내가 손수 만든 나무침대에서 편안하게 잠을 자게 되었답니다.

수행자가 잠자는 방은 한 칸을 넘어서도 안 되고 호사스럽게 침대에서 자서도 안 된다고 선사들께서 이르고 있는데, 꿈속에서 나타나 죽비 한 방망이가 후려치는 건 아닌지 모르겠습니다. ❀

올해도 부처님 오신 날을 앞두고 어김없이 교회 사람들이 우르르 몰려왔다. 지난해 어느 날 예불시간에 찬송가를 부르며 축하공연(?)을 왔던 그 교회 사람들이다. 그들은 내려가면서 길가에 걸린 연등을 모조리 떼 개천에 던져버리는 '퍼포먼스'까지 했다. 할렐루야. ❀

꽃사과가 빨갛게 익고 있습니다. 기후가 변한 게 확실합니다. 어릴 적 기억으로는 한여름 기온이 영상 31도 이상 올라간 적이 없었는데 35도라니요, 간밤에는 몇 차례 소나기가 쏟아졌습니다. '국지성호우' 라고 합니다. 바람도 강하게 불었습니다. 사실 바람은 소리가 없습니다. 나무가 바람소리를 대신 내줄 뿐입니다. 벚나무는 어떤 신도가 가져와 심은 것입니다. 10년 넘게 앞마당을 지키고 있는 벚나무는 처음에는 가냘프고 보잘 것 없었지만 지금은 열매도 무수히 열려 새들을 불러 모으고 다람쥐를 먹입니다. 나는 또 하루 종일 그늘을 만들어 주는 벚나무 그늘 밑에 앉아있기를 좋아합니다.

소나무, 잣나무, 자작나무, 느티나무, 벚나무, 뽕나무, 밤나무, 마가목, 자작나무, 목련, 배나무, 꽃사과, 보리수, 붉나무, 아카시, 산수유, 수수꽃다리, 엄나무, 오가피나무, 금매화, 개복숭, 싸리나무, 참나무, 팥배나무, 낙엽송, 물푸레나무, 살구나무, 불두화······.

앞뜰 뒤뜰에 심어진 나무들은 하나같이 절에 오는 신도들이 심은 것입니다. 그래서 잊지 못할 사연들이 차곡차곡 담겨있습니다. 나무를 볼 때마다 그 나무를 심은 사람이 떠오릅니다. 먼 훗날 사람들은 자기가 심은 나무 밑에 앉아 도란도란 옛날이야기를 하며 쉴 것입니다. ✽

세상에 영원한 것은 없습니다. 제아무리 단단한 바위라도 언젠가는 모래처럼 부서집니다. 기도, 하십니까? '쉬지 말고 기도하라' 는 성경 말씀도 나는 좋아합니다. 매일 매일 기도하면 얼굴 표정부터 달라집니다. 얼굴 표정이 달라지면 사람들은 '뭐 좋은 일 있느냐' 물어볼 것입니다. 밝은 표정은 상대방까지 덩달아 기분 좋게 합니다.

잠자리에서 일어나기 전에, 화장실에서, 양치질을 하면서, 밥을 먹으면서, 출근을 하면서, 운전을 하면서, 일터에 들어서기 전에 마음속으로 기도해보십시오. 기도하는 사람은 뭔가 달라도 다릅니다. 이렇게 말하면 물닭 선생님은 '증거 있느냐'고 물을지 모르지만 나는 행복해 보이는 사람은 모두 기도하는 사람이라는 걸 눈치 챌 수 있답니다. ❋

그러니까, 어떤 녀석이 거나하게 취해서 말합니다.
— 스님, 사는 게 너무 힘듭니다. 희망이 안 보입니다.
내가 대답했습니다.
— 들어가 절이나 하거라.
한참 후에 어떤 녀석이 상기되어 나옵니다. 내가 말했습니다.
— 그래, 뭣 좀 알아내셨나?
그 어떤 녀석은 두 팔을 휘두르며 경중경중 뛰어 내려갔습니다.
사지가 멀쩡하니 아직은 희망적이라는 뜻으로, 녀석은
그걸 깨달은 것입니다.
— 감히 나한테 선문답을 하다니, 건방진 녀석! ❋

소설가 박범신의 아버지는 고등학생 박범신을 절에 맡기러 갈 때 이불 짐을 지고 앞서 걸었습니다. 아들은 한참 후에야 아버지가 진 짐이 어떤 의미였다는 걸 깨닫습니다. ❋

그러니까, 어떤 녀석이 깐죽거리며 묻습니다.
— 스님은 참 다양한 책을 읽으십니다?
내가 대답했습니다.
— 끽다거喫茶去!(밥이나 먹거라!)
어떤 녀석이 다시 말합니다.
— 아니 반찬은 한 가지 뿐입니까?

*끽다거＝ '차나 마시고 가거라' 로 풀이하는데
나는 이를 음역하여 귀따거(시끄럽다)로 말하기도 합니다.

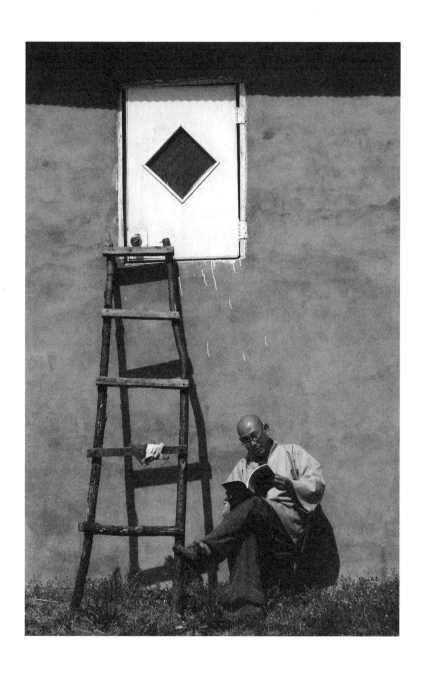

돈이 많았으면 좋겠습니다. 그래서 어렵게 활동하는 화가들 작품
도 많이 사주고, 화가는 열심히 아름다운 그림만 그리게 했으면 참 좋
겠습니다. 가난한 시인들 시집도 많이 사서 온 세상 사람들에게 나눠
줬으면 좋겠습니다. 그러면 온 세상이 아름답게 변하지 않을까요.

어릴 적에 내가 할 수 있는 건 연필로 그림을 그리고 노는 것이었
습니다. 바로 위 형님이 나보다 10살이나 많으니 나하고 놀아줄 리가
없었습니다. 초등학교 때부터 미술반에 들어가 열심히 그림을 그렸
는데 어른이 되면서 머리와 손이 굳어져 최근에 다시 미술학원엘 다
녔습니다.

강의료와 용돈을 모아 어린이 사생 대회 행사를 치루고 있는데요,
아이들 그림이 도저히 흉내 낼 수 없을 만큼 기발하고 또 하나같이 순
수합니다. 붓글씨를 오래 쓰다보면 아이가 한창 글을 배울 때로 돌아
간다고 합니다. 그림도 그렇다고 생각합니다. 결국 그림을 그리거나
글을 쓰거나 사진을 찍거나 하는 모든 예술의 행위가 수행 아닌 게 없
으며 자기를 일으켜 세우는 작업이기도 하며 사는 동안 켜켜이 쌓인
묵은 때를 씻어 낸다는 뜻일지도 모릅니다. 그런 의미에서라도 나는
수시로 아이들의 그림을 봅니다. ❀

시 하나가 세상을 돌아다니면서 사람들에게 기억되고 마음을 훈훈
하게 하고 위로 하고 용기를 줍니다. 그러나 시가 어디 언어와 문자로
만 쓰는 건 아니므로 세상에 시인 아닌 사람이 없습니다. 살아가는 모
습 하나 하나가 시가 되니 말입니다. 사람들은 아름다운 시와 시를 쓴
시인을 동일시하고 동경하고 더러는 멘토로 삼기도 합니다. 그러므
로 시는 잘 쓰고 볼일입니다. ❀

스리랑카에서 온 산타가 "한국에는 놀고먹는 젊은이들이 많다"고 일침을 가할 때는 사실 좀 부끄러웠습니다. 지난 해 20살 된 딸이 아프리카 가나로 시집갔는데 한 번 다녀오는 게 쉽지 않아 결혼식에는 가보지도 못했고 또 언제 다시 만날지 모른다며 눈물을 글썽거렸습니다.

산타는 모돈 농장(새끼를 생산하는 농장)에서 250마리를 돌보는 '농장장'이 되어 한결 편해졌다고 합니다. 월급도 190만 원이나 받고 착한 한국인 사장이 반찬도 수시로 가져다주어 살만하다고 자랑을 아끼지 않습니다. 스리랑카에서 축산학을 전공했고 또 워낙 성실해 한국인 사장 눈에 들었나봅니다.

산타는 재수가 좋은 편에 속합니다. 어떤 외국인 근로자는 공장 구석에 합판으로 칸막이를 한 방에서 엄동설한을 전기장판 하나에 의지하여 살기도 합니다. 그나마 악덕사장을 만나 월급을 떼먹히지 않으면 다행입니다.

어쨌거나 손발이 가뭄에 논바닥 갈라지듯 한 외국인 근로자들을 보면 그들이 우리나라 경제발전에 이바지했음을 부인할 수는 없는 일입니다. 힘들고 위험하고 더러운 일은 모두 이들이 도맡아 하고 있으니까요. 산타가 "한국에는 놀고먹는 젊은이들이 많다"고 일침을 가할 때는 사실 좀 부끄럽습니다.

성실한 산타가 재래시장에 등장하면 할머니들이 산타 아들 왔느냐며 서로 알은 체를 할 만큼 인기도 좋습니다. 돼지 농장에서 일하는 애들이 오면 몸에 밴 고약한 돼지똥 냄새가 머리를 지끈거리게 합니다. 그러나 정작 고약한 심보를 가진 사람에 비하면 아름다운 냄새가 분명합니다. ✽

— 七十而從心所欲, 不踰矩. 칠십이종심소욕 불유구

불혹, 지천명, 이순, 종심. 무슨 말인지 아시지요? 육십을 이순, 즉 귀가 순해지는 나이, 즉 누가 뭐래도 노여워하거나 솔깃하지 않는 나이를 말하고, 종심은 그 어디에도 걸림이 없다는 뜻입니다. 그 어디에도 걸림 없이 살기 위해 수행자가 됐지만 사람들과 부대끼다 보면 오히려 날이 갈수록 걸림이 많아져 때론 정말 괜한 짓(?)을 했다 싶을 때 있습니다. 어떤 사람이 "어서어서 늙어 꼬부랑이 되었으면 좋겠다"고 한 말이 지금은 조금 이해가 됩니다. 칠십 종심이라는데 칠십 나이가 되면 과연 종심이 될지 궁금합니다. ✽

설 명절 잘 보내셨는지요. 혹여 이런저런 이유로 외롭지는 않으셨는지 모르겠습니다. 출가자는 이미 집을 떠난 지 오래됐거니와 딱히 갈 집이 있는 것도 아니어서 명절날은 홀로 끼니를 끓여먹는 게 일상이 되었습니다. 젊은 학승은 더러 본가(절)로 가서 스승께 인사를 드리거나 사형사제 도반과 어울려 지내기도 합니다.

명절에는 쓸쓸히 지내는 분들이 종종 놀러와 떡국을 함께 끓여먹습니다. 자식들이 외국에 나가 있거나 일하는 날이거나 또는 올 형편이 안 돼 못 온다는 걸 알면서도 한편으로는 서운해 합니다. 어떤 자식은 전화 한 통화 없다고 서운함을 넘어 서글퍼하기까지 합니다. 기껏 키워놨더니 선물이나 용돈, 생활비는 고사하고 전화 한 통화 없다면 괘씸하기 짝이 없을 것입니다.

그럴 때마다 나는 '내리사랑'을 얘기합니다. 자식은 아무리 나이가 많아도 자식일 수밖에 없으니 부모가 먼저 전화를 하라고 이릅니다. 자식은 자식대로 부모가 자식 걱정도 안 한다고 서운해 할 지도 모릅니다. 어떤 부모에게 너무 미안해서 전화 한 통화 못하는 자식도 있을 것입니다.

노란손수건 스토리 아시나요? 오래 전에 서울 대학로에 있는 샘터사 앞 나무에 수많은 노란손수건이 걸린 걸 본 적이 있습니다. 용서하고 사랑하자는 뜻이었을 것입니다. 옛날 집나간 자식이 집으로 돌아오고 싶어 아버지에게 편지를 보냈습니다. 자식을 용서하신다면 집 앞 나무에 노란손수건을 걸어놓으시라고 했습니다. 약속한 날 자식이 동구밖에서 집을 바라다보니 나무에 온통 노란손수건이 걸려있었습니다. 아버지는 혹시나 아들이 노란손수건을 못보고 되돌아설까봐 그랬던 것입니다.

물은 물이요 산은 산이라고 하잖아요. 부모는 부모일 수밖에 없고 자식은 자식일 수밖에 없다는 말도 여기에 포함됩니다. 그러니 부모가 먼저 손을 내밀어보십시오. 부모가 자식을 멀리하면 자식은 부모를 더 멀리하게 됩니다. 또 한편으로는 무뚝뚝한 부모도 있습니다. 마음속 사랑을 겉으로 표현하는 게 서툴기 때문입니다. 그럴 때는 자식이 먼저 손을 내밀어야 합니다. 나뭇잎보다 더 많은 노란손수건을 내걸고 자식을 기다리는 게 부모니까요. ✽

속도를 줄이면 길이 넓습니다.
속도를 올리면 오히려 길이 막힙니다.

그러니까, 내가 일과를 마쳤을 때 슬그머니 찾아온 그 어떤 녀석이 묻고 또 묻습니다.

— 스님은 인생이 뭐라고 생각하십니까?

구두밑창보다 더 단단하게 굳은살이 박힌 두 손, 삶이 결코 녹록해 보이지 않는 그 어떤 녀석은 정작 뭘 물어보려고 온 게 아니라 무슨 말이라도 하고 싶어 온 것입니다. 태어나서 오늘에 이르기까지 끝도 없는 인생사를 늘어놓던 그 어떤 녀석은 내가 타 준 커피믹스 한 잔을 '아주 천천히' 마시며 또 혼자 묻고 혼자 답하다가 꾸벅 합장을 하고 내려갔습니다. ❀

하남에 사는 중학교 2학년 수영이가 며칠 다녀갔습니다. 터미널에 도착했다고 전화가 왔는데 번호가 파출소 번호입니다. 휴대폰이 없는 수영이가 파출소에 들어가 전화를 빌린 것입니다. 수영이는 내가 사는 것에 궁금한 게 많습니다. 옛날에는 스님들이 산속에 은거하여 자급자족하며 살았는데 요즘은 안 그런 이유가 뭐냐고 묻습니다.

수영이가 몰라서 그렇지 옛날에도 스님들은 '만행'을 통해서 세상과 소통을 했습니다. 만행은 학교의 방학과 같은 제도로 일종의 '수학여행'입니다. 일정한 시간 공부를 하고 만행을 떠나 세상을 엿보고 또 공부에 드는 것입니다. '동안거'와 '하안거'를 들어보셨을 것입니다. 선방에 드는 스님들 이야기입니다. 각각 3개월의 안거수행을 마치면 세상공부를 하러 만행을 떠나야 합니다. 나는 안거보다 중요한 걸 만행이라고 생각합니다. 만행을 통해서 부쩍 성장하기 때문입니다. 수영이는 '대충' 알아들었는지 고개를 끄덕입니다. ❀

그러니까, 걸어서 탁발순례 다닐 때였습니다. 양수리 어디쯤 가고 있는데 비닐하우스 교회에서 찬송가 소리가 들렸습니다. 저녁 예배였습니다. 살짝 들어가 맨 뒤에 앉았더니 깜짝 놀란 목사님이 이렇게 말했습니다.

— 오늘은 특별한 손님이 오셨습니다. 저기 계신스님을 위해 기도하겠습니다.

내가 대답했습니다.

— 아멘! ❋

어떤 사람이 '아내가 살림에 소홀하고 밖으로만 나돈다' 고 하소연입니다. 오래 살다보면 상대방에게 소홀하게 됩니다. 처음 연애할 때는 하늘의 별이라도 따다 주겠다고 했겠지요. 당신만 내게 있어준다면 불가능은 없다고도 했을 겁니다. 초심으로 돌아가 보는 건 어떨까요. 연애할 때의 반 만큼이라도 돌아간다면 아내의 마음도 돌아올 거라고 믿습니다. ❋

그러니까, 어떤 녀석이 또 묻습니다.

— 스님, 모른다는 말씀만 하지 마시고 그래도 세상을 위해 가끔은 좋은 말씀도 하셔야죠.

내가 대답했습니다.

— 책 보면 다 나온다! ❋

생각날 때마다 켜달라고 꼬마양초를 보내온 사람이 있습니다. 초가 다 타는 시간은 15분에서 20분. 아아, 나는 3년 만에, 오늘 아침 초를 켜면서 '달마가 동쪽으로 간 까닭'을 '겨우' 깨닫게 되었습니다.

한 남자가 한 여자에게 3년 동안 끊임없이 연애편지를 보냈는데, 정작 여자는 우편배달부와 결혼했다지요. 촛불은 결국 나를 위해, 내 공부를 위해 켜진 거였습니다. ❀

칭찬은 고래도 춤추게 한다, 말이 있습니다. 우리 어릴 적에는 칭찬보다는 야단을 더 많이 맞고 자란 거 같습니다. 칭찬 받을 만한 일은 당연한 일로 여겼고 또 과묵한 어른들의 칭찬이 인색한 까닭도 있었을 것입니다. 칭찬을 감동으로 바꾸면 어떨까요. 감동은 고래도 춤추게 한다고 말입니다.

장사가 잘 안 되면 '고객에게 감동은 주었는가, 나는 과연 감동적인 사람인가' 생각해 볼 필요가 있습니다. 라면 하나를 끓여도 고객에게 감동을 줄 수 있어야 합니다. 말 한 마디 행동 하나 하나에도 감동적이어야 합니다. 더불어 나는 주인의식을 갖고 일했는가 자문해 보아야 합니다.

어떤 택배 기사는 무거운 책묶음을 메고 올라왔습니다. 책꽂이를 배달하러온 한샘 배달기사도 불평 한 마디 없이 정성스럽게 일을 처리하고 갔습니다. 나를 감동시킨 그들은 택배비보다 훨씬 많은 점심값을 챙겨갔습니다. 내가 뿌린 감동의 씨앗은 전혀 다른 엉뚱한 곳에서 거두어지기도 합니다. 그래서 감동을 멈추어서는 안 됩니다. 세상에는 스스로 복을 차버리는 사람도 있고 스스로 복을 짓는 사람도 있습니다. ❀

절에서는 법당에 모셔진 불상은 '부처님'으로 호칭합니다. 그런데 불교에 낯선 손님이 '불상님'이라고 해서 한참 웃었습니다. 부처님이라고 하기에도 뭣하고 불상이라고 하기에는 좀 불경스러운 거 같고 그래서 자신도 모르게 '불상님'이라고 한 거 같습니다. 아하, 정말 그랬습니다. 부처님은 모두 절 바깥세상에 계시니 절에 모셔진 건 '불상님'이 맞습니다. 그는 한 수 일러주러 온 문수보살이었을 것입니다. ✽

새벽부터 눈이 내리기 시작하더니 나뭇가지마다 제법 하얗게 쌓였습니다. 아이들이 뛰어노느라 어지러운 눈밭이 다시 평정을 찾아가고 있습니다. 새 법당이 완공되고 새해부터 특별히 기도할 일이 많아 아주 추운 날씨가 아니면 법당에서 자고 있습니다. 따뜻한 방에서 자면 새벽 기도시간에 포근한 이불을 박차고 나가야 하는데 꾀가 나 아예 법당에 이부자리를 편 것입니다. 1인용 전기장판에 침낭 하나로 간소한 이부자리입니다. 이곳에 처음 자리를 잡았을 때 전기도 없이 허접한 침낭 하나로 '살아냈던' 생각이 새삼스럽습니다.

법당에서는 '불상님'보다 내가 더 자유롭습니다. '불상님'은 앉아서 졸지만 나는 편히 누워서 잠들기 때문입니다. ✽

도회지에서 40명의 아이들이 눈길을 헤치고 도연암에 왔습니다. 새들과 먹이도 나눠먹고 마침 새로 장만한 스크린이 설치되어 아이들 말로 '대빵 큰' 화면으로 새들이 살아가는 이야기, 자연과 환경 이야기를 들려줄 수 있었습니다.

스크린을 후원해주신 경남 창원시 주식회사 부경 김찬모 사장님께 감사드립니다. ✽

잘 알고 지내는 학생이 왔습니다. 알바를 한다고 합니다. 대개는 알바를 간식쯤으로 가볍게 생각합니다. 그러나 아닙니다. 알바는 '세상으로 나아가는 문' 이기 때문에 최선을 다해야 합니다. ✽

그러니까, 어떤 녀석이 자꾸 묻습니다.

— 스님, 그러면 숭례문 불지른 죄가 큽니까 아니면 복원할 나무를 빼돌린 죄가 큽니까?

내가 대답했습니다.

— 사람 여럿 잡았으니 숭례문 죄가 더 크다. ✽

한밤중에 사각사각 소리가 들려 살며시 문을 열었습니다. 아, 그 소리는 벗어놓은 고무신에 눈 내리는 소리였습니다. 홀로 눈을 맞고 있는 고무신이 오늘따라 무척 외롭게 느껴집니다. 얼른 저만큼 떨어져있는 운동화를 고무신 옆에 가지런히 놓아주었습니다. ✽

눈이 내립니다. 눈은 진자리 마른자리 가리지 않고 공평하게 쌓입니다. 부자에게도 가난한 사람에게도 잘난 사람 못난 사람에게도 눈은 차별 없이 내리고 쌓입니다.

눈 이불을 덮은 대지는 얼마나 아름다운지요, 나는 간신히 걸어 다닐 수 있을 만큼만 눈을 치웁니다. 그런데 지난번에는 천둥벌거숭이 아이들이 마구 짓밟고 다니는 바람에 당장 지저분해졌습니다.

사람들 발자국은 정신이 없이 산만한데 새끼 고라니가 오간 발자국은 진짜 예쁘고 앙증맞습니다. 걸음걸이도 정갈하고 보폭도 일정합니다. 마치 수도자가 겸허히 걸어간 거 같습니다. 내리던 눈이 그친 거 같아 앞마당에 나가보았습니다. 나는 적요한 앞마당 풍경을 감상하는 사치를 누립니다. 저기는 동고비가 자고, 저기는 딱따구리가 자고, 저기는 곤줄박이가 자고, 그러다가 인공둥지에서 자던 참새 한 마리가 인기척에 푸드덕거립니다. 지금 둥지에서 나오면 추운 밤을 한데서 자야할 것입니다. 나는 새가 놀라지 않게 까치발을 하고 얼른 들어왔습니다. ✻

아랫녘에 간 김에 나바보 스님 좀 보고 오려고 전화를 걸었더니 끝을 모르는 만행 중이라고 합니다. 틈만 나면 티벳으로 어디로 방랑을 다니더니 신도가 마련해 준 법당도 미련 없이 던져버리고 승합차를 숙소로 개조해 다시 운수납자가 되어 떠난 것입니다. 법당을 지키는 수년 동안 떠나고 싶어서 얼마나 안달이 났을까 싶습니다. 대 자유인이 되신 걸 감축합니다. 나도 곧 뒤따라가겠습니다, 했더니 "스님은 짐이 많아서 안 될 걸?" 하고 일축합니다.

정말 한 곳에 오래 살다보니 정말 짐이 많아졌습니다. 육신의 안락함을 얻는 대신 영혼은 어쩔 수 없이 '저당' 잡힐 수밖에 없습니다.

— 어떻게 해야 자유롭습니까?

— 누가 그대를 구속했는가? ❀

승합차에서 먹고 자며 만행하는 나바보 스님은 기온이 영하20도나 되는데 컨테이너에서 사는 나는 얼마나 춥겠느냐고 되레 나를 걱정합니다. 나는 연탄이라도 지피지만 승합차에서 자고 나면 얼마나 추울까. 하기야 스님에게는 집도 절도 가족도 없으니, 걱정할 집이나 가족도 또한 없으니 홀가분하겠다. 마을 어귀에 낯선 승합차가 서있으면 혹시 열반에 들지는 않았는지 두드려 보시고 아직 살아있으면 따끈한 물이라도 공양 올려주시라. ❀

— 무문관(無門關),

문이 없다는 뜻이 아니라 있으면서도 없고 없으면서도 있다는 뜻입니다. 열려 있으면서도 닫혀 있고 닫혀 있으면서도 열려 있습니다. 열고 닫고, 나가고 들어오는 것은 오로지 스스로의 몫입니다. ✾

번잡한 곳을 운전하는 것도 나이 탓인지 자꾸 기피하게 됩니다. 시골은 막히거나 주차공간이 없어 쩔쩔 매는 법이 없는데 도회지로 들어서면 들어서는 순간부터 스트레스가 됩니다. 도심은 도심대로 고속도로는 고속도로대로 망아지처럼 날뛰는 운전자들 때문에 늘 신경을 곤두세워야 합니다. 옛날에는 걷거나 나귀를 타고 놀멘놀멘 다녀도 잘만 살았을 텐데 말입니다. ✾

가끔 읍내 다방에서 일하는 나이든 아가씨들이 기도하러 옵니다. 두고 온 가족 걱정, 아이들 입학 걱정, 한 시간 절에 오기 위해 2만 원을 업주에게 주고 나와야 한답니다. 지난겨울 따뜻하게 땐 연탄은 이분들이 준비해주었습니다. ✾

특히 절집에서는 음식을 남겨 버리는 일이 없도록 했습니다. 근데 도연암에서는 음식을 조금씩 남겨도 됩니다. 왜냐하면 밖에서 기다리는 야생동물이 있기 때문입니다. '나눔'의 의미입니다. ✾

김태식 선생님 글

스님께 속가에서 흔히 말하는 '경사로운 회갑'이 무슨 의미가 있
겠는가. 스님께서 자리를 마련할 까닭이 있을 리 만무하다. 유일하게
그의 속세 나이나 생일을 아는 사람은 '보험사 아줌씨들 뿐'이다, 라
고 스님께서 말했다. 스님의 생각은 "보라구, 생일은 무슨 생일, 생일
한다고 해보라고, 명색이 중인데, 이런 저런 인연을 맺은 분들이 꽤
되지 않겠어요. 그분들에게 폐를 끼치는 짓이지. 자, 생일이요, 하면
그들이 무엇인가를 준비하고, 골치 아프게 이것저것 챙기는 부담을
갖게 될 것 아니요. 그런 게 맘이 편치 않지. 사실은 올해가 회갑이 아
니고 내년이지요. 그런데 어찌어찌 존경하는, 이 양반 이 자리를 만들
어 폐를 끼치게 되었어요."

"그래서 이왕 그렇게 되었으니 이 아쉬람 공간, ㅎㅎㅎ 이름 붙이
기 나름입니다만, 여하튼 여러분이 지금 앉아있는 이 집을 서둘러 짓
게 되었습니다. 원래는 천천히 내년까지 지을 예정이었는데, 여러분
을 모시기 위해 서둘렀습니다. 가능한 모든 것을 직접 지었지요. 어제
까지 보세요. 천장에 있는 저것도 직접 용접을 했지요. 빛이 얼마나
밝은지 눈이 침침합니다. 이곳을 여러분이 짓게 한 겁니다. 여러분이
짓게 하고 여러분이 첫 손님입니다. 저에게는 영광이지요. 제가 이곳
에 터 잡은 것이 14년 되었군요. 지장보살이 있고 미륵불이 있지요.
누구나 보살인데 예수도 보살이고 부처도 사실 보살이라고 할 수 있
지요.

보살이란 뭐 별다른 것이 아니고 세상을 대신 아파하고 착하게 만
드는 분들을 말하지요. 여러분도 그런 의미에선 보살입니다. 미륵불
은 미래에 착한 세상을 세우고자 한다면 지장보살은 현재 이 자리에
서 착한 모습을 보이는 것이라고 할 수 있습니다. 제 글을 읽어 본 사

람은 알겠지만 이곳이 궁예와 인연이 깊은 곳입니다. 궁예가 이곳에 터를 잡고 미륵세상을 만들려 꿈을 키운 곳이지요. 나중에 미쳐서 어쩌지 못했지만 궁예가 서자 출신입니다. 저도 별반 그와 다를 게 없지요. 그래 이곳저곳 돌아다니다 이곳에 시절 인연이 닿은 겁니다."

"제가 여러분에게 덕담을 드린다면, 뭐 좋은 게 없나 하고 돌아다니는데 사실은 좋은 것은 발 밑에 있지요. 아니 좋은 것은 사방 온천지에 있습니다. 그런 데 굳이 멀리서 찾으려 해요. 부산에 사는 사람은 이곳이 좋다고 찾아오고 이 곳 철원에 사는 사람은 부산이 좋다고 부산을 찾아갑니다. ㅎㅎㅎ 제가 이곳에 와서 새에 대해 관심 갖은 것도 그런 건지 몰라요.

보세요, 사방 새들이 방에도 창에도 들락날락 합니다. 이놈들도 잘 모시면 친구가 되지요. 심심할 틈새가 없어요. 이 한적한 곳에 어떤 이는 이틀을 머물지 못합니다. 너무 할일이 없다고요. 그런데 저는 너무 할일이 많습니다. 쟤들과 대화하고 쟤들을 위해 이런 저런 일을 하다보면 하루가 짧기만 합니다. 여러분 도 멀리 무엇인가 찾으려 하지 말고 가까운 곳에서 착한 일하면서 사세요. '네 앞에 도가 있다.' 라고 하고 싶습니다. 원(願)을 세워라, 하지요. 무엇인가 원을 세워 꾸준하게 정진하면 무엇인가 이루는 게 있을 겁니다."

이렇게 서로 소개를 하고 책 〈나는 산새처럼 살고 싶다〉와 〈그래, 차는 마셨는가?〉 선물에 사인과 선화(禪畵)도 받고 공(恭)과 경(敬)으로 준비한 점심을 나누어 먹었다. 일행은 매 사냥 시범을 함께 보고 노동당사에 차를 받치고 소이산에 올라 철원평야를 볼 수 있었다. 소이산에 올라 스님의 철원평야를 중심으로 한 짤막한 현대사를 들었다. 스님의 말씀은 한마디로 하긴 어렵지만 재미있고 속이 꽉 찬 찰진

떡을 먹는 느낌이다. 격식이 전혀 없다. 마치 어린아이가 재미나 죽겠다는 듯이 눈웃음을 치며 이런 저런 놀이를 하듯 거침도 없고 끝 간데가 없다. 아쉬운 듯 자꾸 무엇인가를 더 보여주시려고 우리 일행을 학이 있는 곳으로 끌고 가셨다. 차를 몰고 논두렁 이곳저곳으로 데려가 가까이 두루미를 구경시켜 주셨다. 학이란 놈이 얼마나 큰지 그리고 날아가는 품새가 얼마나 우아한지 처음으로 가까이에서 보게 되었다.

아내와 함께 갔는데 나보다 더 좋아하는 것 같았다. 이젠 이렇게 아쉬람 공간도 생겼으니 아무렴 나보담 스님을 더 좋아할 것 같은 제자놈들, 아니 스님이 어린아이들을 더 좋아하지 않을까 싶은데, 여튼 데리고 언제든 오기로 한다. 스님, 오래 오래 새와 어린이들을 위해 좋은 일 하시려면 이 세상에 머물러 주셔야 하겠습니다. 자리를 마련해준 문화일보 김연수 기자님 고맙습니다. ―청주에서
(김태식 선생님은 옥천 중학교 과학교사입니다.) ❀

재주가 많은 그는 늘 생활이 궁핍합니다. 그의 인품이 재주를 따라가지 못하기 때문이었습니다. 재주를 부리기보다 마음을 닦는 일을 먼저 배웠어야 했습니다. ❀

자연을 잘 이해하고 배려하는 나라가 선진국입니다. 브랜드 가치가 높은 제품들은 모두 그런 사람들이 만들었습니다. ❀

눈 치료를 받으러 물닭 조승호 박사님이 계셨던 카톨릭 병원에 다녔는데, 안과 입구에 '눈은 마음의 거울입니다' 라는 삐뚤삐뚤 써진 글이 걸려있었습니다. 김수환 추기경님의 글입니다.

법정 스님의 붓글씨 솜씨도 마찬가지입니다. 그분들의 붓글씨가 일품은 아니지만 사람들이 좋아하는 것은 그분들의 고매하고 거룩한 인품 때문일 것입니다. ❋

조립식 판넬로 짓는 새 법당에 지붕 올려야할 텐데 날이 추워져 걱정입니다. 드디어 지붕공사를 마쳤습니다. 지붕을 얹고 벽체를 세우고 창문을 내고 보니 조립식이지만 그럴 듯합니다. 차방을 만들 때만 해도 고물상에서 중고 판넬을 사다가 썼는데 이번에는 새 판넬을 사다가 썼으니 비약적인 발전입니다.

20평 정도 조립식으로 짓는데 사나흘이면 될 것을 돈이 생길 때마다 재료 사오고 사람 불러 일시키며, 마치 벽돌을 한 장씩 쌓듯 일을 하다 보니 시간이 제법 걸립니다. 인건비 절약하려고 혼자 할 수 있는 건 몸으로 때우고 부득이 사람이 필요할 때만 사람을 불러다 쓰고 있습니다. 설계도 한 장 없이 짓느라 지붕재료가 네 장이나 모자랍니다. 일을 멈추고 추가로 주문을 넣었습니다.

오늘부터는 바닥공사가 시작됩니다. 레미콘 부르고 인부 쓰려면 비용도 많이 들고 복잡해 인부 한 사람을 데리고 바닥을 메우고 마루를 놓기로 했습니다. 늘 생활하는 공간이 아니라 화목난로와 석유난로를 놓고 그 때 그 때 필요할 때만 불을 때면 따뜻할 것입니다. 당연히 법당으로 쓸 요량으로 만든 건데 '불상님' 모실 생각은 어디 가고

'아, 어른 아이 모여서 세미나도 열고 토론도 하고 자유롭게 딩굴거리며 차도 마시고 한가롭게 노는 장소로 쓰면 참 좋겠다'는 다소 불충한 생각을 합니다. 하기야 사람이 곧 부처이므로 별 상관은 없습니다. '불상님'이야 뭐 추운 거 더운 거 잘 견딜 수 있는 초능력을 갖고 있으니 비닐하우스 법당을 지키게 했다고 하여 불만은 없을 것입니다. ❀

집, 참 좋으시지요? 집이 싫은 사람, 없지 않을 것입니다. 이런 저런 이유가 있겠지만 그래도 집 나서면 딱히 갈 데가 마땅찮습니다. 설사 갈 데가 있다 해도 어디 내 집 만큼 편한가요, 친한 사이여서 '마음 놓고 쉬었다가 가라'고 해도 하루 이틀이지 그 이상이면 가시방석일 게 뻔합니다.

스님들도 마찬가지입니다. 절집이라는 게 살다가 죽으면 또 다른 스님이 와서 살게 마련이어서 네 것 내 것 소유를 주장하는 일이 합당하지 않지만 그래도 '당분간만 주인'의 눈치를 볼 수밖에 없습니다.

그래서 예로부터 객승은 사흘 이상 묵지 못하게 했습니다. 또 수행자라도 절집에서 살게 되면 석 달을 넘기면 안 되었습니다. 석 달이 지나면 크고 작은 인연이 쌓이고 소소한 짐까지 늘어 수행에 방해가 되었기 때문입니다. 수행자에게 '짐'이란 걸망 하나에 들어갈 만큼만 있어야 하는 게 절집의 전통이자 가풍이었던 거지요. 그래서 도연암도 승이든 속이든 부득이한 경우가 아니면 대개 하루이틀만 묵도록 합니다. ❀

104

30년도 훨씬 전의 일입니다. 구불구불 뱀이 기어가는 듯 진해 바닷가 길은 정말 아름다웠습니다. (지금은 새로 길이 뚫리고 바다를 메우는 등 많은 변화가 있었지만 그래도 여전히 아름답습니다.) 군데군데 옹기종기 새둥지처럼 자리 잡고 있는 작은 바닷가 마을길을 나는 자전거를 타고 수도 없이 오갔습니다.

늙으면 바닷가 작은 포구에서 살아야겠다고 생각했습니다. 꿈은 (아직?) 이루어지지 않았지만 나는 지금도 자동차에 자전거를 싣고 다니다가 틈틈이 자전거를 타고 바닷가 길을 달립니다. 어구를 손보는 어부, 출항을 준비하는 통통배를 획획 스쳐 지나다보면 마치 한편의 단편영화를 보는 거 같습니다. 다리도 쉴 겸 자전거를 세우고 방파제에 벌렁 눕습니다. 나는 지구 위에 누워있고 지구는 나를 등에 업고 바다가 아닌 하늘을 항해하는 중입니다. 금세 하늘은 커다란 스크린이 되었습니다.

이탈리아 바닷가 마을에 서로 사랑하는 젊은 남녀가 살았습니다. 그러나 처녀의 어머니는 딸을 아버지 같은 늙은 사람에게 시집보내기로 작정했습니다. 가난 때문이었습니다. 상심한 청년은 처녀와 하룻밤을 보낸 후 마을에서 도망치듯 떠났습니다. 노인과 결혼한 처녀는 얼마 후 젊은이의 아이를 임신한 사실이 들통(?) 났습니다. 그러나 노인은

— 나는 나이가 많아 자식을 둘 수가 없으니 이 얼마나 기쁜 일인가.

라고 오히려 좋아했습니다.

5년 후, 객지에서 돌아온 젊은이는 포구에서 놀고 있는 자기를 꼭 빼닮은 아이를 만납니다.

— 이름이 뭐니, 어디 사니…

젊은이는 아이와 아이 엄마가 누구인지 짐작했습니다. 그렇게 시간은 흐르고 얼마 후 '늙은 아이 아빠'가 병을 얻어 죽게 되었습니다. 그는 아내에게 젊은이를 불러오게 한 뒤 유언을 남깁니다.

— 잘 왔네, 자네가 오길 기다렸네. 내 아이와 아내와 내 모든 걸 자네가 좀 맡아주게. 더군다나 자네는 내 아이의 아빠가 아닌가.

오래 전에 보았던 영화 같은 영화이야기입니다. 방파제에 누워 하늘 스크린에 오래된 영화 한 편을 투영시키고 나는 다시 자전거 페달을 밟습니다. 이 포구 어딘가에도 영화처럼 아름답고 가슴 짠한 이야기가 곳곳에 숨어있을 것입니다. 굿바이, 바닷님. ✽

재겸이와 윤재가 자전거를 타고 놀러 왔습니다. 놈들은 법당으로 들어가 내가 책상 서랍 속에 '꼭꼭 감춰놓은' 새 튜브를 찾아들고 나옵니다.

— 야 임마, 그거 내가 쓰려고 사놓은 거야!
— 스님은 지금 안 쓰잖아요!
— 이 짜식들이! 여기가 자전거포인 줄 알아 그냥!

헐. 놈들은 자전거포에는 안 가고 꼭 여기 와서 자전거 빵꾸를 때우거나 아예 새것으로 바꿉니다. 내가 놈들이 잘 찾을 수 있는 곳에 튜브를 숨겨놓는다는 걸 아이들은 알지 못할 것입니다. ✽

일주일에 두 번은 이런저런 심부름도 하고 밥도 같이 먹느라 형님 댁을 방문하는데, 가끔 '스님한테 어려운 부탁이지만…' 하는 심부름을 시킵니다. 덕분에(?) 가끔은 정육점도 드나들게 되었고, 어제는 물오징어, 동태, 홍합을 사다드렸습니다. 앞마당에 원두막을 새로 세웠는데 이웃 노인들에게 한 잔 내기로 했다는 겁니다. 나바보 스님은 85세 노모님을 모시고 삽니다. 혹시라도 시장에서 고깃간을 기웃거리는 스님을 보신다면 어여삐 보아주십시오. ❋

심야에 저벅저벅 발자국 소리가 나더니 조심스럽게 "스님…" 하고 부릅니다. 누군지 금방 알아챘습니다. 밤중에 몰려다니는 건 훈련 나온 병사들밖에 없습니다. 역시 얼굴을 인디언처럼 새까맣게 칠하고 완전무장에 무전기까지 멘 병사들이었습니다.

추워서 따뜻한 걸 좀 마셨으면 좋겠다고 합니다. 분대병력을 군화를 벗고 방에 들일 수 없어서 법당으로 모셨습니다. 바깥 기온이 영상 12도, 잠시라면 몰라도 새벽 두 시까지 숲속에서 지내려면 체온이 떨어질 수밖에 없습니다. 올해 처음으로 석유난로를 켰고 떡을 찌고 커피를 끓이고 라면을 준비하고, 오밤중이지만 가끔 나는 손님접대로 이렇게 신이 납니다.

앳된 병사들은 91년생이라고 합니다.
— 아이고, 내가 91년 생 아그들을 믿고 편히 잠을 자네.
했더니 다 같이 웃습니다. 아버지들은 나한테는 한참 동생뻘인 60년생이라고 합니다. ❋

진정한 수행자는 산 속에 있는 게 아니라 세상에 있습니다. 하루에도 몇 번씩 막장과 감옥을 오가기 위해서는 지독한 수행을 하지 않으면 안 되니까요. 그런 의미에서 나는, 숲이 아닌 세상에 사는 여러분을 더 존경합니다. 그래서 나는 여러분에게 늘 합장인사를 합니다. 합장은 무한한 존경과 사랑의 표시입니다. ❀

청년 시절, 시골에 내려가 잠시 알바를 한 적이 있습니다. 그리고 시골 가설극장에서 한 처녀를 만나 가마떼기 깔아놓고 영화도 보고 그랬습니다. 어느 날 처녀의 친척이라는 남자가 찾아와 나를 파출소로 끌고 갔습니다. 그리고 남자와 경찰관이 처녀를 책임지라고 다그칩니다. 손 한 번 안 잡아보고 영화 몇 번 본 게 전부인데 결혼을 하라니요, 나중에 알고 보니 나를 흠모한 처녀가 시름시름 앓다가 이 사실을 고백했고 남자가 나를 '잡으러' 온 것이었습니다. 파출소로 잡혀간 나는 "일단 알겠다"고 하고 풀려난 후 나는 그날로 서울로 야반도주했습니다.

옛날 한 젊은 스님이 강을 건너가야 했는데 홍수가 나서 배가 뜨지 못했습니다. 할 수 없이 사공의 집에서 물이 빠질 때까지 묵기로 했고 며칠 동안 스님을 지켜보던 사공의 딸이 준수한 스님에게 그만 마음을 빼앗겼습니다. 드디어 강물이 줄고 스님이 떠나려하자 처녀가 스님을 붙잡았습니다.
— 놓으시오! 나는 수도자의 몸이요!
그걸 보던 처녀의 아버지 뱃사공이 소리쳤습니다.
— 저딴 놈 가게 놔둬라! 처녀 맘 하나 어쩌지 못하는 게 무슨 중생

을 제도한다고!

세월은 흐르고, 옛날 가설극장에서 만난 그 처녀, 내가 사라졌다는 말을 듣고 얼마나 마음이 아팠을까요. 지금은 할머니가 되어 손자도 여럿 두었겠지요? 세월이 많이 흘렀지만 얼굴도 기억나지 않는 옛날 그 처녀에게 젊었을 때의 철없음에 미안한 마음을 전합니다. ※

물닭 선생님과 '강원도카운티의 다리'

내가 '강원도카운티의 다리'라고 이름 붙인 나무다리는 나와 물닭 조승호 박사님을 잇게 해 준 '메디슨카운티의 다리'입니다. 인제에서 양구 철원으로 오는 초입 시골 마을에서 발견했는데 나무로 만든 다리에 양철지붕을 얹은 영화에서나 볼 법한 그런 다리였습니다.

나는 그 다리를 사진으로 찍어 내 홈페이지에 소개했고 사진을 보신 물닭 선생님께서 "어디에 이렇게 아름다운 다리가 있느냐"고 물어와 인연이 되었습니다. 2004년의 일입니다. 이듬해 거길 다시 찾았을 때 나무다리는 사라지고 시멘트 다리가 웅장하게 자리를 잡고 있었습니다.

한참 전에 차방을 하나 만들고 싶어졌습니다. 동송 고물상 앞을 지나다가 중고 샌드위치 판넬을 잔뜩 쌓아 놓았기에 그걸 사다가 이리저리 조립하고 겨울을 대비해 안쪽에 석고보드를 대고 도배도 하여드디어 차방이 완성되었습니다.

소식을 들은 물닭 선생님께서 1호로 '예약'을 하셔서 하루 주무셨는데 미처 문짝을 달지 못해 홑이불로 문을 가리고 난민처럼 주무셨습니다. 고물상에 중고문짝이 나와 사다가 달아놓았다고 했더니 낭만이 없대나 뭐라나 그 후엔 한 번도 안 주무셨습니다.

인터넷이 여러 사람과 인연을 맺어주는 다리 역할을 하는구나 싶어 문득 '강원도카운티의 다리'가 떠올라 몇 자 적어봅니다. ❋

겨울에는 옷을 두껍게 껴입어도 추울 텐데 나무들은 서둘러 옷을 벗어버립니다. 겨울눈을 내밀고 이듬해를 준비하기 위해서입니다. 그래야 봄이 되면 반짝반짝 아름다운 초록빛깔 옷으로 갈아입을 수 있습니다.

드디어 앞뜰에 키 작은 식물들도 다투어 꽃을 피워냈습니다. 너도바람꽃을 선두로 노루귀, 현호색, 꽃다지, 민들레, 냉이, 애기중의무릇이 피었고 어제는 샛노랑 피나물꽃이 피었습니다.

산수유꽃은 무척 오래갑니다. 어제부터는 목련도 피기 시작했고 살구나무도 꽃을 피웠으며 계곡 아래에 있는 산벚나무도 꽃을 피우기 시작했습니다. 서양보리수는 금방이라도 꽃봉오리를 터트릴 태세입니다.

추위를 피해 남쪽으로 갔던 새들도 고향으로 속속 돌아왔습니다. 3월 16일에는 후투티가 돌아왔고 30일에는 호랑지빠귀가 울었습니다. 4월 14일에는 되지빠귀와 산솔새가 울었고 15일에는 유리새와 소쩍새, 20일에는 울새, 21일에는 벙어리뻐꾸기가 울었습니다. 청개구리는 22일부터 울기 시작했습니다.

5월은 내가 사는 곳에서 가장 아름다운 계절입니다. ❋

유니폼(?)을 입은 사람은 다 마찬가지일 것입니다. 어디 가서 호젓하게 앉아있으려면 사람들의 '관심어린' 시선은 필히 감수해야 하니까요. 수행자도 인간인지라 가끔은 포장마차에도 가고 싶고 또 거리에 아무렇게나 앉아있고도 싶습니다. 그래서 가끔은 평상복을 입고 암행을 하는데 남 눈치 보지 않으니 얼마나 편한지 모릅니다. ✻

저녁에 전화가 한 통 왔습니다. 멀리 하동에서 차밭을 하는 〈백학제다〉의 박부원 대표입니다. 남양주 조안면에서 행사를 하고 있는데, 행사장 〈아름다운 가게〉에서 내 책을 구해 읽고 감동을 받아 '꼭 한 번 뵙고 가야겠다' 는 것이었습니다.

일과 마치고 샤워하고 저녁공양 짓고 손님방 청소까지 마친 후 손님을 맞았습니다. 남양주에서 여기까지는 약 90km로 결코 가까운 거리는 아닙니다. 이렇게 가끔 근처(?)에 왔다가 불쑥 방문하는 분들이 있어 정신 바짝 차리지 않으면 안 됩니다. ✻

── 귀뚜라미, 여치, 베짱이, 방울벌레, 긴꼬리.
풀벌레 울음소리가 한층 명료해졌습니다. 가을이 익어간다는 뜻입니다. 번식을 마친 여름새들을 거의 모두 돌아갔고 어제까지 꾀꼬리 울음소리를 들었는데 오늘은 들리지 않습니다. 여름새 중에서 꾀꼬리가 가장 늦게 출발한 거 같습니다.
애벌레들이 모두 성충이 되어 풀숲으로 숨는 바람에 새들은 벌써부터 먹이통 주변으로 모여듭니다. 번식을 마치고 숲으로 돌아갔던

토박이 새들, 올해 태어난 박새, 곤줄박이, 동고비, 쇠박새기 빈번하게 드나듭니다. 무리지어 활동하는 참새들은 누렇게 변한 들판으로 날아갔는지 거의 보이지 않습니다.

연탄보일러와 기름보일러를 병용하여 썼기 때문에 지난해에 채운 기름통에 기름이 반이나 남았습니다. 기름차를 불러 가득채운 후 기름통을 하나 더 준비하여 역시 '만땅' 채워놓았습니다. 연탄도 1천 장 주문해두었습니다. 이 정도면 올 겨울 눈보라에 강추위가 몰아친대도 따뜻하게 지낼 수 있을 것입니다.

오늘은 포사격 진동으로 무너져버린 돌탑도 새로 쌓았습니다. 어지간한 진동에도 꼼짝하지 않도록 중간 중간에 시멘트를 비벼 넣었습니다. 여름내 손을 놓고 있었더니 할일이 태산입니다. 이래저래 9월 한 달은 손바닥에 굳은살이 박이도록 일을 해야 할 거 같습니다. ✳

오늘은 아침부터 씩씩한 아들들이 삼삼오오 몰려왔습니다. 훈련 나온 병사들인데 화장실을 쓰기 위해 이렇게 온답니다. 미군들은 손까지 닦을 수 있는 물 나오는 화장실을 여러 개 싣고 다니는데 한국군은 아직까지 화장실 살 돈도 없나봅니다. 훈련 끝나면 천지사방에 지뢰를 매설하고 가기 때문에 아차 방심하면 봉변당하기 딱 좋습니다.

나는 병사들을 위해 냉장고에 언제나 맛난 떡을 가득 준비하고 있습니다. 한창 먹성 좋은 때라 냉장고가 금방 거덜 납니다. 병사들과 돌려 보라고 내 책도 두 권 들려 보냈습니다.

한 병사가 엄마 따라서 절에 많이 갔다고 합니다.

— 절이 뭐하는 곳인 줄 알아?

— ……….

— 절은 절하는 곳이라서 절이라고 해. 절은 왜 하느냐면 자기를 겸손하게 낮추기 위한 기도행위야. 누가 욕을 하면 자존심 때문에 화가 나잖아. 그러나 그 욕이 보이지도 않고 만져지지도 않고 냄새도 없어. 그렇다면 그 욕이라는 존재는 있는 거야 없는 거야? 없는 걸 귀로 듣고 '있다' 고 생각하고 노여움이 파도처럼 일어나지? 나를 낮추면 욕한 사람이 오히려 가엾어 지는 거야. 이걸 '자비심' 이라고 해. 기독교에서는 '사랑' 이라고 하고. 자비심과 사랑과 자기를 낮추는 겸손한 마음으로 동료나 선임이나 후임을 대하면 싸울 일도 없겠지?

— 아하!

요즘 애들 너무 똑똑해서 금방 알아듣습니다. ❀

귀뚜라미 울음소리가 날로 명료해지고 있습니다. 풀벌레들은 짝(암컷)을 찾기 위해서 또는 다른 수컷에게 자기 영토 자기 구역임을 알리기 위해 웁니다. 그런데 가만히 우는 양을 보면 꼭 그렇지만은 아닌 거 같습니다. 녀석들은 울음소리로 서로 대화하고 서로 교신하는 게 틀림없습니다.

밤새도록 창문 밖에서 도란도란 들려오는 귀뚜라미들 소곤거리는 소리를 엿듣느라 잠을 설치는 날이 많습니다. 댁의 귀뚜라미들은 어떤가요. ❀

전셋집을 얻은 후 그 집을 담보로 잡히고 달아나는 바람에 세입자가 보증금도 받지 못하고 쫓겨나게 생겼다고 합니다. 망할 짓은 골라가며 합니다. 이런 사람, 과연 잘 행복하게 잘 살게 될까요? 섬에 놀러왔다가 개를 버리고 가는 사람도 있다고 합니다. 버림받은 개는 위험한 길가에 앉아 매일매일 하염없이 주인을 기다립니다.

아브라함이 물었어요.

— 의인 오십 명이 있으면 멸하지 않으시겠습니까?

여호와께서 말합니다.

— 웃기네, 오십은커녕 의인 열만 있어도 멸하지 않겠네 이 사람아!

결국 소돔과 고모라는 멸망합니다. 의인 열! 아무렴 이 세상에 의인 열은 있지 않을까요. 어지러운 세상이라도 나는 그렇게 믿고 싶습니다. ✽

홀로 살기 위해서는 정말 많은 것을 포기해야 합니다. 의식주, 혈연관계, 친구, 세상의 이런저런 인연, 등등 참 많은 것에서 자유로워야 정말 자유롭습니다. 현실적으로 가능한 일은 아닙니다. 그렇다고 전혀 불가능한 건 또 아닙니다. 예수님처럼 부처님처럼 가장 낮은 데서 살기로 작정하면 어려울 것도 없답니다. ✽

그러니까, 내가 파리를 잡는 걸 보고 어떤 녀석이 물었습니다.

— 아니? 스님께서도 살생을 하십니까?

내가 대답했습니다.

— 너도 파리채로 맞아 볼래?

─ 그 날 그 날 기분에 따라서 커피 맛이 달랐습니다. 그래서 한결같이 좋은 기분을 가져야 맛있는 커피가 만들어진다는 걸 알았습니다.

커피 전문점에서 일하는 한 청년의 말입니다. 청년의 꿈은 국가대표 바리스타가 되는 것입니다. 나는 이 청년의 꿈이 벌써 반은 이루어졌다고 믿습니다. ❀

나는 철원평야가 흑두루미 최대 도래지인 일본 이즈미처럼 되어서는 안 된다고 생각합니다. 가본 분은 알다시피 이즈미는 대형 양계장을 방불케 합니다. 이즈미에 비해 철원평야에서는 곳곳에서 삼삼오오 먹이활동을 하는 두루미를 볼 수가 있습니다. 그렇지만 최근 철원에서도 특정한 장소에 먹이를 주며 새들을 불러 모으고 있습니다. 보호라는 미명으로 관광과 수익, 두 마리 토끼를 잡으려는 의도이기도 하지요.

새들이 한 곳에 모여 있으면 기생충에 감염되거나 질병에 노출될 위험성이 높다는 게 학자들의 의견입니다. 다행스럽게도 가족 단위로 생활하는 재두루미들은 들판 곳곳에 흩어져서 먹이활동을 하고 있습니다. 그곳이 그들의 '자리'인 셈이고 사람들이 방해를 하지 않는 한 그들은 늘 그곳에서 머뭅니다. 수고스럽지만 먹이는 이들이 머무는 곳에 주어야합니다. 내가 트럭을 갖고 있을 때는 그나마 먹이를 곳곳에 나눠주곤 했는데 지금은 그러지 못해 여간 미안한 게 아닙니다.

바야흐로 철원평야는 새들의 땅에서 인간의 땅으로 바뀌고 있습니다. 주택도 늘어나고 비닐하우스도 늘어나고 양계장, 창고도 늘어났습니다. 그래도 변함없이 새들은 찾아옵니다. 찾아오는 새들이 고맙고 가엾고 눈물겹습니다. 비닐하우스 사이에, 늘어선 창고, 축사 사이에 새들은 애면글면 살아가는 느낌입니다. 다행인 것은 철원 주민들이 새들에게 미안한 마음으로 함부로 하지 않는다는 것입니다. 새들을 귀찮게 하는 사람들은 대개가 외부사람들입니다. 특히 사진 찍는 분들인데 심지어는 스마트폰을 들이대는 바람에 새들이 기겁을 하고 달아나기도 합니다.

사람의 발길이 닿지 않는 몽골의 광활한 들판에서 새들이 노는 것도 아름답지만 주택가 근처에서 보는 게 더 아름답습니다. 사람과 공존한다는 의미에서 그렇습니다. ✽

만물동근(萬物同根), 내가 꿈꾸는 세상은 자연과 하나가 되는 세상,
　나보다 약한 상대를 자비롭게 바라보고 배려하는 세상입니다. 올해는 더 많은 아이들에게, 어른들에게 세상의 모든 것과 친구가 될 수 있도록 노력하겠습니다. ✽

아이들과 보낸 즐거운 시간

드디어 '확실한' 두루미의 계절이 돌아왔습니다. 너른 철원평야 대부분의 지역에서 폭 넓게 두루미를 볼 수 있으니 말입니다. 11월 중순이 지나자 단정학(흰두루미)까지 합세하였습니다. 12월 2일에는 300 여 마리의 재두루미가 한 곳에 모여 장관을 이루었습니다. 이렇게 무리지어 활동하던 녀석들은 기온이 떨어지고 눈이 쌓이면 멀리 일본 이즈미로 이동할 것입니다.

12월1일 일요일에는 서울에서 온 120명의 어린이와 시간을 보냈습니다. 시간별로 네 팀으로 나누어 디지털 프로젝트를 통해 철원의 아름다움 모습을 보여주고 자연과 생태에 대해 이야기하는 〈생태수업〉이었는데 얼마나 바빴는지 네 시간 동안 앉을 새도 없었고 화장실 한 번 가지 못했습니다. 강연을 마치고 아이들은 미리 준비한 도화지에

크레파스로 두루미와 자연을 그렸습니다.

아이들과 그림 그리는 시간은 얼마나 즐거운지 모릅니다. 그림을 보면 그 아이의 내면을 들여다볼 수도 있고 생각을 엿볼 수도 있습니다. 아이들이 그린 그림은 일류 화가라도 흉내 낼 수 없는 순수 그 자체입니다. 곁에서 지켜보는 엄마들도 깜짝 놀랍니다. 아이의 생각을 '미리보기' 한 셈입니다. 아이들 중에는 피카소도 있고 고갱도 있습니다. 화가가 경지에 이르면 어린이 그림이 된다고 합니다. 그 만큼 순수해졌다는 뜻인데요, 화가가 그림을 그리는 행위는 단순히 그림을 그리는 게 아니라 일종의 도를 닦는 수행이기 때문입니다.

나는 순수한 그림을 그리는 어린이들이 너무 귀여워 아이들이 그림을 그릴 때 곁에서 칭찬도 해주고 격려도 해줍니다. 그림 그리기를 마친 아이들은 그림을 들고 나와 기념촬영을 했습니다. 그리고 아이들이 그린 그림은 강당 벽에 모두 붙여놓았습니다.

아이들은 어른들에게서 배우지만 어른들은 아이들에게서 배웁니다. 벽에 붙여진 아이들 그림을 본 어른들은 감탄사를 연발합니다. 서툴고 비뚤비뚤 그린 그림이지만 순수하고 천진함이 그대로 드러나 있기 때문이지요. 아이들 작품은 오래오래 벽에 붙어 방문자들을 즐겁게 할 것입니다. 나는 아이들 작품을 하나하나 촬영하였고 다음 행사 때에 프로젝트로 화면에 보여주며 얘기를 이어갈 것입니다.

집으로 돌아간 아이들은 두고두고 철원에서의 아름다운 일들을 오랫동안 기억하겠지요? 아이들 마음속에는 천사가 살고 있는 게 분명합니다. 어떤 아이는 자기 그림이 너무 마음에 들었는지 굳이 가져가겠다고 떼를 쓰기도 합니다. 즐거운 기억을 놓치고 싶지 않았던 모양입니다. ❀

어릴 적 내 별명은 '당나귀 귀'였습니다. 귀가 커서 붙여진 건데 나는 가위로 귀를 잘라버리고 싶을 만큼 이 별명이 싫었습니다. 또 어떤 사람은 나의 큰 귀를 보고 남의 말을 잘 듣게 생겼다고도 했습니다. 남의 말을 듣고 줏대 없이 이리저리 기웃거린다는 부정적인 뜻입니다.

어느 날 어머니를 따라 절에 갔는데 법당에 무지하게 큰 귀를 가진 불상이 있었습니다. 어머니는 조용조용 말씀하셨습니다.

— 부처님처럼 큰 귀를 가진 사람은 남의 말을 잘 들어주는 훌륭한 사람이니 걱정하지 말거라.

어른이 되고, 나는 훌륭한 사람은 되지 못했지만 어머니 말씀대로 정말 남의 말을 들어주는 사람이 되었습니다. 그런데, 남의 말을 들어주는 거 쉽지 않습니다. 들어주기로 작정했다가 오히려 내가 말을 더 많이 합니다. 말을 많이 하면 실수도 하게 마련인데 말입니다. ✸

몸살이라고 하면 보통 감기몸살을 말할 텐데요, 그런데 요 며칠 느닷없는 몸살을 겪고 그야말로 죽다 살아났습니다. 잠자리에서 일어나 화장실에 앉았다가 예기치 않은 설사가 시작되더니 갑자기 온몸에 현기증이 몰려왔습니다. 방에 들어와 쓰러지듯 누웠는데 산송장 따로 없더군요.

노장 스님들께서 몸이 불편하시면 "어서 이 낡은 몸을 벗어버려야지" 하십니다. 아파보니 그 마음 십분 이해가 됐습니다. 그러면서 나도 차라리 이 상태로 고요히 열반에 들면 여러 사람 고생 안 시키고 참 좋겠다는 생각이 들었습니다. 다행히 오가는 사람들이 약도 지어오고 죽도 쑤어놓고 가 오늘은 완전히 기력을 되찾았습니다. 들판에 나가보니 여전히 아름답습니다. ✸

다시 찾아온 풀종다리

갑자기 기온이 뚝 떨어지면서 깜짝 놀란 풀벌레들의 울음소리가 일제히 잦아들었습니다. 그러다가 다행히 수은주가 예년 기온으로 돌아오고 풀벌레들은 다시 신나게 노래를 시작했습니다. 벌레들도 가는 세월이 못내 아쉬운 모양입니다.

미국에서는 귀뚜라미의 개체가 갑자기 증가하여 골칫거리라고 합니다. 거리에 삽으로 퍼내야할 만큼 많은 귀뚜라미의 사체가 널려있더군요. 미국 뿐 아닙니다. 내가 사는 곳에도 올해는 유난히 많은 귀뚜라미가 눈에 띕니다. 그야말로 발에 치일만큼 많습니다.

— 오냐오냐 그래그래.

풀벌레들이 울면 나는 이렇게 화답합니다. 열심히 우는 벌레들에게 아무 대꾸를 하지 않는 게 괜히 미안해서입니다. 곤충학자들은 짝을 찾기 위한 노래라고 하지만 나는 곤충들이 우리처럼 감정이 있어서 노래를 하는 거라고 생각합니다.

올해도 실내에서 청아한 풀벌레의 울음소리를 들었습니다. 울음소리를 들은 건 몇 년 전이었지만 녀석의 정체를 안 건 지난해였습니다. '풀종다리' 라는 예쁜 이름을 가진 녀석이었습니다. 며칠 전부터 커튼 뒤에 붙어서 울더니 어제부터는 전등 밑에 붙어서 한낮에도 열심히 웁니다. 지난해 그 녀석인지 아니면 새로 태어난 녀석인지 아무튼 후투티나 흰눈섭황금새가 돌아온 것처럼 나는 녀석을 반겼습니다.

숲에 살면 여러 종류의 산새들과 야생동물 등 '서로 알고 지내는 친구' 가 있다는 즐거움을 빼놓을 수 없습니다. 앞으로는 알고 지내는 곤충을 하나 더 추가해야할 거 같습니다.

그러니까, 사과나무를 심고 있는데 어떤 철없는 녀석이 와서 묻습니다.

— 아이고 스님, 스님 연세에 이거 심어서 언제 따먹습니까?

내가 말했습니다.

— 그러는 자네는 아이는 왜 키우는가! ❀

내가 목탁 치며 염불할 때마다 경쟁하듯 뜨르르르 나무를 쪼아대는 청딱다구리! 나보다도 긴 호흡으로 노래하는 노랑턱멧새! 저 두 놈은 분명히 100년 전 여기 살았던 수행자가 틀림없으렷다! ❀

바야흐로 동토의 땅이 생명이 움트는 땅이 되었습니다. 가장 먼저 눈에 띄는 식물은 '애기똥풀'입니다. 식물들이 봄을 맞는 형태도 다양합니다. 어떤 녀석은 아예 새싹을 내밀지만 어떤 녀석은 겨우내 갈색으로 숨어 있다가 슬그머니 녹색옷으로 갈아입습니다. 3월 16일 아침에는 처음으로 '네발나비'가 관찰되었습니다. 성체로 월동하는 네발나비는 햇볕을 받으며 기력을 회복하고 있었습니다. 나는 녀석을 조심스럽게 손가락에 올려놓고 눈을 맞추며 "안녕? 겨우내 잘 견뎠구나!" 인사를 건넸습니다.

4월 초, 남쪽에서는 연일 꽃소식을 보내오지만 내가 사는 곳에서는 열흘은 더 있어야 피기 시작합니다. 겨우 몇몇 '너도바람꽃'이 피었고 노루귀도 간신히 꽃잎을 내밀기 시작했습니다. 초저녁부터 내리던 비가 새벽에야 멎었습니다. 봄가뭄에 기를 펴지 못한 식물들은 기다렸다는 듯 우후죽순처럼 모습을 드러낼 것입니다.

창문밖 양지바른 곳에 사는 상사화는 벌써 한 뼘이나 자랐습니다. 왕성하게 번식한 녀석을 두 곳에 옮겨 심었고 자갈을 까느라 잠시 비켜두었던 수국도 제자리를 찾아 옮겨 심었습니다. 세 그루의 산초나무도 자리를 잡아 주었습니다. 산초나무 열매는 딱새도 좋아하고 노랑지빠귀도 좋아합니다.

'까막딱따구리'는 오늘 아침에도 끼르끼르끼르 울며 앞마당을 가로지르고 드디어 두더지들이 지렁이와 굼벵이를 잡기 위해 땅을 부풀리며 지나갔습니다. '드디어'라는 표현을 쓴 것은 내가 특별히 기다리는 녀석이 있기 때문입니다. 아, 드디어 4월 8일 새벽에 호랑지빠귀 울음소리를 들었습니다. 힘차게 우는 녀석과 가늘고 조심스럽게 우는 녀석입니다. 앞엣 녀석은 벌써 여러 번 왔던 녀석일 테고 뒤엣 녀석은 지난해에 태어나 고향을 찾아온 녀석으로 짐작됩니다. 다음은 호랑지빠귀가 울기 시작한 날짜입니다.

2007년=6월 26일
2008년=4월 11일
2009년=4월 18일
2010년=3월 15일
2011년=3월 28일
2012년=3월 29일
2013년=3월 30일
2014년=3월 18일

산개구리의 번식을 조사했더니 해마다 빨라졌다고, 기후변화가 원인일 것이라고 말합니다. 호랑지빠귀 도래한 날짜도 2010년까지 눈에 띄게 달랐는데 2011년부터는 안정적이었다가 올해 다시 보름 가까이 빨라졌습니다.

기후변화는 인류가 화석연료를 대량 사용한 게 가장 큰 원인이라고 하지만 지구 바깥쪽 우주의 변화무쌍한 움직임에도 영향이 미쳤을 것입니다. 소나무가 생육환경이 불리하면 솔방울을 많이 매단다고 합니다. 죽음을 예감하고 번식을 준비하기 때문이지요. 혹시 해마다 빨라진 개구리의 번식도 위기감에서 온 눈에 띈 변화가 아닌지 의심이 됩니다.

인류는 날이 갈수록 결혼연령이 늦어집니다. 생육환경이 나빠지면 더 빨리 번식을 해야 하는데 오히려 뒷걸음이군요. 우리 몸을 지배하고 있는 DNA의 생각이 옛날과 많이 달라진 모양입니다. ^^

청딱따구리 울음소리가 경쾌합니다. 오늘도 행복한 하루 보내십시오. ✿

자기 책 만들기(출판하기)

자기의 생각 또는 전문분야에 관한 책을 쓴다는 건 누구나의 희망입니다. 쉽기도 하고 어렵기도 하죠. 나도 어릴 때부터 다양한 책을 읽으면서 '나도 이들처럼 책을 써야겠다'고 생각했습니다. 일본에 갔을 때 서점에 들렀는데요, 느낀 게 뭐냐면 '아 이 사람들, 이렇게도 책을 쓰는구나' 였습니다. 좀 더 혹평을 하자면 '이것도 책이라고 냈나'하는 겁니다.

그러면서 한편으로는 "아, 이거다!" 하고 무릎을 칩니다. 서툰 시작이 없으면 훗날 훌륭한 책이 만들어질 수 없으니까요. 유치하지만 자꾸 쓰다보면 좋은 글이 되는 것처럼 말입니다. 예를 들어 자연에 관련된 사진집을 보더라도 중고등 학교 아마추어 사진과 별반 다르지 않습니다. 그래도 스토리가 받쳐주어 나름대로 훌륭한 책이 되더군요.

자기 할머니 이야기, 자기가 기르던 개나 고양이 이야기, 아이들 이야기, 살아가면서 겪은 잡다한 이야기가 책을 묶여 나오는 걸 보면 참 용감하고도 대단하다는 느낌입니다.

그래서 결론은 '책을 쓰자' 는 겁니다. 그래야 기회가 왔을 때 빛을 볼 수가 있습니다. 자비출판을 해도 큰 비용이 들지 않습니다. 자기만의 책은 자기를 알리는 홍보역할을 하기에 더 없이 좋습니다. 곳곳에서 강의 또는 강연 요청이 있을 때 교재로 쓸 수도 있습니다.

자료 또는 교재가 있어야 설득력이 높아지고 브랜드 가치도 높아지고 사람들에게 오래 기억됩니다. 주변 사람들에게 나누어주면 나중에 다시 좋은 결과로 돌아오게 마련입니다. (나는 그렇게 하고 있습니다.)

자, 이제부터 자기 분야의 나만의 독창적인 생각을 틈틈이 메모해 두었다가 책을 만들어보실까요? 홈피든 블로그든 열심히 쓰다보면 사람들에게 진정성이 보이게 마련이고 또 그러다보면 책으로 묶을 수도 있고 출판제의도 받을 것입니다. 저도 언제든지 책으로 묶을 수 있도록 준비를 하고 있답니다.

오늘 내가 가는 길이 훗날 뒷사람에게 길잡이가 된다고 하잖아요. 널려있는 SNS에서 농담 따먹기로 시간을 보낼 것이냐 아니면 나 자신에게 또는 타인에게 인생의 후배들에게 자식들에게 공부가 되고

도움이 되고 교훈이 되고 귀감이 될 내용을 적을 것이냐는 순전히 그대의 결정입니다. ✽

연일 일하기 딱 좋은 봄날씨입니다. 꽃샘추위도 얼추 물러난 거 같습니다. 며칠 화단 가꾸기를 했습니다. 폐목을 잘라 경계를 세우고 상사화도 옮겨 심고 수국도 옮겨 심고 산초나무도 옮겨 심었습니다. 산초나무 열매는 딱새가 특히 좋아합니다. 딱새는 암수가 교대로 드나들면서 산초열매를 따먹는데 자극성이 강한 산초나무 열매를 먹는 녀석들의 식성도 참 별납니다. 하기야 청딱따구리는 짜디 짠 붉나무 열매를 좋아합니다.

남쪽에는 살구꽃이 피고 노루귀가 피고 너도바람꽃이 피었다는데 이곳은 이제 겨우 노루귀가 수줍게 피는 중입니다. 풀들도 눈에 띄게 파릇해졌습니다. 그 중에서 애기똥풀이 가장 두드러집니다. 풀들이 나기 전에는 예전처럼 화초를 심고 싶은 충동이 일어납니다. 한여름 풀들이 밀림처럼 우거지면 풀매기가 얼마나 힘들고 번거로운 일인지 알면서도 그럽니다.

멀리서 산개구리가 울고 깊은 밤인데도 물떼새 우는 소리가 들립니다. 봄가뭄으로 말라버린 개울바닥에서 번식을 준비하는 모양입니다. 손님들과 연천 태풍전망대 길목에 있는 빙애여울에 다녀왔습니다. 완성된 군남댐이 완성되면서 물이 채워지고 여울은 어느새 호수가 되었습니다. 두루미들은 여울 상류로 이동했고 그 자리에는 천 마리 쯤은 되는 쇠기러기와 수십 마리의 오리들이 차지했습니다.

기러기들은 물장구를 치며 따뜻한 봄날을 보냅니다. 힘을 비축한 새들은 멀리 북쪽 고향 번식지로 이동할 것입니다.

전망이 좋은 곳에 오르니 멀리 군남댐과 호수가 된 빙애여울이 한눈에 들어옵니다. 논습지에서는 서너 가족의 재두루미가 먹이를 구하고 있었고 흰두루미 한 쌍도 관찰되었습니다. 연천에 도래하는 흰두루미는 철원에서처럼 논습지에서 먹이를 구하는 게 아니라 마치 다랑논처럼 산을 개간한 율무밭에서 먹이를 구합니다. 전국 율무 생산량의 70퍼센트를 차지한다는 연천의 율무밭이 겨울철에 도래하는 두루미를 먹여 살리는 셈입니다.

돌아오는 길에 소이산 남쪽 무논에서 열심히 먹이활동을 하는 재두루미 무리를 발견했습니다. 모두 95 마리였습니다. 장거리 비행을 위해 영양을 충분히 섭취한 이들은 아지랑이가 피어오르고 남풍이 불면 새들은 날개를 활짝 펴고 하늘 높이 날아오를 것입니다. 그리고 들판은 두루미 울음소리 대신 농부들의 트랙터 소리가 가득할 것입니다.

황조롱이 한 쌍은 나무 위에서 사랑놀이에 빠졌습니다. 녀석들은 바로 옆 나무에 까치집을 노립니다. 까치 부부가 집을 보수하기 위해 재료를 가져와야 하는데 황조롱이 때문에 집을 떠나지 못하고 있습니다. 까치들이 편대비행을 하며 황조롱이를 위협했지만 황조롱이는 물러서지 않습니다. 결국 까치들은 황조롱이에게 애써 지은 둥지를 빼앗기고 말 것입니다. ✳

리더(CEO)는 다르다?

사회적으로 성공한 사람들의 공통점은 하나같이 상대방의 얘기에 귀를 기울인다는 것입니다. 자기와 의견이 달라도 단칼에 자르며 NO 라고 말하지 않으며 "아 그렇군요, 그럴 수도 있겠군요. 고려해보겠다. 연구해보겠다" 라고 합니다. 나중에 쓰레기통에 버릴지언정 일단 경청하며 자료를 모은다는 거지요. 일종의 Communications Marketing 쯤으로 이해해도 되지 싶습니다. ✿

티비 채널을 돌리다보면 안방 드라마든 역사 드라마든 자연다큐든 그 내용이 경쟁과 다툼이 대부분입니다. 벌레는 벌레끼리, 야생동물은 야생동물끼리, 인간은 인간끼리. 생명이 있는 것들은 하나같이 싸울 수밖에 없습니다. 생존하기 위해서라죠. 그 중에서 가장 악랄하게 싸우는 게 인간입니다. 권모술수를 동원하여 상대방을 굴복시키고 그것도 성에 차지 않으면 폭력으로 권력으로, 칼과 독극물과 총포로 상대방을 잔인하게 해체합니다. 이리저리 채널을 돌리다보면 수행자의 입으로는 못할 말이지만, '참 지랄도 하면서 산다' 는 소리가 절로 나옵니다.

인간은 '교육' 이라는 미명도 실은 경쟁심(생존)을 키우는 거잖아요. 경쟁이 뭔가요, 남을 이겨야 내가 산다는 게 결론이죠. 경쟁하지 않는 삶이 과연 가능할까요. 당장 우리 신체만 해도 갖가지 병원체와 경쟁하는 걸 보면, 글쎄요, 내 생각엔 불가능할 거 같습니다.

나는 종교가 그 역할을(경쟁하지 않고 함께 사는) 해야 한다고 생각해요. 그런데 종교끼리도 경쟁하죠. '네 것은 가짜고 내 것이 진짜

다' 뭐 이렇게 말입니다. 가짜 진짜 구분하며 시간을 보내다가 지구와 인류가 수명을 다할지도 모릅니다. 오늘날 종교가 신뢰받지 못하는 까닭일 것입니다. 어떡하면 좋을까요. ✽

칭찬이 옳은가?

스탠포드 대학의 사회심리학자 드웩 교수. 아이들에게 쉬운 문제를 내주고 풀게 했다. 답장을 제출하자 둘로 나누고 반은 칭찬을, 반은 애썼다는 얘기를 해주었다. 이번에는 어려운 문제와 쉬운 문제를 선택해 풀게 했다. 그랬더니 칭찬을 받은 아이들은 쉬운 문제를 선택했고, 애썼다는 얘기를 들은 아이들은 어려운 문제를 선택했다.

칭찬받은 아이들은 잘해야 한다는 부담을 갖고 쉬운 문제를 선택했지만 애썼다는 얘기를 들은 아이들은 부담없이 도전 정신을 발휘한 것이다. 그리고 칭찬 받은 아이들보다 애썼다는 이야기를 들은 아이들의 성적이 오른 결과가 나왔다.

같은 아이들도 어떻게 이야기해주느냐에 따라 이렇게 다르다. 그러므로 재능이나 지능을 칭찬하고 인정하는 것은 무척 위험한 일이다.

밤마다 멧돼지들이 몰려와 돼지감자(뚱딴지)를 마구 캐먹고 갑니다. 조금씩 캐서 필요한 분에게 나눠드리고 있는데 멧돼지들이 냄새를 맡고 몰려온 거지요. 어제 오후에는 어느새 징그럽게 커버린 동네 꼬마 돼지들까지 몰려왔습니다. 만두+라면 한 냄비 다 비우고 밥솥까지 깨끗이 비웠습니다. 큰 애들이라 끝도 없이 먹습니다. 후식으로 과일과 과자도 찾아 먹었는데 가만 놔두면 그릇까지 씹어 먹을 기세입니다. 다행히 돼지들은 냉동실 깊숙이 감춰놓은 먹다 남은 BR은

발견하지 못했습니다. ^.^

돼지들은 원래 맛있는 거 사달라는 거였습니다. 내가 돈 없다고 했더니 뻥치지 말라는군요. 꼬마 돼지들은 나를 부자로 알고 있습니다. 그도 그럴 것이 돼지들이 초딩 때는 사달라는 대로 거의 다 사줬으니까요.

— 어째서 내가 부자라고 생각하지?

— 자동차도 있고 자전거도 있고 노트북도 있고 카메라도 있고 어쩌고저쩌고…

돼지들에게 거지소리 듣는 거 보다 낫겠죠? 그런데 이런 아이들 생각을 보면 어른들의 가계경제를 알려줄 필요가 있을 거 같다는 생각을 했습니다. 우리는 보통 아이들이 세칭 '돈 맛'을 아는 걸 나쁜 풍조로 알아온 게 사실입니다. 아이들이 먹고 쓰는 돈이 어디서 어떤 경로를 통해 수입과 지출이 발생하는지를 알려주면 좀 더 일찍 철이 들지 않을까요. 그래야 성인이 되었을 때 금전관리를 잘 할 수 있을 것입니다.

그래서 나는 고등학교만 졸업하면 독립하는 미국식 사고가 합리적이라고 생각합니다. 환경적 요인이 허락되는 사회이니까 가능하겠지만요. 캥거루족이라고 하죠. 성인이 되어도 부모 곁을 떠나지 않고 자립하지 못하는 자식을 말합니다. 부모야 안쓰러워 그런다지만 정작 본인이 세상을 헤쳐 나갈 수 있는 능력을 부모가 방해하는 건 아닌지 생각해보아야할 것입니다. ✽

밀양 송전탑 공사가 사회적 이슈가 되고 있지요. 그런데 드디어 우리 동네에도 '고압 송전탑 공사 절대 안 된다'는 현수막이 내걸렸습니다. 지금 내가 편리하게 쓰고 있는 전기도 누군가의 마을을 지나고 산맥을 넘으며 무수한 아픔을 싣고 왔을 텐데요. 뭐가 옳고 그른 건지 판단하기 어려운 세상 한가운데 우리는 살고 있습니다. ❄

— 세상 사람들은 둘로 나눠진다.
— 혼자 아침밥을 먹는 사람과 그렇지 않은 사람.
그런가요? 어쨌거나 아침 식사 준비 참 번거롭죠? 우리 음식이 대개가 자극적이잖아요, 그런데다가 아침부터 자극적인 음식을 먹으면 위가 환영하지는 않겠지요.

인류가 하루 세 끼를 시간 정해놓고 챙겨 먹은 건 한 곳에 정착하여 농사와 가축을 키우기 시작할 때부터일 것입니다. 일을 하면서 수시로 먹을 수는 없었을 테니까요. 수행자에게는 끼니 챙기는 것도 수행의 일부라고 합니다만 오래 혼자 살다보면 대충대충 넘어갑니다. 특히 나처럼 대체로 자유롭게 사는 사람은 먹는 시간도 자유롭습니다.

세상에서는 어쩔 수 없이 시간을 정해놓고 먹을 수밖에 없겠지만 건강을 위해서라는 조건으로는 규칙적인 식사가 반드시 좋은 것 같지는 않습니다. 일정한 시간에 한꺼번에 먹었을 때보다 같은 양을 천천히 나누어 먹었을 때가 위가 받는 부담이 적을 것이라는 게 내 생각입니다.

생태계에서는 약자일수록 수시로 먹습니다. 강자는 잔뜩 먹고 쉴 수 있지만 약자는 포식자 눈치 보느라 그러지 못하기 때문입니다. 그렇다면 수시로 먹는 나는 생태계의 약자일지도 모릅니다. ^.^ ❄

설날 세뱃돈 많이 받으셨나요? 아니면 많이 나갔나요. 나는 많이 나갔습니다. 아이들이나 어른들이나 똑같이 만 원씩 주는데 대략 50만 원은 넘게 나간 거 같습니다. (빈 주머니가 되어 다는 못 주기도 했어요.) 내 형편으로는 거금이지만 어떤 분이 그럽니다. 전에 스님한테 세뱃돈을 받았는데 단돈 만 원인데도 백만 원 받은 것처럼 기분이 좋았다고요. 그래서 가끔은 세뱃돈으로 쓰시라고 받은 금액에 열 배를 놓고 가는 사람도 있습니다. ✽

— 살아있었구나! 진박새.

뭐 그렇다고 죽기를 바란 건 아닙니다. 겨울 혹한을 견디고 다시 나타났으니 반가워서 하는 말입니다. 손에 든 먹이를 잘 받아먹는 녀석들 중에 진박새 한 마리가 끼어있었습니다. 보통 박새나 곤줄박이가 18그램에서 20그램 정도 나가는데 진박새는 그보다 훨씬 가벼운 15그램 정도 됩니다. 그야말로 새털처럼 가볍죠. 그래서 손에 앉았을 때 파르르 떠는 느낌이 그대로 전해옵니다. 숲에서 사는 텃새 중에서 가장 작지 싶어서 저 작은 녀석이 추운 겨울을 어떻게 보낼까 늘 염려되는데 추위를 잘 견디고 먹이를 가지러 오는 걸 보면 여간 기특한 게 아닙니다.

한동안 안 보였다가 나타나면 나는 잊고 지냈던 사람을 만난 것처럼 반갑습니다. 연락이 안 돼 죽어나보다 생각했던 사람이 소리도 없이 나타났을 때 느낌처럼. 진박새를 보면서 나는 잊혀진 사람들을 향해 마음속으로 말합니다. 어디선가 잘 살고 있겠지, 잘 살아주렴 하고 말이죠. ✽

해마다 구제역이다 조류바이러스다 홍역을 치룹니다. 농림수산식품부의 자료에 따르면 나라별 1ha당 사육되는 소의 경우 한국 31마리, 일본11.67마리, 오스트레일리아 3.5마리, 미국 9.54마리이고, 돼지는 1ha당 한국 96마리, 일본 26.53마리, 오스트레일리아 0.29마리, 미국 6.65마리입니다.

한국의 축산업은 이렇게 밀집된 공장축산방식입니다. 당연히 질병에 취약할 수밖에 없겠지요. 소비가 생산을 좌우하죠. 뭔가 대책이 필요할 때입니다. ❁

들판에 즐비한 볏짚뭉치. 그렇게 포장해야 산화되지 않고 수분도 유지하고 적당히 발효되어 소에게 먹일 수 있답니다. 예전에도 볏짚은 논에 방치하지 않았습니다. 벼를 베면 대부분 논에서 타작하지 않고 모두 우마차에 싣고 들어와 앞마당에서 타작을 했습니다. 그리고 볏짚은 작두로 자른 후 여물을 쑤어 소에게 먹였습니다. 나아가 짚의 용도는 무척 다양했습니다. 새끼도 꼬고 초가지붕을 잇고, 메주를 말릴 때도 쓰고 메주를 매다는데도 쓰이고 멍석이나 삼태기, 짚신, 망태기도 만들고 계란집도 만들고 닭이 알을 낳는 둥지도 만드는 등 다양한 생활용품을 만들어 썼습니다.

볏짚을 논에 방치한 채 논을 갈아엎으면 봄에 땅 속에서 썩게 되는데 이때 열과 가스가 발생해 벼가 생육하는데 지장을 받습니다. 볏짚을 논에 놓아둘 때는 그 자리에서 태워서 거름이 되게 했습니다.

이런 걸 보면 볏짚을 거두는 게 새삼스러운 일은 아니겠지요. 또 볏짚을 거둠으로서 새들이 먹을 게 줄어든 건 사실입니다. 새들에게 먹이를 공급하는 것도 사실 '자연적'인 것은 아니라고 봅니다. 먹이의 양이나 생육조건에 따라 새들은 자연히 숫자가 조절되어 왔으니까요. 볏짚을 거두면 야생동물 먹이가 줄어든다고 걱정하는 분들이 많아 참고가 될까 해서 적어보았습니다. ✽

선물포장, 장난 아니죠? 선물을 보내주어 고맙기는 하지만
포장이 이렇군요. 옛날 어른들은 이런 걸 보고 이랬어요.
— 말세다.
그렇다고 선물 주고받을 때 '알맹이'만 주고받을 수는 없으니, 하나뿐인 지구의 자원과 환경을 생각해서 최소한 보기 싫지 않을 정도로만 포장하도록 해야겠습니다. 과대포장, 어디 이 거 뿐인가요. 사람도 더러는 과대 포장되고 침소봉대하고 그렇습니다. ✽

오전 10시 부산에서 출발하여 도중에 지역 아동센터에 들러 한 시간 강의 마치고 오후 6시 도연암 나의 비밀의 정원 도착. 너무 피곤하여 가방을 풀지도 못하고 쓰러졌다가 밤10시까지 자고 일어나 라면 하나 끓여먹었습니다. 아동센터 아이들, 대부분 어렵게 사는 아이들인 거 아시죠? 대충 마치고 빨리 가서 쉬어야겠다고 생각했다가 기다리고 있던 아이들 눈을 보고 마음을 고쳐먹고 열강하고 왔습니다. 덕분에 몸은 파김치가 됐습니다. 훗날 아이들이 세상을 살아갈 때 '산새 할아버지가 들려주었던 이야기가 큰 힘이 되었다'고 추억한다면 참 좋겠습니다.

오늘은 김두림 선생님이 5학년 어린이들과 방문했습니다. 새 이야기 환경이야기와 새집 만들기를 했습니다. 처음 해보는 아이들의 톱질, 잘 됐을까요? 삐뚤빼뚤했지만 집은 완성했습니다. ✽

아이들에게 새와 자연 이야기를 들려준 후 "지금까지 얘기한 걸 그림으로 그려볼까" 하면 자기 생각을 거침없이 도화지에 풀어놓습니다. 흥미로운 건 딴짓을 하던 아이도 열심히 듣던 아이와 별반 차이 없이 잘 그린다는 것입니다. 딴짓을 하면서도 다 들었다는 뜻입니다. 아이들은 스펀지 같아서 뭐든 다 받아들입니다. 이런 걸 보면 아이들에게 부끄러운 어른이 되지 말아야겠다는 생각이 듭니다. ✽

겨울철 철원들판으로 날아오는 독수리들에게 먹이를 주고 싶은데 어떻게 하면 좋으냐고 물어오는 분들이 있습니다. 수년 전에는 독수리들이 양계장이나 축사 근처에 모여들어 병들어 죽은 가축의 (부패한) 사체를 먹으며 겨울을 보냈습니다. 굶주리고 탈진해 쓰러지는 녀석들은 이렇게 좋지 않은 먹이가 원인일 수도 있었을 것입니다. 참고로 독수리는 부패한 동물의 사체를 먹는 게 아니라 죽은 동물의 사체를 먹습니다.

예전에는 정육점을 순례하면서 부산물을 얻어다 먹였고 그것도 없으면 생닭을 사다가 주었습니다. 그런데 지금은 그런 수고를 할 필요가 없어졌습니다. 독수리들이 모여 있는 곳은 대형 음식점(고깃집) 앞입니다. 음식점 뒤로는 육가공회사가 있고요. 여기서 고기를 바르고 남은, 사람이 먹어도 탈이 없는 싱싱한 것을 독수리에게 공급하고 있기 때문입니다. 결국 사람들이 음식점에서 음식을 사먹는 게 독수리들을 간접적으로 돕는 셈이 되었습니다. ❀

두루미 스님에서 산새 할아버지로.

며칠 초등학교 순례를 마쳤습니다. 박원순 서울시장께서 '서울에서 산새 울음소리를 들어보자'는 과제를 서울연구원에 보냈고 나한테까지 연결이 돼 지난봄에 서울연구원에 모여 브리핑을 했습니다. 그리고 각 구청별로 한 학급씩 선정해 생태수업을 시작했습니다.

우리 주변에는 어떤 새들이 살고 있으며 언제 이동하고 무엇을 먹고 살고 어디에 둥지를 트는지, 새와 자연환경은 어떤 관계인지, 사람이 새들에게 배려할 것은 무엇인지, 새와 사람과의 관계 등등을 스크린을 통해 실내 수업을 하고 밖으로 나가 미리 준비한 인공새둥지를 달아주었습니다. 인공새둥지는 노원구청에서 일괄 제작해 지원했습니다.

아이들과 함께 새와 자연환경에 대해 공부할 때는 승복을 벗어던지고 사복을 입습니다. 종교가 순수한 아이들에게 개입되는 게 싫기 때문입니다. 그래서 아이들은 내가 스님이라는 걸 절대로 눈치 채지 못합니다. 아이들에게 나는 '산새 할아버지'로 소개되었고 나는 그렇게 불리는 게 더 좋았습니다. ❀

센트럴 파크 새들의 친구 '스타 사피르'

독학으로 조류를 공부하고 새를 관찰을 하며 무려 38년 간 센트럴 파크에서 조류해설가로 활동. 80권의 관찰일기를 남겼으며 지난 2월 73세로 타계.

스타 사피르는 나의 멘토입니다. 그리고 내 꿈은 한국의 '스타 사피르'가 되는 것입니다. 특히 아이들과 새 이야기를 할 때는 어김없이 스타 사피르 할머니를 소개합니다. 아이들에게 새 울음소리를 들려주고 알고 있는 새 이름을 말하게 하고 스크린에 영상을 띄워놓고 새들이 어디에서 오고 어디에 둥지를 짓고 알을 낳으며 새끼를 키우고 무엇을 먹고 사는지, 새들이 좋아하는 나무, 새들이 필요한 나무와 숲, 새들의 지혜로움 등을 얘기해주면 하나같이 초롱초롱한 눈을 화살처럼 집중합니다.

늘 그렇지만 아이들 중에 아주 특별하게 관심을 보이는 녀석이 두셋은 있게 마련입니다. 녀석들은 아는 것도 제법이고 질문도 잘합니다. 그 외 아이들에게도 짧은 시간의 생경스러운 공부가 두고두고 기억될 것입니다. 아이들은 내가 어릴 적에 그랬던 것처럼 하늘을 훨훨 날아다니는 꿈을 꿀 것입니다. ✸

숭례문 복원에 러시아 소나무를 썼다는 의혹이 제기되었군요. 글러벌 시대에 러시아 소나무면 어떻고 중국 소나무면 어떤가요, 기왕이면 북한과의 화해를 의미하는 북한산 소나무를 쓸 걸 그랬습니다. ✸

창원 주남저수지에 물꿩(자카나)이 찾아와 번식할 때였습니다. 번식을 마칠 때까지 현지에서 야영을 하며 사람들을 차단하고 있었는데요, 문화일보 김연수 사진부장께서 물꿩 기사를 쓰려고 오셨습니다. 그러나 이런 사정을 들은 김 부장은 촬영을 포기하고 올라가고 말았습니다. 먼 길을 왔는데 무척 미안했지만 그 때부터 아, 이 분 신뢰하고 존경할만한 사람이구나 생각했습니다.

그 후 서산에 새를 보러 갔는데 김신환 원장께서 "통제를 하고 있으니 못 가게 하면 내 얘기하세요" 합니다. 해미천을 통해 들어가려니까 정말 초소에서 통제를 하고 있었습니다. 문득 김연수 부장이 떠올랐습니다.

영향력 있는 사람 이름을 들이대거나 이리저리 샛길로 들어갈 수는 있었지만 그렇게 되며 감시원은 허수아비가 될 수밖에요. 감시원을 존중하는 의미에서도 두 말 않고 발길을 돌렸습니다. 그리고 지루할 때 읽으라고 제 책도 한 권 드리고 왔습니다. ❀

아이들은 내 빡빡머리를 만져보며 좋아 죽습니다.
— 스님 할아버지는 왜 빡빡머리예요?
— 음…어릴 때 엄마 말 안 들어서 그래요!
아이들 표정이 금세 심각해집니다.

며칠 절을 비웠더니 그야말로 '난리'가 났습니다. 며칠 째 전기가 들어오지 않았으니 냉장고는 온장고가 되었고 실내는 냉장고가 되었으며 게스트룸 보일러 배관은 얼어서 불통이 되었습니다. 용태 씨가 몇 번이나 눈길을 걸어 올라와 전기를 복구하려고 했지만 전문가가 아니어서 소통이 되지 않았습니다. 돌아오는 길에 한전에 고장신고를 했습니다. 한전 직원 점검 결과 전봇대 꼭대기까지는 전기가 오니까 그 다음은 자기들 관할이 아니니 고객님께서 알아서 하라는군요. 그렇다면 오밤중에 고객님은 목숨을 걸고 전봇대 꼭대기에 올라가서 전기선을 새로 연결해야합니다.

　왕년의 전기 전문가 권 씨에게 연락했지만 당장은 도저히 시간을 낼 수가 없다는 대답이 돌아옵니다. 밤기온은 그새 영하 7도, 워낙 난장에서 자는 게 단련된 터라 냉장고가 된 방에서 자는 것은 감내할 수 있겠지만 보일러며 화장실이며 얼어터지면 더 큰일입니다. 전봇대까지 거리는 대략 60미터, 새 전깃줄을 찾아들고 손전등을 비춰가며 전봇대와 씨름하고 있는데 저만큼 손전등 불빛이 보입니다. 권씨가 아무래도 안 되겠다 싶어 달려온 것입니다. 그는 능숙한 솜씨로 잠시 후 끊어진 부분을 찾아냈습니다. 전봇대에서 내려오던 선이 바람에 꼬이면서 끊어진 것이었습니다.

　겨우겨우 임시로 전기선이 연결되었고 불이 환하게 켜졌습니다. 요즘은 연탄보일러도 전기로 물을 순환시키기 때문에 전기가 나가면 먹통이 됩니다. 첨에 이곳에 올 때는 전기 없이 잘도 살았는데 지금은 전기선이 생명줄이 되었군요. 보일러가 열심히 돌아가며 집을 덥혀주는 동안에 전기장판을 켜고 따뜻하게 잤습니다. 좋은 친구들 덕분입니다. ✽

그러니까, 손님과 새를 보러 갔습니다.
— 새들이 있을까요?
— 한 마리에 백 원씩만 주실래요?
— 백 원! 그러죠 뭐.
그날 우리가 본 새는 대략 10만 마리쯤 됐습니다.

산과 들판과 바다와 강과 호수에 새가 없다면 세상은 얼마나 삭막할까요. 병원은 지금보다 더 많은 환자들로 넘칠지도 모릅니다. 새 한마리가 사람들을 위로하고 즐겁게 합니다. 놀랍게도 새가 사람을 먹여 살리기도 합니다. 반면에 우리는 새를 위해 얼마의 비용을 치루고 있을까 생각해봅니다. ✽

화엄경 입법계품에 등장하는 선재동자. 53 선지식을 찾아 구도의 길을 떠납니다. 선재동자를 닮아보려는 열정은 간 데 없고, 한 곳에 오래 안주하다보면 물 속 돌에 이끼 끼듯 묵은 때가 켜켜이 쌓입니다. 그래서 가끔은 이일 저일 핑계 삼아 훌쩍 떠나곤 하는데 부재중에 방문한 사람들의 원성이 귀를 아프게 합니다. 하지만 어쩝니까, 오가는 손님 맞는 것도 중요하지만 이런 저런 사정으로 오가지 못하는 사람들 만나는 것도 중요하니 말입니다.

'할리데이비슨' 이 대다수 남자들의 로망인 것처럼 나의 로망은 걸망 하나 지고 구도의 길을 떠나는 선재동자입니다. 한 때 그랬던 것처럼 지금도 나는 자동차 뒷좌석에 텐트 하나 싣고 다니며 머무는 곳이 집이 되고 수행처가 되는 꿈을 꿉니다. ✽

오늘은 을숙도를 시작으로 가거대교 해저터널을 지나 거제도 한 바퀴, 옛날 아버지가 갇혀 지냈던 포로수용소도 다시 가보고, 통영, 고성까지 가서 일보고 오후 3시 우포 도착, 우포-사지포-마포-쪽지벌까지 쉴 새 없이 누비고 다녔습니다. 가는 곳마다 새들이 바글바글

해서 좋았고요, 내가 사는 북쪽은 겨울이 한창인데 남쪽 바닷가는 이제야 단풍이 한창이었습니다.

생각 같아서는 따뜻한 남쪽나라에 눌러앉고 싶지만 내 보금자리로 다시 돌아가야 합니다. 운수납자가 되어 바람처럼 다닐 때는 돌아가 쉴 곳이 있었으면 좋겠다 싶었는데 지금은 기다리는 사람도 없는데 돌아가야 한다는 게 완전 메롱입니다.

비가 내립니다. 북쪽에서는 겨울비가 되겠고 남쪽에서는 가을비가 됩니다. 비가 그치면 날씨는 금방 차가워질 것입니다. ❀

사람들은 왜 사진을 찍는 걸까요. 기록으로 남기려고, 혼자 보기 아까워 공유하려고, 아름다운 모습을 간직했다가 두고두고 보기 위해, 내 마음을 사진으로 표현하려고 등등 사연과 이유도 많습니다. 사실 사진 안 찍으면 정말 편합니다. 카메라 챙겨들고 다니는 번거로움도 없고 컴퓨터 작업하는 복잡함도 없고, 카메라 장비 장만하느라 돈도 안 들고.

시인들은 참 좋겠습니다. 연필 한 자루 수첩 하나면 얼마든지 하고 싶은 얘기를 할 수 있으니까요. ❀

입양아에 대학 중퇴자, 스티브 잡스. 그가 세상을 떠났습니다.

스티브 잡스가 처음 컴퓨터를 만들었던 집(차고가 있는)이 지방 문화재가 되었다죠.

나는 삼성도 쓰고 애플도 씁니다. A 씨가 대학 졸업하는 딸에게 랩탑(노트북)을 선물한대서 애플도 한 번 써보라고 권했습니다. 나중에 컴퓨터를 써본 딸이 '왜 스님이 애플을 권했는지 알겠다'고 했답니다. 기능적 컴퓨터를 쓰려면 삼성을 쓰고 문화와 철학을 곁들여 쓰려면 맥을 써라, 는 말이 있습니다. A 씨 딸은 그걸 발견했나봅니다. ❀

부평 무슨 시장에서 '진짜 월남국수'를 만들어 팔고 있는 '진짜 월남댁' 얘기를 들었습니다. 이 월남댁 음식 만드는 게 너무 감동적이어서 눈물까지 찔끔거리게 만들더군요.
— 6천 원짜리 국수 하나 말아 파는데 무슨 감동씩이나?
이렇게 말할 사람도 없지 않겠지만 젊은 월남댁은 100년 전통이라고 간판을 붙일 만큼 자부심이 대단했습니다. 베트남에 있는 어머니 아버지 할아버지로부터 해온 방식 그대로 국수를 말 뿐이라고 아무렇지도 않게 말하는 월남댁은 그 어느 프로페셔널한 요리사 못지 않은 철학을 가지고 있었습니다. 한 번 찾아가서 월남댁의 순수하고 감동의 국수를 먹어봐야겠습니다. ❀

어릴 적부터 홀어머니 남의 집 김맨 돈으로 공부하며 자랐는데요, 어머니는 혹시라도 기죽을까 교복이며 운동화며 늘 좋은 걸로 장만해 깨끗하게 입히고 신겼습니다. 안경을 쓰고 공부하다가 잠이 들어 안경다리가 부러졌을 때나 아이들과 축구하다가 안경알이 깨지면 어머니는 지체없이 돈을 마련해 새 안경을 맞춰 주셨습니다. 요즘은 안경다리가 부러지면 테이프로 감아 쓰고 다녀도 아무렇지도 않은데 그 때는 왜 그러지 못했나 싶어 어머니께 죄송한 마음입니다.

명동 지하상가에서 안경점 하는 친구가 있는데 갈 때마다 "안경 좀 벗어보쇼" 하고 멀쩡한 안경을 빼앗고 새로 맞춰줍니다. 하도 미안해서 더는 놀러가지도 못하고 있습니다. 일하다가 안경알이 깨져 전에 쓰던 낡은 안경알을 시골 안경점으로 가지고 가 이리저리 맞춰달라고 했더니, "아이고 스님 이거 돗수가 안 맞아요. 스님께는 3만 원씩만 받을게요, 새 것으로 하시지요" 합니다.

엊그제 저녁에는 랩탑 위에 안경을 벗어놓은 걸 모르고 우지직 밟는 순간 아차 싶어 잽싸게 체중이동을 했지만 안경다리는 여지없이 부러지고 말았습니다. 부러진 안경다리를 테이프로 동여매면서 안경에 얽힌 상념이 떠올라 적어봅니다. ❋

어제 아침에 첫 얼음이 얼었습니다. 된서리는 아니지만 오늘 새벽도 '나의 비밀의 정원'은 하얗게 서리가 내렸습니다. 기온이 내려가 도량석 목탁소리도 청아하고 기도하는 목소리도 차분합니다. 오늘 새벽기도는 망자들을 위한 기도로 시작합니다. 억울하게 삶을 마감하거나 스스로 또는 예기치 않게 삶을 마감하고 오랜 병고 끝에 삶을 마감한 영혼들을 위로했습니다.

여러분께서도 돌아가신 분의 영혼을 위로하고 싶거나 돌아가신 분에 대해 죄스러워 마음이 무거울 때는 다음과 같이 무상계 기도를 권합니다. 무상계 기도는 내가 매일 기도 시간마다 십악참회와 함께 빼놓지 않는 영혼을 위한 기도입니다. 문상을 가서도 반드시 무상계를 기도합니다.

방 한쪽에 조그만 탁자를 마련하고 향초를 올린 후라면 더 좋겠지만 그렇지 못하면 정갈하게 앉아 두런두런 읽어도 좋을 것입니다.

산사에서 새벽기도는 보통 새벽 4시에 시작하니까 매일 같은 시간에 일어나 세수를 한 다음 기도하십시오. 기도를 마치면 한결 마음이 가벼워지고 활기찬 하루가 시작되겠고 소원하던 일이나 막혔던 생각이 신통하게도 술술 풀릴 것입니다. (속는 셈 치고 한 번 해보십시오.) 천수경이나 금강경을 읽은 후 반야심경으로 마무리하면 더할 나위 없겠습니다. 인터넷에서 검색하시면 무상계를 해석한 내용을 알 수 있을 것입니다. ✽

어떤 사람이 장사 시작한지 얼마 되지 않아 장사가 안 돼 문을 닫을 지경이라고 하소연을 합니다. 어떤 분야를 이해하려면 그 분야에 관한 책을 100권은 읽어봐야 하고 발품을 팔며 100군데는 다녀봐야 합니다. 그런데 공부도 안 하고 장사를 시작했으니 힘들 수밖에 없겠지요. 실패를 공부 삼는다면 수업료가 너무 비싸다는 것도 알아야 할 것입니다. ✽

이른 아침, 창문 밖이 소란스럽습니다.

아침마다 먹을 것 좀 달라고 보채는 새들이 있는 것도 고마운 일이고 먹이를 줄 수 있는 것도 고마운 일입니다. 해마다 가을이면 남쪽에서 단감을 한 상자씩 보내오는데 반은 새들 몫입니다. 해가 뜨기도 전에 창문 밖에서 어서 먹을 거 내놓으라고 얼마나 시끄럽게 울어대는지 입을 다물게 하려면 이렇게 상납을 해야 합니다.

올겨울에는 '불전함'이 빠듯해 춥게 지내려고 작정했다가 오가는 손님들 생각에 에라 모르겠다 불전함을 탈탈 털어 팍팍 썼습니다. 게스트룸에 기름보일러를 새로 설치했고 기름도 넣었고 연탄도 주문했습니다. 두루 감사한 일입니다. 조립식 판넬로 얼기설기 엮은 집이지만 찬바람을 막을 수 있으니 이 또한 감사한 일입니다. ✽

세상에 어린이만큼 존귀한 존재는 없습니다. 나는 아직도 미술학원에 다닙니다. 수강생 대부분이 어린이들이죠. 나는 거기서 그림의 '기교'를 배웁니다. 그러나 도저히 아이들 그림을 따라갈 수가 없습니다.

붓글씨를 오래 쓰다보면 동서(童書)가 됩니다. 어린이가 한글을 처음 배울 때 삐뚤빼뚤 쓴 글씨를 말하는데, 여기서 동童이란 '아직 뿔이 나지 않은 염소 새끼'를 뜻합니다. 그러니까 아직 누구를 모함하거나 해칠 줄 모르고 천진난만한 존재라는 말씀입니다.

나는 얼마나 더 쓰고 그려야 아이처럼 그리고 쓰게 될까. 흉내나 낼 수 있을까, 스케치를 하면서 생각했습니다. ✽

창문밖에 국화가 피었습니다. 어머니 산소에 심어드렸던 걸 옮겨 온 것입니다. 마치 어머니의 영혼이 국화를 따라와 해마다 창문 밖에서 피고 지며 '내 아들 공부는 잘 하시는가' 하고 가만가만 혼잣말로 얘기하는 거 같습니다. 나이를 먹으면서 내게도 어머니가 있었나 싶게 잊고 살다가도 국화가 필 때면 어머니를 생각나게 합니다. ✿

우리나라 병사들 한 끼 밥값이 햄버거 한 개, 커피 한 잔 값도 안 되는 2,100원이라고 합니다. 이 금액이 납품업자와 계약한 금액이라니 실제 병사들이 먹는 밥값은 얼마나 될지 얼추 상상이 됩니다.

대학 도서관보다 못지않은 병영 도서관, 대학병원보다 더 좋은 군병원, 세상에서 파는 음식보다 더 맛있는 군대음식, 서울 시내 유명 카페보다 안락한 휴게실….

황금 같은 시기를 군생활로 보내야 하는 병사들에게 이 정도는 해줘야 하지 않을까요? 최신형 전투기를 들여온다고 최강의 군대가 되고 군 선진화가 되는 건 아닐 텐데 말입니다. ✿

구절초를 좋아하는 어떤 스님이 온통 절간을 구절초 천국을 만들었노라고, 그래서 구절초 축제도 열고 그러던데 스님도 그런 거 심으시라고. 아이고, 나는 게을러서도 못해요. 가만 두어도 이렇게 들꽃이 눈 내린 듯 하얗게 지천으로 피고 지는데. ✿

새벽에 번개가 쳐 전기가 나갔다. 10억 볼트의 번갯불이 의기양양 전깃줄을 타고 들어오다가 두꺼비가 잽싸게 차단하는 바람에 미처 내 방까지 침입하지 못했다. 인간은 번갯불보다 빠른 두꺼비를 만들 었다. ✽

조승호 박사께서 물수리의 멋진 사냥장면을 촬영하러 포항까지 가 셨는데, 어떠냐고 전화를 걸었더니 촬영하는 사람들이 없어 좋다고, 그런데 흙탕물이라서 물고기가 보이지 않자 물수리가 공중에서 선회 만 하다가 사라져 재미없다고, 어째서 사진 찍는 사람들이 없는지 이 제 알았다고, 그것도 모르고 바보 같은 당신만 와서 진을 치고 있노라 고 볼멘소리를 합니다.

나는 오늘 세차장엘 갔는데 세차장이 텅텅 비었습니다. 잘됐다 싶 어서 느긋하게 세차를 했는데요, 글쎄 오늘밤 비소식이 있더군요. 어 쩐지 세차장이 텅 비었더라니! ✽

팀들과 조류탐조 차 소청도와 백령도를 돌아보았습니다. 바닷가에 서 쉬고 있는데 자갈들이 색깔도 다양합니다. 둥근 돌, 모난 돌, 뾰족 한 돌, 길쭉한 돌, 검은 돌, 흰 돌, 붉은 돌이 모여 자갈밭을 만드는 것 처럼 세상에도 다양한 사람들이 모여 삽니다. 그게 세상입니다. ✽

일이 잘 안 풀린다는 사람들, 걱정 근심이 많다는 사람들과 상담해 보면 공통점이 있습니다. 건전한 취미생활이 부족하거나 아예 하지 않는다는 것입니다. 반대로 건전한 취미생활을 열심히 하는 사람은 걸림이 없습니다. 얼굴에 생기가 넘치고 생활에 활기가 넘칩니다. 이런 얼굴은 사람이 붙는 얼굴이고 뭘 해도 성공하는 얼굴입니다.

멍멍이가 깔아준 방석을 마구 찢어놓았습니다. 취미 치고는 좀 험합니다. 갇혀 살다보니 스트레스가 쌓였을 것입니다. ❁

화성에서 물이 발견되었다지요. 화성에 도착한 미국의 탐사위성 '큐리오씨티'호가 화성의 흙을 8백 몇 도로 가열했더니 2프로의 물이 생산되었다고 합니다.

태양으로부터 순서대로 떨어진 〈수금지화목토천해명〉 별 중에서 화성은 지구 다음에 서 있는 별입니다. 탐사선을 만든 것도 기적이고 탐사선이 화성에 도착한 것도 기적이고 물을 찾아낸 것도 기적입니다. 뭐 우리가 살아 움직이는 것도 기적이고 하루살이가 날아다니는 것도 기적이고 보면 세상에 기적 아닌 일이 없습니다만,

언젠가는 우리가 사는 지구도 위에 열거한 별처럼 사람이 살 수 없어서 지구를 떠나거나 또는 지구를 떠나 산다 해도 지금의 모습과는 전혀 다른 형태의 생명체로 살아갈 수밖에 없을 텐데요,

맑고 깨끗하고 풍부한 지구의 물을 모두 오염시키고 어마어마한 비용을 들여 화성까지 가서 2프로의 물을 '기적적으로' 생산했다고 하니 기쁜 일인지 아닌지 아리송할 뿐입니다. ❁

새벽에 마시는 행복한 차 한 잔.

혼자 살면서 행복한 것 중 하나가 새벽에 차 마시기입니다. 여럿이 살 때는 느껴보지 못하는 여유로움입니다. 그러면서 한편으로는 촌 각을 다투며 하루를 시작하는 세상 사람들에게는 미안한 일이기도 합니다.

전기가 없었을 때는 어른거리는 촛불을 켜고 책을 읽는 것도 한계 가 있어 저녁 아홉 시만 되면 일찌감치 잠자리에 들었습니다. 그러니 새벽이면 자연스럽게 눈이 떠지고 차 한 잔을 마시는 행복감을 만끽 하게 됩니다.

전기가 들어온 후 나는 낮시간을 고단하게 보내야 아홉 시에 잠자 리에 드는 지경이 되었습니다. 산에 살면서 도시인처럼 살게 되었다 는 말씀이지요. 이러면 산에 사는 의미가 줄어드는데도 말입니다.

법정 스님께서는 전기를 끌어들이지 말라고 당부하셨습니다. 전기 가 들어오면 각종 전자제품이 따라 들어오고 그러면 그것들이 사람 을 지배하고 삶을 주관적으로 살 수 없기 때문입니다.

어제 일찍 잠자리에 들었더니 오늘 새벽은 행복한 차 마시기를 즐 깁니다. 바깥 외등 아래 나무들은 바람 한 점 없는 가운데 숨을 죽이 고 고요합니다. 밤새 간헐적으로 짖던 멍멍이는 이제야 잠이 들었는 지 조용해졌습니다. ❋

나의 글쓰기 멘토였던 최인호 선생께서 돌아가셨습니다. 멘토이신 법정 스님이 돌아가셨을 때처럼 더는 맑고 향기로운 글을 읽을 수 없 어 또 슬퍼집니다. ❋

영화 '설국열차' 끝칸에서는 사람들이 굶주린 개처럼 삽니다. 그런 어느 날, 그들은 개처럼 살지 않으려고 혁명을 일으킵니다. 앞쪽 사람들이 사람답게(?) 산다는 걸 알았기 때문입니다. 결국 그들은 혁명에 성공하지만 앞칸은 끊임없이 뒷칸의 도전을 받는다는 것도 덤으로 깨닫습니다. 과연 행복은 어디에 숨어 있었던 걸까요. 앞쪽일까요 중간일까요 아니면 맨 뒤쪽일까요. ❀

changeling
크린트 이스트우드 감독.

안젤리나 졸리, 존 말코비치, 제프리 도너번, 게틀린 그리피스 등이 나오는 영화로 '바꿔치기'라는 뜻입니다. 권력이 어떤 거라는 거, 그리고 정의는 또 어떤 거라는 걸 보여줍니다. 비디오로 한 번 감상하시기를 권합니다. ❀

— 스님, 낼모레가 추석인데 뭐 필요한 거 없어요?

말이 나왔으니 말인데요, 절에 가실 때는 음료수니 과일이니 이런 거 사가는 거보다 단 돈 천 원이라도 불전함에 넣는 게 좋습니다. 그러면 스님네들이 알뜰살뜰 모아서 절 살림에도 쓰고 세상을 향해 요모조모 유용하게 쓸 수 있답니다. 그리하여 나는 부득이 또 이렇게 공지할 수밖에 없습니다.

— 불전함에 들어가지 않는 건 가져오지 마세요!

^.^ ❀

하늘이 알고 땅이 알고 그대가 알고 내가 알고.

양무제(중국 양나라의 초대 황제?재위기간 502~549)가 달마대사에게 물었습니다.

— 대사. 온 나라에 절을 많이 짓게 했는데 이만하면 내 공덕이 크다 하지 않겠소?

— 무공덕!

— 아니 어째서?

— 절을 짓는 게 공덕이 아니라 스스로 몸을 닦는 게 공이요, 스스로 마음을 닦는 게 덕입니다. 그리하여 남을 이롭게 하는 것이외다.

불교 경전에는 무주상보시, 즉 줘도 준 바 없이 하라고 했습니다. 내가, 나로 인해 또는 누군가 나를 이용하여 득을 취했다면 이만한 공덕이 없을 것입니다. 공덕은 말하는 순간에 산산이 흩어지는 속성을 갖고 있지요.

남 좋은 일만 시켜줬다, 고 속상해할 건 아닙니다. 반대로 생각해서 남 못할 일만 시켰다, 고 한다면 남 좋은 일 시킨 게 큰 공덕임을 알게 될 것입니다. 남이 나를 이용했다면 나는 '아직까지' 이용가치가 있다는 뜻이며 세상에 쓰일 능력이 있다는 뜻입니다. 그러니 기쁜 일로 여겨야겠지요. 조금 손해 보는 듯 살아야 세상 사는 맛이 납니다.

하늘이 알고 땅이 알고 그대가 알고 내가 알고. 세상을 이롭게 했다면 언젠가는 모두 내가 받을 것입니다.

— 뿌린 대로 거두리라(갈라디아서 6장)

오늘도 행복하십시오. ✲

유명한 사람이 자살했을 때 충동적으로 자살하는 사람이 급증한다고 합니다. 대중들은 자극적인 자살소식을 궁금해 하고, 매스컴은 이에 부응(?) 하기 위해 상세히 보도하고, 다른 매스컴도 경쟁적으로 보도하고, 연구에 의하면 결국 자살자는 늘어나게 된다고 합니다. 선진국에서는 자살관련 뉴스를 가능하면 작게 보도하거나 자세히 보도하지 않도록 권고한다는데 우리와는 많이 다릅니다. ❀

자전거를 타다가 전화가 오는 바람에 잠시 멈췄습니다. 뉘여 놓은 자전거를 보고 문득 나는 세상을 삐딱한 시선으로 보지는 않나 생각해봅니다.

세상이 어지럽다고 합니다. 그런데 돌이켜보면 세상은 단 한 번도 어지럽지 않은 적이 없습니다. 사람 수만큼이나 생각도 제각각이니 오히려 어지럽지 않다면 그게 더 이상한 일이 아닐까요.

벚나무, 꽃사과, 소나무, 잣나무, 왜송, 느티나무, 보리수, 뽕나무, 배나무, 목련, 산수유, 낙엽송, 자작나무, 대추나무, 마가목, 매실나무, 홍매화…문을 열면 앞마당에 보이는 나무들입니다. 미국쑥부쟁이, 달개비풀, 해바라기, 큰달맞이꽃, 더덕꽃, 벌개미취, 취꽃, 칡넝쿨, 어저귀, 질경이, 쇠비름, 땅빈대, 방동사니, 강아지풀, 나팔꽃…이 것들도 앞마당에 사는 녀석들입니다. 생긴 것도 성질도 다르지만 별 탈 없이 잘도 살아갑니다. 풀벌레들도 각각의 개성있는 목소리로 저 잘났다고 노래하지만 누가 뭐라지 않습니다.

소나무가 밤나무에게 너는 왜 소나무가 아니고 밤나무냐고 하지 않고, 달개비풀이 해바라기에게 너는 키만 장대같이 크다고 타박하지 않습니다. 그저 나름대로 열심히 살아가고 있습니다.

가끔 '스님은 도대체 생각이 없는 거 같다'고 힐난하는 소리도 듣는데 나이 탓인 거 같습니다. 나이를 먹으면서 게을러지는 이유도 있지만 '아이고 나부터 잘해야겠다'는 생각이 자꾸 앞섭니다. 좀 비겁하죠? ✻

지지난해 여의도 성모병원에서 눈 수술을 받을 때였다. 이동침대에 누워 수술실로 들어갈 준비를 마쳤는데 수녀님인지 하여튼 여성한 분이 다가와 내 손을 잡으며 이렇게 기도했다.

— 주여, 지금 이 어린양이 수술실로 들어갑니다…

어제는 '갑자기' 크리스찬이 된 H한테서 전화가 왔다.

— 스님! 제가 스님 잘되게 해달라고 하느님한테 열심히 기도하고 있어요. ✻

눈은 마음의 거울이라고 했으니
눈이 탁해진 건 마음이 탁해졌다는 뜻이렷다.

새로운 공해식물로 등장한 〈단풍잎돼지풀〉을 한 번에 박멸하지 못하는 것은 돼지풀 나름대로의 치밀한 '작전' 때문입니다. 작전은 식물이 씨를 맺을 때부터 시작됩니다. 씨앗의 크기를 천편일률적으로 설계했다면 한 날 한 시에 모두 싹을 틔워야 정상이겠지요. 그러나 식물은 그런 어리석은 설계를 하지 않는다는 것입니다. 왜냐하면 한 날 한 시에 싹을 틔우면 인간에 의해 한꺼번에 뽑히거나 동물이나 곤충에게 모조리 먹힐 염려가 있으니까요. 결국 식물은 씨앗의 능력을 조금씩 차이가 나도록 설계하여 순차적으로 싹을 틔울 수 있게 하는 것입니다.

그러니까 단풍잎돼지풀은 처음 싹을 틔우는 녀석은 뽑히거나 야생동물 또는 곤충에게 먹힐 각오를 할 수밖에 없습니다. 돼지풀이 생존하려면 무수히 많은 씨앗을 생산해야 하고 생산된 씨앗은 순차적으로 땅에 떨어지고 거기다가 시간차를 두고 싹을 틔우니 농부가 잡초를 '뽑아도 뽑아도 난다' 고 하는 것은 틀린 말이 아닌 거죠.

더는 안 되겠다 싶어 식전 댓바람에 길길이 자란 단풍잎돼지풀 뽑기에 나섰습니다. 불청객 단풍잎돼지풀은 얼마나 번식력이 강한지 요즘 한창 꽃을 피우고 열매를 맺는 중이어서 때를 놓치면 엄청난 씨앗들의 반란을 감당할 수 없기 때문입니다. 단풍잎돼지풀은 다 자라면 줄기 지름이 3cm 나 되고 키도 3m 넘게 자라 방치하면 다른 식물이 발을 붙이지 못하게 합니다.

이런 단풍잎돼지풀을 제거하려고 붕붕이를 돌려 자르면 편하겠지만 잘린 부위에서 예닐곱 개의 새로운 가지가 돋습니다. 농부들이 콩이나 오이, 고추 같은 작물에 순을 잘라주는 것과 같은 효과가 적용되는 거지요. 그래서 적당한 시기에 아예 뿌리까지 뽑아주는 게 좋은데 그 적당한 시기란 녀석들이 30㎝ 쯤 자랐을 때입니다. 그보다 작으면 허리를 굽혀 뽑아야 하므로 허리가 못 견디고 또 그보다 크면 힘이 배로 들기 때문입니다. 그러나 때를 놓쳐 키가 2m이상 자라면 70㎏의 몸무게를 지렛대처럼 이용해 있는 힘을 다해야 겨우 뽑을 수 있습니다.

　단풍잎돼지풀과 키재기 경쟁을 하는 유일한 녀석이 있습니다. 바로 뚱딴지라고 불리는 돼지감자입니다. 지난봄에 군데군데 심었더니 드디어 단풍잎돼지풀과 경쟁이 시작되었습니다. 하지만 뿌리로 번식하는 돼지감자가 무수한 씨앗으로 번식하는 1년생 단풍잎돼지풀을 당해내기에는 역부족입니다. 결국 단풍잎돼지풀을 솎아내기에 이르렀지만 단풍잎돼지풀 입장에서는 억울하기 짝이 없는 일일 것입니다. 더구나 같은 '돼지' 이름을 가졌는데도 말입니다.

　세상 살다보면 억울한 일이 어디 이들 뿐일까요. 어쨌거나 지긋지긋하던 폭염도 슬그머니 사라지고 천고마비의 계절이 왔습니다.
　들판의 벼는 누렇게 변해 고개를 숙였고 오늘 내일 벼베기가 시작될 것입니다. 여러분 행복한 가을 맞으십시오. ✳

대안학교에 다니는 수영이가 왔습니다. 저녁공양을 하다말고 수영이가 자못 심각한 표정으로 묻습니다.

— 스님은 여기 사시면서 가장 아쉬웠던 게 뭔가요?

중2 질문치고 예사롭지 않습니다. 대개는 "저 새 이름이 뭐예요?" 뭐 이런 따위의 질문을 하는 게 보통인데 말입니다.

보기 좋게 한 방망이 얻어맞았습니다. 나 홀로 호젓하게 살고 싶었는데 내 의지와 달리 절 살림이 늘어나고 복잡해진 게 가장 아쉽다,고 대답은 했지만. ※

— 한 살이라도 젊었을 때 부지런히 배우라!

선인들은 늘 그래왔지요. 왜 그랬는지 나이를 먹고서야 깨닫습니다. 눈도 침침해지고 의욕까지 떨어지니까요. 눈이 또 말썽입니다. 왼쪽 눈으로 보이는 상이 교란되더니 지금은 아예 침침하고 어떤 거리에서도 포커스가 맞지 않습니다. 당연히 책을 읽기가 무척 어렵습니다. 살아오는 동안 읽지 못했던 책들을 읽으며 말년을 보내려고 했더니 그 마저 뜻대로 안 됩니다. 정말이지 젊었을 때 부지런히 읽을 일입니다.

후발성백내장이라고 합니다. 백내장 수술을 한 후 시간이 지나면서 눈 뒷쪽에 다시 문제가 생긴 거지요. 책을 읽을 수 없을 만큼 상태가 좋지 않아 이러다가 정말 실명을 하는 게 아닌가 싶었습니다.

부산 내려왔는데 평소 알고 지내는 김경철님 (부산 〈습지와 새들의 친구〉 사무국장)께서 "집사람이 안과 간호과장으로 있으니 돈 걱정하지 말고 어여 오셔서 치료 받으라"고 야단을 합니다.

다음 날 김국장을 만나 병원으로 함께 가서 레이저 시술을 마치고 원래의 시력을 되찾았습니다. 세상이 이렇게 맑았었나 싶은 건 경험해보신 분이라면 다 아실 겁니다. 지지난해에 이어 나는 두 번씩이나 맑고 아름다운 세상을 경험하고 있습니다. 하여튼 김국장께 큰 시주를 받았습니다.

(부산지역 안과 치료 필요하신 분 있을 거 같아 참고로 알려드립니다. 제일안과. 동래역 건너편, 동래구 온천2동 1439-2입니다.) ✽

저녁 예불을 마치고 나오는데 웬 젊은이가 섰다가 공손히 합장 인사를 하며 이럽니다.

— 안녕하세요 스님. 수퍼에 납품하고 남은 건데 피죤 세 통에 만 원입니다. 하이타이도 있습니다.

납품하고 남은 거!

뭔 얘긴지 다들 아시죠? 내용물이 뻔한 거라는 거 알았지만 얼마나 먹고 살기가 힘들면 젊은이가 저러고 다니나. 젊은이에게 처자식도 있고 부모도 있을 거라고 생각하니 가슴이 뭉클합니다. 만 원 받아서 얼마나 남는지는 모르겠고 또 여기까지 올라온 게 너무 안쓰러워 만 원 보태주는 셈 치자는 생각이 들었습니다. 마침 누군가 불당에 오천 원짜리 두 장을 올려놓았기에 얼른 내주고 물건을 받아들었습니다.

오천 원 두 장은 이럴 때 쓰라고 세상 부처님께서 놓고 간 게 분명합니다. 젊은이가 좋은 직업을 얻었으면 좋겠습니다. (받은 짜가 피죤은 성분이 어떤 건지 몰라 모두 폐기했습니다.) ✽

무릇 수행자는 흐르는 물과 같아야 한다. 흐르지 않는 물은 썩을 수밖에 없다. 한 곳에 머물지 말라. 머물러 살면 장마철에 온갖 잡동사니 쓰레기들이 물에 휩쓸려 모여드는 것처럼 생존하는데 불필요한 짐이 늘어나게 마련이다. 짐이 늘어나면 그걸 관리하느라 시간을 빼앗길 것이며 결국 나처럼 진퇴양난, 더 넓은 세상으로 나아가는데 장애가 될 것이다.

부디 홀가분하게 다니며 끊임없이 자기를 단련하여 세상 사람들이 기대고 싶은 나무가 되시라. 머지않아 나도 그대처럼 떠날 것이다.

운수납자를 보내며. ❊

— 스님은 그리운 곳 없나요?

사립문을 나서면서 스님한테 물었습니다.

— 없는, 데요? 미련도 없어요.

— 도가 튼 거야 뭐야 이거, 사람도 아니네.

나는 도가 덜 여물어서 그런지 집 나서면 금방 집이 그립습니다. 며칠 나갔다 왔더니 새들이 먼저 반깁니다. 직박구리가 어디 갔다가 이제 왔느냐며, 새끼들 좀 보라고 고래고래 소리를 지릅니다. 군락을 이루어 사는 패랭이는 환영의 꽃을 우루루 피워들고 섰습니다.

새소리 물소리 바람소리, 나무 한 그루 식물 한 포기, 어딜 가나 흔히 있는 거지만 내 정원에 있는 것들에 비할 수는 없습니다. 시나브로 오랜 시간 우리는 서로 교감했기 때문일 것입니다.

지붕을 두드리는 요란한 빗소리에 잠에서 깼습니다. 문득 자비로움에 대해 생각했습니다. '자비'라는 말 속에는 사랑과 슬픔이 공존

162

합니다. 슬픔이라는 것은 가엾다는 말과 다르지 않습니다. 세상 어느 하나라도 슬프지 않고 가엾지 않은 건 없으니 오직 사랑하라는 뜻이 겠지요. 높은 산에 올라가서 세상을 내려다보면 인간의 존재가 정말 작다는 걸 알게 됩니다. 그래서 법회를 하든 생태강의를 하든 나는 세 상을 더 넓게 보라고 부탁합니다. 하늘을 쳐다보기보다는 기왕이면 내가 하늘에 올라가 있다고 가정하고 우주를 돌아보면 사람이 산다 는 게 얼마나 작은 존재이며 가여운 존재인지 깨달을 수 있습니다.

내일 이 시간이면 나는 몽골 초원에서 아침을 맞습니다. 일주일을 바깥에서 보내고 돌아왔는데 하루만 쉬고 다시 먼 길을 나섭니다. 카 메라는 컴팩트 카메라(일명 똑딱이) 하나만 달랑 챙겼습니다. 야영을 한대서 '잘 됐다, 좀 걸어보자'고 생각은 하지만 잘 될지 모르겠습니 다. 몽골 초원에서의 걷기 명상, 멋질 거 같지 않습니까.

집 나서면 나는 금방 집이 그리울 것입니다. 그리움은 떠나는 자만 의 특권일지도 모릅니다. 비가 많이 내립니다. 오가는 길 조심하시고 오늘도 행복하십시오. ✿

초원의 나라, 몽골 다녀왔습니다.

2013년 7월, 겨울철 우리나라에서 새들의 고향(번식지) 몽골에 다녀왔습니다. 한반도의 7배나 되는 넓은 나라에 인구가 겨우 약 350만 명이 사는 나라. 칭기스 칸의 나라, 초원의 나라, 유목민의 나라, 가축을 방목하는 나라, 게르(몽골텐트)의 나라, 밤이면 별이 쏟아지는 나라, 가장 좋은 토질을 가진 나라 한 쪽을 중국에 빼앗긴 나라, 사회주의의 나라 등등이 몽골을 수식하는 말은 참 많습니다. 〈칭기스 칸〉 공항을 빠져나오는데 도로가 엉망입니다. 밤 늦게 도착한 우리는 한국인 숙소에서 잠시 쉬다가 드디어 〈군가르트 자연보호구〉로 향했습니다. 가는 내내 광활한 초지가 펼쳐졌습니다.

유목민이 살고 있는 게르를 한 채 빌려 짐을 풀고 탐조에 나섰습니다. 대부분의 일행들은 검독수리(골든이글) 번식지로 향했지만 콤팩트 카메라만 챙겨 간 나는 초원을 가로질러 걷기도 하고 등산도 하고 말도 타고 재두루미, 큰고니, 댕기물떼새, 혹부리오리, 큰말똥가리, 검독수리, 검은목논병아리 등을 관찰했습니다. 이들은 모두 우리나라에서 월동합니다. 이른 아침에 들리는 수 많은 종달이 노래소리, 끝없이 펼쳐지는 초원은 마치 고향에 와 있는 듯 했습니다. 한 두어 달 쯤 살았으면 좋겠다 싶었는데 어느새 며칠 일정은 끝나고 다음을 기약할 수밖에 없었습니다. 재미있는 몽골이야기, 다음 기회에 적도록 하겠습니다.

행복한 운수납자(雲水衲子)

오갈 데 없다는 어떤 스님이 나처럼 한 곳에 정착해 안정적 삶을 살고 싶다고 부러워합니다. 어림없는 소리 하지 말라고 일렀습니다.

오갈 데 없다는 것은 오갈 데가 많다는 뜻입니다. 그래야 모름지기 운수납자입니다. 한곳에 정착하면 우선 살림살이가 늘어나고 비용이 발생합니다. 그러기 위해서는 세상과 적당히 타협해야 하고 더러더러 비겁해야 합니다. 이러면 내 삶을 주체적으로 살 수가 없습니다.

그냥 운수납자로, 하루하루 탁발에 의지하며 살라고 당부했습니다. 찾아가 들어주는 스님도 괜찮습니다. 돌이켜보면 나 역시 탁발승으로 운수납자가 되어 정처 없이 다닐 때가 가장 행복했지 싶습니다. 아빠 거지가 아들 거지에게 "우리는 불 날 염려가 없어 좋다"고 했다지요. 무릇 수행자는 남이 탐낼만한 물건을 가지지 말라고 했는데요. 정착해 살다보면 그걸 잘 지키지 못하게 됩니다.

스님에게 물질이 주어지는 것은 세상을 향해 쓰라는 세상 부처님들의 지엄한 명령입니다. 한마디로 잘 가꿔놓고 죽으라는 뜻이지요.

공부하는 스님들은 명심할 일입니다. ✽

여러분은 죽기 전에 꼭 하고 싶은 일이 무언가요. 아직도 못 가본 산 등산하기. 자전거 타고 구석구석 안 가본 곳 가보기. 걷기 좋은 길 빠짐없이 걸어보기. 티벳까지 자전거 타고 가기. 마지막으로 재즈 드럼 배우기. 죽기 전에 내가 작정한 것들입니다.

날은 저무는데 너무 욕심이 많은 거 같지요? 그래도 목표가 없는

것보다는 상상하는 것만으로도 행복하다는 생각입니다. ✳

포대화상을 아시나요?

중국 당나라 때 사람으로 법명이 계차라는 수행자입니다. 탁발한 것들을 포대에 넣어 메고 다니면서 가난한 사람들에게 나눠주었다고 하는데요, 배불뚝이에 자루를 하나 메고 활짝 웃는 모습으로 표현하며 내 것을(그게 무엇이 됐든) 이웃에게 아낌없이 나누는 보살로 표현됩니다. 화상이란 도가 출중한 수행자를 말합니다. 어떤 이가 일을 서툴게 처리하면 "아이고 이 화상아" 합니다. 열심히 공부했다면서(공부하는 사람이) 그것밖에 못하느냐는 뜻입니다.

— 저 화상, 왜 저래?

이런 소리 듣지 않으려면 열심히 공부해야겠습니다.

서울에서 돌아오는 길에 차 한 잔 얻어 마시려고 포천 어느 파출소에 들렀더니 소장이 한숨부터 내쉽니다. 사연인즉, 어떤 절 입구에 있는 포대화상에 누군가 자꾸만 스프레이 페인트로 예수를 믿으라고 써놓거나 십자가를 그려놓는데 그러지 못하게 해달라는 스님들의 신고가 있었다는 겁니다. 그렇다고, 경찰이 밤새도록 사람도 아닌 포대화상을 지킬 수도 없는 형편이니 참 딱한 노릇입니다. 하여튼 분란을 일으킨 포대화상의 죄가 큽니다만 해결책은 의외로 간단합니다. 낙서를 모른 척 하면 됩니다. 그래도 포대화상은 웃고 있으니까요. ✳

여러분은 행복하십니까?

나는 행복합니다. 추운 겨울에 물을 길러 다니지 않아 행복하고, 순간온수기를 통해 따뜻한 물이 나오니 행복하고, 세탁기가 빨래를 해주니 행복하고, 전기가 들어와 행복하고, 세 끼 먹을 수 있으니 배 곯지 않아 행복하고, 판잣집이지만 편히 쉴 수 있는 '집'이 있어 행복하고, 내 맘대로 기도할 수 있어 행복하고, 주변에 새들이 바글바글 놀러와 행복하고, 가끔은 유붕자원방래하니 행복하고, 수시로 오가는 사람들 사는 얘기 들어주다가 아이고 힘들다 자전거나 타러가자, 그래서 행복하고. 하여튼 수도 없이 행복하고 순간순간 행복하지 않은 때가 없습니다만, 여러분은 어떻게 행복한지 궁금합니다. ✿

쇠딱따구리가 톡톡톡 나무를 쪼아대다가 애벌레 잡았다고 끼끼끼끼 개구장이처럼 웃는 소리, 때까치가 다른 새들의 새끼를 노리며 때때거리는 소리, 멧비둘기가 "아이들 다 길러 내보냈다 나는 자유다" 하고 구구구구 우는 소리.

팔색조가 지난해에 이어 올해도 왔다고 기별하는 소리, 장끼가 "나를 잊지 마세요" 하고 어쩌다 한 번씩 우는 소리, 꾀꼬리가 새끼를 잘 길러 떠나노라고 인사하는 소리, 청딱따구리가 속이 빈 나무를 뜨르르르 두드리며 노는 소리,(이걸 드러밍이라 하는데 먹이를 잡을 때보다 주변의 자기의 존재를 인식시키기 위해 하는 행위입니다.) 검은등뻐꾸기가 송대관의 네 박자를 흉내 내며 우는 소리, 호반새가 둥지 찾는 나하고 숨바꼭질하며 비웃는 소리, 청개구리가 곧 비가 올 거니까 비설거지 잘하라며 우는 소리, 새끼새들이 배고프다고 먹이 보채는 소리, 어미새가 "고양이 들을라, 쉿 조용히 해!" 하고 낮게 속삭이는 소리, 새들이 고양이나 뱀이 나타났다고 어서 나와보라고 이구동성 떠드는 소리.

들어 보면 이렇게 좋은 것을!

눈으로 보는 행복 못지않게 귀로 들어 '보는' 것도 행복한 일입니다. 여기에 스님 염불소리와 목탁소리까지 더하면 극락이 따로 없습니다. (여름 안거하려고 스님 한 분이 와 계십니다.) 요즘은 이렇게 보는 것보다 듣는 것이 더 즐겁습니다. 특히 사진을 찍는 것은 결과물인 영상을 소유하고 싶은 욕망이기도 한데요, 소유욕을 버리면 허전할 거 같지만 허전한 공간을 듣는 소리가 대신 채워주므로 소유를 놓았다고 해서 서운할 일도 아닙니다. ❀

자전거 타고 우체국 일 보고 들판 한 바퀴 돌다가 저수지 옆에 잘 조성해 놓은 거대한 묘지 앞에 섰습니다. 무슨 왕릉이 이런 곳에 있었나 싶었더니 이름만 대면 다 알 수 있는 재벌회사 회장이 생전에 미리 조성해 놓은 가묘라고 합니다. 자신의 유택을 마치 왕릉처럼 조성해 놓은 거지요. 옆에는 용이 새겨진 커다란 상석도 보입니다. 생전에 제아무리 훌륭한 일을 했더라도 직원들이 벌어다 준 돈으로 자기가 들어갈 무덤을 왕릉으로 꾸몄다면 훗날 죽어서까지 손가락질을 면치 못할 텐데, 사람이 참 어리석습니다. ❀

저녁 늦은 시간에 두 번씩이나 동두천을 왕복할 일이 있었습니다. 중간에 도로공사중임을 알리는 표시등이 주욱 켜있고 안전막까지 쳐 있었습니다. 공사장은 하루 일과를 마친 상태였지요. 그런데 늙수레한 인부 두 사람이 경광등을 흔들며 교통안내를 하는 겁니다. 그래서 자동차를 세우고 "야간공사는 하지 않는데도 밤새도록 교통 안내를 하느냐"고 물어보니 그렇다고 합니다. 대개는 공사장 일과를 마치면 안전조치만 해놓고 사람은 모두 철수하는데 말입니다.

다른 곳은 그렇지 않은데 유독 그 구간만 그런 걸 보면 구간 공사를 맡은 업체 사장이 '뭘 좀 아는 사람'이지 싶습니다. 전화 한 통화로 남의 통장의 돈을 빼가는 세상이지만 이렇게 '된 사람'이 있어 그나마 세상에 희망이 보입니다. ❀

세상에 영원한 것은 없다고 했습니다. 하물며 원래 내 것이 있기나 할까요. 가진 것을 잃어도 원래 없던 것이니 억울할 것도 없습니다. 사랑하는 사람, 재물, 지위, 명예, 심지어 목숨까지도요.

천상병 시인은 우리 삶을 소풍에 비유하며 하늘로 돌아가 즐거운 소풍이었노라 말하겠다고 했습니다. 뭘 좀 아는 분이었습니다. ❀

커다란 바위에 기대있으면 절로 충전이 됩니다. 그래서 예로부터 바위산을 수도터로 정했나봅니다. 도연암 뒷산도 바위산입니다. 요 며칠 법당 뒤에 정지작업을 하고 있는데 수억만 년 동안이 땅속에 숨어있던 커다란 바위들이 속속 모습을 드러냅니다. 한편으로는 바위에게 죄송도 하고 또 한편으로는 햇볕을 보게 했으니 바위님께서 좋아했을지도 모릅니다.

속초시 영랑호반길에도 커다란 바위가 무척 이채롭습니다. 이곳은 영랑호반길 429번지에 멋드러지게 자리 잡은 바위님인데 이것보다 수십 배 크고 잘 생긴 바위들이 즐비합니다. 속초에 가시면 꼭 한 번 영랑호반길을 걸어보시고 좋은 기운 만땅 충전하시기를 권합니다. 낮에는 더우니까 새벽이 좋습니다. 나는 새벽에 자전거를 타고 청초호와 영랑호를 한 바퀴 돌았습니다. ❈

여러분은 어떤 음식으로 건강을 유지하는지요? 어릴 때 젖을 먹지 못하고 자란 까닭도 있겠지만 하여간 냉장고에 김치와 우유와 요구르트와 치즈는 거의 떨어지지 않습니다.

어쩌다 대형 마트에 가면 치즈 코너부터 찾습니다. 이런 나를 보고 동행한 사람은 "무슨 스님이 비릿하고 퀴퀴한 걸 좋아한다"고 웃습니다. 젓갈 좋아하는 거나 치즈 좋아하는 거나 뭐 다를 게 없겠죠? 어쨌거나 나는 치즈 진열대 앞에 서면 장난감 가게 앞에 선 어린아이처럼 기분이 좋아집니다. 손님이 오면 간식으로 내놓는 것도 치즈와 요구르트입니다. ❈

우리 몸의 신진대사 기능을 총괄하는 갑상선의 기능이 저하되면 여러 가지 불편한 변화가 일어난다고 하는데 자기통제력이 떨어지는 원인도 그 중 하나입니다.

우리는 이런 말을 자주하지요.

— 넌 도대체 이해할 수가 없어.

— 난 그 친구 도대체 이해가 안 돼.

라고요.

그러나 한편으로 상대방을 이해하기 위해 노력은 해봤는지 생각해 볼 일입니다. 무슨 음식을 좋아하는지, 성장배경과 환경은 어땠는지, 부모는 어떻게 살았는지, 공부는 어떻게 했는지, 어떤 사람을 친구로 두고 있는지 등등 알고 나면 상대방 이해하기에 도움이 될 것입니다.

— 박근혜 찍은 사람은 이해가 안 돼!

— 노무현 좋아하는 것도 이해가 안 돼!

— 인간의 탈을 쓰고 강을 그렇게 망쳐 놓다니!

— 강이 어때서! 좋기만 하던데!

— 원자력은 다 파괴해야 돼!

— 웃기네, 그럼 모자라는 전력은 어쩔 건데!

— 골프장? 그거 다 파헤쳐서 농토로 써야지!

— 동네 축구처럼 흔한 게 골픈데 뭔 소리야!

인터넷 등에서 가끔 보는 내용이죠? 보수와 진보, 이 쪽 저 쪽 서로 '인간'으로 인정을 안 하려 듭니다. 우리끼리도 이해를 못하고(안하고), 대화가 통하지 않는데 북한하고는 어떻게 대화를 할지 난 그게 궁금합니다.

혹시 말입니다. 우리 모두 갑상선에 문제가 있는 건 아닐까요? 갑상선 기능을 치료하기 위해서는 갑상선 호르몬 요법도 있지만 음식으로도 조절이 가능하다고 합니다. 요오드 성분이 들어간 미역과 다시마도 좋고 흰살생선도 좋다는군요. 자세한 내용은 다음 주소를 참고하시면 되겠습니다.

http://blog.daum.net/kya-901/11804977 ✻

몇몇 사람들과 식당에서 밥을 먹는데 그 중 한 사람이 큰 목소리로 여기 저기 전화통화에 여념이 없습니다. 지금 통화해야할 내용이면 다른 사람들의 대화에 방해가 되지 않도록 몸을 돌려 통화하거나 아니면 잠시 자리를 옮겨 통화하면 좋을 텐데요. 대충 들어보니 별 중요한 얘기도 아니면서 분위기를 산만하게 만들었습니다. 하는 일이 많아서 그렇답니다.

마침 내가 아는 스님한테서 전화가 걸려왔습니다. 나는 그 사람이 들으라는 듯 조금 크게 말했습니다.

— 네 스님, 지금 손님들하고 저녁 먹고 있습니다. 나중에 전화 드리겠습니다!

그가 전화를 끊고 잠잠해졌습니다. ✻

아카시꽃과 찔레꽃은 슬금슬금 지나가고 앞뒤로 개망초꽃이 눈 내린 것처럼 하얗게 피었습니다. 금방 칡꽃이 필 거고 밤꽃도 필 태세입니다. 밖에 나가있는 벌통을 옮겨오려고 벌통 놓을 자리도 새로 고르고 안 쓰는 빈 벌통을 청소해 놓았더니 어디서 왔는지 벌들이 기웃거립니다. 살만한 새집을 발견했다고 여왕벌에게 보고가 들어갔을 것입니다.

아니나 다를까, 반나절 쯤 지난 후에 벌들이 새까맣게 몰려왔습니다. 저녁에 벌통을 열고 확인해보았는데 벌이 가득합니다. 여왕벌이 새살림을 차린 게 분명합니다. 하필이면 비가 내리기 시작했습니다. 책사가 이사 날짜를 잘못 잡았거나 아니면 부득이한 사정이 있었나 봅니다. 비가 오면 벌은 체온이 떨어져 죽기도 하고 또는 허기가 져 활동하기가 어렵습니다. 그래서 서둘러 먼저 수확했던 꿀을 공급했습니다.

벌(곤충)하고도 소통(커뮤니케이션)이 가능할까요? 믿기 어렵겠지만 가능합니다. 벌을 치다보면 벌이 원하는 게 무엇인지 알 수 있고 벌들은 내가 어찌 해주었다는 것도 잘 알아듣습니다. 단순한 거 같지만 벌과 사람 사이에 미묘한 교신이 이루어지는 것입니다.

곤충하고도 소통하는데 하물며 사람끼리의 소통의 길이 꽉 막히는 경우가 비일비재합니다. 부부, 가족, 친구, 동료, 단체도 그렇고, 크게는 국가 간에도 소통의 부재로 등을 돌리거나 담을 쌓습니다.

내 생각과 다르다는 이유로요. 상대방의 생각과 개성을 인정해주는 여유가 필요한데 말입니다. ✳

땅을 파다보니 크기를 알 수 없는 바위가 앞길을 막습니다. 암초를 만난 것입니다. 살다보면 가끔 이렇게 암초도 만나고 좌절도 하고 그럽니다. 그늘에 앉아 땀을 식히다가, 문득 지구는 참 무겁겠다, 무거운 지구는 어떻게 공중에 둥둥 떠다닐까 의문이 들었습니다. 무중력 상태, 즉 우주는 중력이 작용하지 않는 아주 특별한 공간이라서 그렇다는데, 그거 말고 더 자세한 비밀을 김태식 과학 선생님은 알랑가몰라!

그러니까, 나는 오래 전에 내가 키우던 '보르조이'와 '말라뮤트'와 그 위에서 뛰놀기도 하고 그 위에 앉아 먼 산을 바라보기도 하고 때론 낮잠도 자고 명상도 하고 손님이 오면 도란도란 얘기도 나누었던 것이다. 나무를 심으려고 삽질을 하다가 누군가의 해골이 끌려나오기 전까지는 말이다. 100년 전 쯤일까 아니면 300년 전 쯤일까, 백골이 진토 되어 넋이라도 있고 없고, 내가 할 수 있는 건 향 하나 피워놓고 목탁을 두드리며, 아이고 미안하외다, 누군진 모르지만 어찌 그리 흔적도 없이 누워계셨소. 계시다는 걸 알았다면 막걸리라도 한 잔 부어놓을 걸, 그런데 컴컴한 지하에 사시다가 햇볕을 보니 어떻소? 그리 나쁘진 않을 거외다, 뭐 그렇게 혼잣말을 했는데.

이렇게 하여 나는 임자도 없는 누군가의 해골 앞에서 공손히 합장을 하고 누군가의 갈비뼈며 정강이뼈를 창호지에 정갈하게 싸서 다시 장사지냈는데, 분명한 건 너나없이 머리에 해골을 하나씩 이고 다닌다는 것이다. ✻

175

부산 금정산 소나무 숲

겨우 6월인데 벌써 전력수급이 어떠니 하는 걸 보면 올해는 더위가 일찍 시작했나봅니다. 더운 날은 우거진 숲속이 시원할 거 같지만 되레 숨이 턱턱 막힙니다. 통풍이 잘 되지 않아 그렇습니다. 소나무 숲은 좀 다릅니다. 솔잎에 다른 식물의 성장을 억제하는 물질이 들어 있어서 소나무 밑은 솔바람이 솔솔 불어 시원합니다. 거기다가 물이라도 졸졸 흐르면 금상첨화, 무릉도원이 따로 없습니다. 그래서 나는 소나무 숲을 좋아합니다.

금정산 소나무숲은 부산에 내려갈 때마다 약속 시간 한두 시간 전에 또는 볼일을 마친 후에 거의 빼먹지 않고 찾아가는 곳입니다. 숲 중간 쯤 들어가면 과연 이곳이 우리나라에서 두 번째로 큰 바닷가 도회지일까 하는 생각이 들 정도로 고즈넉합니다. 소나무 그늘 물가에 앉아 있으면 마치 피를 걸러 넣는 것처럼 몸과 마음이 낱낱이 정화되는 느낌입니다. 금정산은 바위 반 소나무 반입니다. 바위 사이에 소나무가 자라고 있는 건지 소나무 사이에 바위가 놓여있는 건지 그야말로 '자연스러운' 자연의 정원입니다. 한 번 들러보시기를 권합니다. ❋

묵은 벌통을 정리하다보면 깜짝깜짝 놀랄 때가 한두 번이 아닙니다. 말벌이나 야생벌들이 집을 차지하고 있기 때문입니다. 그래서 조심스럽게 뚜껑을 열고 야생벌집이 있는지 확인을 해야 합니다.

벌써 한 곳은 말벌이 집을 짓기 시작했고 또 한 곳은 박새가 둥지를 틀고 새끼를 기르고 있었습니다. 박새 새끼는 무려 10마리나 됩니다. 느닷없이 지붕(?)이 열리자 놀란 새끼들이 납작하게 엎드립니다. 어떤 녀석은 어미가 먹이를 물고 온 것으로 알았는지 입을 벌리기도 합니다.

공원 같은 곳에 나무에 걸린 인공새둥지를 보면 크기가 제각각입니다. 인공새둥지의 크기는 밥공기와 국그릇 중간 크기가 적당합니다. 둥지가 너무 크면 사진에서 보는 것처럼 어미는 둥지를 넓게 짓느라 재료도 많이 확보해야하고 공사기간도 길어집니다. 공간이 넓어도 작게 지으면 되지 않을까 싶지만 그건 인간의 생각이고 어미의 생각은 다릅니다. 새끼들이 둥지 바깥으로 떨어져도 다치지 않도록 이끼를 물어다가 넓게 양탄자를 깔아놓습니다. 새끼를 보호하려는 어미의 치밀한 계산인 것이지요.

인간의 눈으로 볼 때는 새들이 좀 멍청한 거 같지만 실은 이렇게 영리하답니다. 한편으론 이렇게 낮은 곳에 둥지를 정하면 뱀이 습격할 우려가 있습니다. 그러나 둥지로 정할 곳이 마땅찮거나 부족하니 어미는 위험을 감수하고서라도 이런 곳에 둥지를 틀 수 밖에 없습니다. 그래서 인공둥지를 만들어줄 필요가 있는 것입니다. 번식기 때 새 한 마리가 하루에 수백 마리의 벌레를 잡습니다. 대단하지요? 번식을 유도하여 개체수가 늘어나면 해충까지 잡아먹으니 새와 사람은 서로 상부상조하는 셈입니다.

앞으로 사나흘만 더 지나면 새끼들이 둥지를 떠날 텐데 모두들 무사히 숲으로 돌아갔으면 좋겠습니다. ❋

간밤에 비가 내리기 시작하더니 오늘은 하루 종일 비가 내립니다. 흐드러지게 핀 아카시꽃이, 향기를 제대로 내뿜기도 전에 시들고 말았습니다. 올해는 아카시꽃이 이상하게(?) 피었습니다. 무슨 뜻이냐면 남쪽에서부터 피어야 정상인데 얼추 한꺼번에 핀 것입니다. 아카시꽃이 이렇게 동시다발적으로 피면 꿀 생산이 대폭 줄어들 수밖에 없습니다. 양봉인들이 미처 벌통을 옮길 여지가 없기 때문입니다.

지난 토요일에는 야생화와 벚꽃꿀을 수확했습니다. 모두 세 말이니까 서른 병 분량입니다. 야생화와 벚꽃꿀은 한여름과 늦여름에 따는 꿀에 비해 맛이 독특합니다. 아카시꿀처럼 수분을 제거하지 않아도 농담이 짙고 향과 맛이 뛰어납니다. 비 소식이 있어 어제 부랴부랴 아카시꿀도 채취했습니다. 줄기차게 내리는 비 때문에 올해 아카시꿀은 이걸로 마감하고 밤꽃꿀이나 기대해야할 거 같습니다.

비가 내리면 대지를 흠뻑 적셔 식물이 자라는데 도움을 주고 또 오염된 하천이나 강을 정화시킵니다. 그러나 한편으로 벌을 치는 사람들에게는 반가운 손님만은 아닙니다. 세상 이치가 다 이렇게 음이 있으면 양이 있습니다. ❀

탈북한 아이들이 라오스에서 붙잡혀 중국으로 이송됐다지요. 아이들까지 얼마나 살기 힘들었으면 '나라'를 버리고 국경을 넘었을까요.

북한 뿐 아니라 지구촌에 곳곳에서는 다양한 이유로 헐벗고 굶주리는 사람들이 너무 많습니다. 우리가 이렇게 잘 먹고 잘 살아도 괜찮은 건지 생각해보는 아침입니다.

외국인 근로자들이 쉬는 날 놀러오면 맛난(?) 요리도 같이 해먹고 드라이브도 시켜주고 시장도 같이 갑니다. "한국에 와서 더럽고 힘든 일을 하고 있지만 스님한테 올 수 있어서 그나마 즐겁다"고 할 때 보람을 느낍니다. 오늘은 한 녀석이 점심공양을 가지고 와서 울먹입니다. 지금 일하는 곳이 너무 힘들어 이달 말까지 일하고 다른 데로 가려고 하는데 스님께 공양을 올릴 수가 없어 슬프다는 겁니다.

— 쓰님님! 힘들면 나한테 물어봐!
초파일을 앞둔 날, 외국 근로자들이 와서 이럽니다. 일 바쁘면 도와드릴 테니 부르라, 는 뜻이죠. '님' 자를 하나 더 붙인 건 '사장님' 처럼 직책이나 이름 뒤에 '님'을 붙여야 예우하는 걸로 알기 때문입니다. ❀

가끔 사람을 불러다가 일을 시키는데 어떤 날은 다른 날보다 한두 시간 일찍 마쳤습니다. 일과를 빨리 마쳤으니 신나게 돌아갑니다. 그리고 '집에 일찍 들어가면 뭐 하나' 싶어 친구를 불러내 한 잔 합니다. 결국 그날 받은 일당은 술집 매상을 올려주는데 쓰이고 맙니다. 이런 생활이 반복되면 사는 게 팍팍할 수밖에 없습니다.
한편 어떤 사람은 어차피 일당을 받고 하루 일을 나온 거라며 마치는 시간이 될 때까지 쓰레기도 줍고 풀도 뽑습니다. 잘 사는 사람과 힘들게 사는 사람은 뭔가 이유가 있다는 걸 알게 됩니다. ❀

〈청호반새〉와 〈호반새〉, 〈속독새〉 울음소리를 들었으니 여름새들이 거의 돌아온 거 같습니다. 여태까지 돌아온 여름새들을 정리하면 이렇습니다. 후투티, 호랑지빠귀, 되지빠귀, 흰눈섭황금새, 검은등뻐꾸기, 벙어리뻐꾸기, 뻐꾸기, 소쩍새, 파랑새, 꾀꼬리, 숲새, 솔새, 큰유리새 등입니다. 이들은 모두 이곳이 고향입니다. 동남아시아에서 겨울을 보내고 태어난 곳으로 돌아온 것입니다. 멀고 험난한 여정을 길을 잃지 않고 찾아온다는 게 정말 신비롭고 대견스러운 일입니다.

새들이 도착하면 울음소리로 귀향신고를 하는데 먼 길을 오느라 기진맥진해 기운이 하나도 없습니다. 하루이틀이 지나고 기운을 차린 녀석들은 숲속 여기저기를 다니며 울음소리로 자신이 돌아왔음을 노래합니다. 그리고 열심히 둥지 지을 곳을 탐색합니다. 뻐꾸기 종류는 남의 둥지에 알을 낳기 위해 나무 꼭대기에 앉아 알 낳을 곳을 찾습니다.

텃새들은 여름새들이 돌아오기 전에 서둘러 번식을 시작합니다. 여름새들과의 먹이경쟁을 피하기 위해서일 것입니다. 텃새 중에서 가장 먼저 번식을 끝낸 녀석들은 까치입니다. 까치는 알을 품고 있을 때 파랑새가 올까 싶어 전전긍긍하며 경계를 늦추지 않습니다. 파랑새는 까치둥지를 빼앗아 번식합니다. 까치는 황조롱이나 독수리같은 맹금류에게도 지지 않을 만큼 극성스러운 가치가 유독 파랑새에게는 한 수 아래입니다. 파랑새는 비행실력이 까치보다 월등하기 때문입니다. 파랑새는 마치 제비처럼 날렵하게 날아 까치를 파상공격 하는데 까치는 결국 둥지를 포기하게 됩니다.

청설모도 까치의 천적입니다. 청설모는 나뭇가지를 잘라 까치집처럼 집을 짓고 번식을 합니다. 파랑새와 청설모는 둥지를 짓는 수고를 절약하기 위해 남이 애써 만들어놓은 둥지를 약탈하는 거지요. 녀석들은 인정머리도 없습니다. 까치가 새끼를 키우고 있는데도 불구하고 둥지를 빼앗으니까요. 번식 시기를 놓치지 않으려는 의도일 것입니다.

집비둘기를 키운 적이 있었는데 한겨울에도 알을 낳고 번식을 했습니다. 멧비둘기는 눈발이 날리는 추운 날에도 번식을 합니다. 비둘기는 먹이를 먹은 후 뱃속에서 부드럽게 만들어 토해 먹이므로(이를 피존 밀크라고 합니다.) 다른 새와 달리 번식이 대체로 자유로운 거 같습니다.

올해는 참새가 열 군데나 번식을 했습니다. 인공둥지, 추녀 밑, 지붕 속 등을 가리지 않고 틈만 있으면 알을 낳고 새끼를 키웁니다. 먹이를 넉넉하게 공급해서 그런지 대부분이 2차 번식에 들어갔습니다. 머잖아 째째거리는 참새 울음소리가 경쾌한 아침을 열 것입니다. ❀

부처님 오신 날 손님 맞을 준비 하느라 밤이 늦어서야 일과를 마감했습니다. 따뜻한 물로 땀을 씻어내고 보송보송한 옷으로 갈아입고 앉으니 시간이 자정이 넘었군요. 손바닥만 한 살림살이라도 이렇게 분주합니다. 문득 다시 태어나면 정말이지 분주함 없는 선승이 되고 싶다는 생각을 해봅니다. 그러나 멀리 돌아가 다시 태어날 것도 없이 지금이라도 언제든지 마음먹고 나서면 못할 것도 아닙니다.

— 어떻게 하면 자유롭습니까?
— 누가 그대를 구속했는가?
하늘로 던지는 그물입니다. ❀

마당에 자갈 깔기 작업을 하는데 뽕나무에서 새들이 마구 지저귀며 난리를 칩니다. 나는 녀석들이 또 둥지다툼을 벌이겠거니 했습니다. 하지만 아우성 소리가 제법 깁니다. 아, 뱀이 출현했거나 들고양이 혹은 다람쥐가 둥지를 노리는 거라는 생각이 불현듯 들었습니다. 부리나케 쫓아가 살폈습니다. 역시 뱀 한 마리가 둥지 위 나무 가지에 웅크리고 있었습니다. 그 둥지는 멀리 말레이시아에서 월동하고 돌아온 '흰눈섭황금새'의 것이었습니다.

새들은 참 영리합니다. 포식자가 등장하면 참새, 곤줄박이, 박새, 직박구리 등 모든 이웃이 한꺼번에 공격을 합니다. 까치는 아예 뱀을 잡아먹기도 합니다.

청와대 대변인이면 가문의 영광이요 대통령을 보필하는 위중한 자리인데 미국까지 가서 수치스러운 일을 저지르고 몰래 귀국했습니다. 미꾸라지 한 마리가 온 나라를 벌집 쑤셔놓은 것처럼 분탕질을 해놓은 것입니다. 20그램 밖에 안 나가는 작은 새들도 포식자가 나타나면 너나없이 협동하여 물리치는데 하물며 인간이 이럴 수는 없습니다. 그래서 사람 못 된 건 짐승만도 못하다고 했나봅니다. ✽

새끼들이 태어나자 어미새들이 열심히 먹이를 물고 둥지를 드나듭니다. 깃털은 낡고 바랬습니다. 집을 짓고 새끼를 기르느라 영양상태가 나빠진 것입니다. 새들은 정말 왜 번식을 할까요. 새 뿐 아니라 미생물이든 곤충이든 동물이든, 풀이든 나무든 살아 있는 모든 것은 번식을 합니다. 이렇게 애써 번식을 하는 까닭이 대체 무엇일까요.

인간을 제외한 모든 생물은 번식 후 자손과 과감히 이별을 합니다. 자손은 또 그런 줄 알고 홀로서기 홀로 살아남기를 시도합니다. 정말 자연스러운 일입니다. 그런데 인간의 번식은 유별납니다. 태어나 최소한 열 달은 지나야 겨우 뒤뚱거리며 걷기 시작합니다. 스무 살이 넘어야 또 겨우 세상에 나갑니다. 그러나 이마저도 일부에 불과합니다. 서른 살이 넘도록 독립하지 못하는 자식도 있습니다.

가끔 다 큰 자식들이 자립을 못해 걱정이라는 소리를 듣습니다. 그러면서 어차피 나 죽으면 자식들이 다 가져갈 것이니 전답이라도 팔아서 도와주려고 합니다. 자식에 대해서만큼은 특히 우리나라 부모는 서양에 비해 무척 유별납니다. 동서양의 생명사상에 대한 견해차이 때문일 것입니다.

모든 생명체는 유전자(DNA)가 주인입니다. 서양 사람들은 유전자를 '물려주었으니' 이제 너 알아서 살아가라고 합니다. 전쟁터에 나가 죽었어도 국가와 민족을 위해 싸우다 죽었으니 슬프지만 자랑스러워합니다. (물론 국가 유공자에 대한 국민들의 예우가 우리보다 많이 다르긴 합니다.)

동양은 훨씬 복잡합니다. 내 유전자가 어찌되면 큰일납니다. 내 유전자가 고생하는 걸 눈 뜨고 보지 못합니다. 왜냐하면 동양철학에서 자식은 곧 나 자신이기 때문입니다. 사실은 부부일심동체가 아니라 부모자식일심동체라고 해야 맞습니다.

그래서 자식의 기쁨은 내 기쁨이요 자식의 아픔도 내 아픔입니다.

자식은 곧 '아바타'입니다. (영화 '아바타'는 동양철학에 심취한 감독이 만들었다고 합니다.) 서양식 사고로는 아버지가 부자라고 해서 우쭐할 일이 없습니다. 자식이 잘 된 것도 아버지가 자랑할 일이 아닙니다. 우린 어떤가요, 그와 전혀 반대라는 말에 이의가 없겠지요?

부모자식일심동체, 이기 때문입니다. 자식이 달라면 다 내줍니다. 요즘은 많이 바뀌었다고는 하지만 그래도 결국은 자식에게 모두 내줍니다.

어쨌거나, 생물이 번식을 하는 까닭은, 그렇게 해야 어쩌면 영원히 살 수 있다고 믿기 때문일 것입니다. DNA의 선택이죠. 생명체는 참 대단합니다. 우리 몸을 보더라도, 쇠로 만든 기계라도 70년 80년 쓰면 다 마모되고 망가질 텐데 병원 한 번 안 가는 사람이 있을 만큼 참 대단합니다. 그러나 영원하지는 않습니다. 영원히 사는 길은 번식을 하는 길 뿐이라는 걸 DNA는 알고 있었던 것입니다. 그래서 서양 사람들은 장례식 때 우리처럼 울고불고 하지 않습니다. 삶과 죽음을 자연스러운 '자연현상'으로 일찌감치 인식한 것입니다.

우리는 특히 자식이 죽으면 더 비통해합니다. 꽃을 피우지도 열매를 맺지도 못하고 사그라져 불쌍하고 슬프지만 사실은 번식(대를 잇는 자손이 사라진)에 대한 위기감에서 비롯된 비통함이라고 해야 맞을 것입니다. 늙은 부모는 더 욕심을 부립니다. 너희들 시집 장가 가는 거 보고 죽어야 하는데, 하고 말입니다. 한 술 더 떠 손주들 보고 죽어야 하는데, 합니다. 이렇게 보면 사랑의 다른 말은 번식이 아닐까 싶습니다. 번식을 사랑이라는 말로 위장 또는 포장한 건지도 모르고요. ❋

컴퓨터를 만지기 시작하면서부터 글쓰기는 습관적으로 컴퓨터를 이용합니다. 그런데 특히 최근에는 컴퓨터가 오작동을 일으키는 횟수가 빈번합니다. 바이러스 때문입니다. 그래서 컴퓨터를 몇 번이고 켰다가 끄기를 반복하거나 바이러스를 체크하는 등 때론 컴퓨터를 켜 놓고 정상화될 때까지 멍청히 기다리며 시간 낭비를 하게 됩니다.

참 사람들 할 일도 없지요, 하필이면 바이러스를 만들고 교묘하게 첩자처럼 타인의 컴퓨터에 스며들게 해 사람들을 괴롭히니 말입니다. 이런 사람의 영혼이 잘 될 리가 없을 것입니다. 이렇게 오염된 영혼을 구제하는 일은 쉽지 않겠죠.

선과 악은 늘 대립하는 게 순리일지도 모릅니다. 바이러스를 만들고 배포하는 행위에 대해 지금보다 더 엄벌할 수 있는 법적 보완이 필요할 거 같습니다.

중국은 인구가 많아서 그런지 얼마 전에 뉴스를 보니까 악덕 불량 음식 제조판매자는 최고 사형에 처한다고 하더군요. 공자의 나라 중국에서 오죽하면 그랬을까요. 전화를 이용한 사기도 극성을 부립니다. 문자에 무심코 응답했다가 몇 십만 원씩 통장에서 빠져나가기도 하고, 당신 통장에 돈을 잘못 입금 시켰으니 알려드리는 통장으로 다시 입금 부탁한다는 문자는, 가짜 서류를 만들어 내 앞으로 은행대출을 받은 거라고 합니다. 그대로 따라 했다가는 내가 대출을 해 남의 통장으로 보내주는 겪이 되는 거지요.

참 기상천외합니다. 이런 사람들은 어떻게 하면 남의 돈을 거저 빼앗아 먹을까 그런 궁리만 하고 사나봅니다.

컴퓨터를 켜면 인터넷에 자동 연결이 되고 바이러스를 체크하라는 안내 문자가 마구 뜹니다. 이 사람들도 바이러스를 고의로 심어놓고 자기네 프로그램으로 바이러스를 제거하라고 한다는군요. 물론 공짜는 없습니다.

법정 스님은 연필로 글을 쓰셨으니 스트레스 받을 일은 없었을 거 같습니다. ❁

여신도 한 분은 어버이날을 앞두고 꼭 다녀갑니다. 돌아가신 아버지께서 불고기를 좋아하셨다며, 그렇다고 법당에 불고기를 올릴 수는 없고 부엌에서 정성스럽게 음식을 장만하여 생전의 아버지에게 하듯 내게 공양을 올리는 것입니다. 나를 보면 아버지 생각이 나고, 아버지 생각이 나면 또 내가 생각이 난다고 눈물을 닦아냅니다.

저녁에 스리랑카 애들에게 전화를 걸어 '패런츠 데이'니까 와서 저녁 먹자고 초대했습니다. 눈이 뚱그래진 친구들에게 얘기했더니 스님께 공양하는 건 어떤 거든 상관없다고 고개를 끄덕입니다. 아침에는 건너 마을 혼자 사는 할머니에게 카네이션을 선물해 드렸습니다. 꽃을 얼마나 좋아하시는지 나이 팔십이 되었어도 여자는 여잡니다. 아들 딸들이 멀리 있어 꽃을 받지 못했다며 금세 눈물이 그렁그렁합니다. 오늘 저녁에는 마을에 혼자 계신 할머니들 모시고 외식하기로 했습니다. 어버이날을 공휴일로 지정해 하루 만이라도 어른들을 찾아보는 날이 되었으면 좋겠습니다. ❁

세계적인 첼리스트, 파블로 카잘스 (1876~1973)가 95세 되던 어느 날 BBC 방송기자가 최고의 첼리스트가 아직도 연습을 하느냐고 물었습니다. 그랬더니 카잘스는 '지금도 조금씩 늘고 있다' 고 대답했답니다. ✤

귀뚜라미 울음소리가 날로 명료해지고 있습니다. 풀벌레들은 짝 (암컷)을 찾기 위해서 또는 다른 수컷에게 자기 영토 자기 구역임을 알리기 위해 열심히 운다고 합니다. 그런데 가만히 우는 양을 보면 꼭 그렇지만은 아닌 거 같습니다.

— 뜨르르르 뜨르르 또또.
— 뜨르륵 뜨르륵 뜨르.
— 띠릭띠릭띠릭.
— 또르링또르링또르링.
— 티틱 티틱 티티티티.
— 띠릭 틱, 띠릭 틱.
— 띠리리리리리리 띠리리리리리.

녀석들은 울음소리로 서로 대화하고 서로 교신하는 게 틀림없습니다.

— 이봐 거기, 오늘 어땠어?
— 장대 같은 거인 발에 밟힐 뻔 했지.
— 나는 새들이 덮치는 바람에 죽을 뻔 했어.
— 밤에는 기온이 제법 떨어졌지?

— 그래, 우리가 노래할 날도 많이 남지 않았어.

— 여치가 벌써 죽었던데?

— 맞아, 나도 봤어. 남의 일 아니야.

— 몸 관리 잘 하자고.

— 자넨 아직도 짝을 못 찾았다지?

— 뭐 할 수 없지. 내년에나 찾아봐야지.

— 노래 연습 좀 더 하라구.

— 뭐라구? 내 노래가 어때서!

— 이봐, 요즘은 강남스타일이 대세라는 거!

깊어가는 가을밤엔 창문 밖에서 도란도란 두런두런 토닥토닥 들려오는 귀뚜라미 얘기소리를 엿듣느라 잠을 설치는 날이 많습니다.

댁의 귀뚜라미들은 어떤가요. ✽

숲에 알고 지내는 새가 있는 것처럼 알고 지내는 식물도 있습니다. 겨울에는 있는 듯 없는 듯 땅속 깊이 숨어 있다가 봄이면 꽃을 내미는 녀석들입니다. 녀석들은 늘 같은 자리에서 살아갑니다. 그래서 손님들이 오면 뒷동산 골짜기로 데리고 가 마치 내가 꼭꼭 숨겨 놓기라도 한 것처럼 꽃들을 하나하나 소개합니다.

봄에 피는 꽃은 키가 작아 마치 어린아이를 보는 것처럼 쪼그리고 앉아야 잘 볼 수 있습니다. 〈각시붓꽃〉도 그 중 하나입니다. 붓꽃이나 상사화가 꽃대를 장대처럼 밀어 올리지만 각시붓꽃은 무성한 잎사귀 속에 숨어서 핍니다. '각시'는 새색시를 말하는데 부끄럼 타는 새색

시가 대나무 발(가리개)로 얼굴을 살짝 가린 모습 같아서 각시붓꽃이라는 이름을 붙였을 것입니다. 아무튼 처음 꽃에게 이름을 붙여준 사람이 누군지는 모르지만 각시붓꽃이라는 예쁜 이름을 붙인 걸 보면 사물을 보는 감성이 남다른 것만은 틀림이 없습니다. ✻

봄의 기쁨을 나누는 새들

철없는 사람들(?)은 눈이 내리면 괜히 기분이 좋아집니다. 출근길이 걱정되고 퇴근길이 걱정되지만 하얗게 쌓이는 눈은 이상하게 사람의 마음을 편안하게 하는 마력을 가졌습니다. 내린 눈을 가만히 놓아두는 것도 보기에 좋습니다. 하지만 오가는 사람들 생각에 애면글면 눈길을 틀 수 밖에 없습니다. 날씨가 포근할 때 내리는 눈은 습기를 많이 먹고 있어 무겁습니다. 하지만 금방 녹아 자동차나 사람이 오가는데 문제가 없지만 추울 때 내리는 눈은 쉽게 녹지 않아서 여러 사람을 애먹입니다.

강릉에는 역사에도 없는 눈폭탄이 1미터도 넘게 내려 피해가 속출하고 많은 사람들이 불편을 겪는다지요. 중장비를 동원하고 병사들도 동원하여 길을 트는 중에도 또 눈이 내려 그야말로 설상가상이 된 모양입니다. 동장군이 뭣 때문에 화가 났는지 어디 화풀이할 데가 없어서 심술을 부리나봅니다.

눈이 쌓이면 숲에서 사는 새들이 빠짐없이 먹이터로 모여듭니다.

박새, 쇠박새, 진박새, 곤줄박이, 직박구리, 꿩, 어치, 콩새, 노랑턱멧새, 참새, 되새, 까치, 까마귀, 동고비, 어치, 물까치, 청딱따구리, 쇠딱따구리, 오색딱따구리, 굴뚝새, 붉은머리오목눈이, 딱새, 멧비둘기 그리고 이들을 노리는 새매, 참매가 있고 이따금 출몰하는 들쥐를 잡기 위해 황조롱이와 말똥가리, 수리부엉이도 있습니다. 포유류로는 족제비, 너구리, 멧돼지, 오소리가 있습니다.

먹이터가 고요하면 새매가 소나무에 숨어있다는 뜻입니다. 아니나 다를까, 먹이를 먹던 직박구리를 새매가 덮쳤습니다. 그러나 직박구리가 한 템포 빨랐습니다. 새매가 총알처럼 날아오자 다른 직박구리가 위험하다고 소리를 질렀기 때문입니다. 표적을 맞추지 못한 새매는 속도를 줄이지 못하고 그만 유리창과 충돌했습니다. 직박구리도 놀라고 새매도 놀라고 나는 더 놀랐습니다. 눈 밝다는 새매도 가끔은 이렇게 실수를 합니다. 다행히 녀석은 나뭇가지에 앉아 정신을 추스르다가 머쓱한 표정을 짓고 날아갔습니다.

최근에는 색다른 녀석도 가까이 다가오기 시작했습니다. 골짜기 오동나무 군락지에 사는 까막딱따구리입니다. 녀석은 자존심이 강한 건지 아니면 부끄럼을 많이 타는 건지 선뜻 내려오지는 못하지만 머잖아 오색딱따구리나 청딱따구리와 나란히 먹이를 먹을 거라는 생각이 듭니다. 찔레나무 열매를 먹기 위해 드나들던 노랑지빠귀는 내가 지나가면 나무 꼭대기로 잠시 피했다가 금세 다시 내려옵니다. 겨울 철새이면서 멀리 달아나지 않는 걸 보면 녀석은 나를 오랫동안 지켜보았을 것입니다.

중간쯤 자란 고라니 한 마리는 앞마당 탁자 밑에서 자주 목격됩니다. 인기척을 느끼면 슬그머니 안 보이는 곳으로 숨었다가 다시 옵니다. 어미 한 녀석은 창문밖에 놓아준 먹이를 먹습니다. 엊그제 눈이 펑펑 내릴 때는 눈송이 같은 미국쑥부쟁이 마른꽃을 따먹고 있었습니다. 옥수수 사료가 떨어져 주지 못했기 때문인데 너무 미안했습니다.

190

새들 울음소리가 매끄럽습니다. 눈길을 헤치고 봄이 살금살금 다가오고 있다는 걸 새들이 먼저 알아채고 웁니다. 새들은 오월이면 합창을 하지만 지금은 혼자서 웁니다. 겨울을 무사히 보냈다는 안도의 노래, 봄이 오고 있어 흥거운 노래, 친구들에게 나의 존재를 알리는 노래일 텐데 사람이 노래하는 이유와 별반 다르지 않을 것입니다. 바깥에서 수런거리는 소리가 들립니다. 새를 찍으려는 사람들입니다.

어떤 때는 인기척이 들린 것도 같은데 조용합니다. 살짝 엿보았더니 방문자는 한쪽에 가만히 앉아 먹이터에 오가는 새들을 바라보고 있습니다.

올봄, 나는 사람들에게 어떤 기쁨을 나눌까 생각해봅니다. ❀❀

2

숲은 잠들지 않는다

2006년 9월

내가 사는 골짜기는 남쪽으로 향하는 길목이어서 군사전략적으로 아주 중요한 곳입니다. 천백 년 전 철원에 태봉국을 세운 궁예가 왕건에게 쫓기며 은거지로 이용하던 곳이며 산 너머에는 협곡에는 궁예가 쌓았다는 성터가 남아있습니다. 나는 가끔 무너진 성터에 올라가 창을 든 군사들의 긴 행렬과 봇짐을 멘 장꾼이 오가는 걸 상상해봅니다. 1950년 남북 전쟁 때는 이 골짜기에서 많은 수의 피난민과 중공군이 희생당한 곳이라고 마을 원로들은 전합니다. 당시에 미군 기갑부대가 주둔했었고 지금도 산으로 들어오는 입구에는 탱크며 장갑차 진지가 구축되어 있어 훈련이 끊이지 않는 곳입니다.

치열한 격전지여서 그랬을까요, 뒷산은 해발 870 미터나 되는 제법 높은 산이지만 아름드리나무가 드뭅니다. 산에 올라가보면 30년 정도를 주기로 나무들이 나고 죽기를 반복하는 것 같은데 나무들이 오래 살기에 척박한 바위산이기 때문일 것입니다. 나무의 수종은 갈참나무 활엽수가 주종을 이룹니다.

9월이 되면서 아침저녁으로 선선한 바람이 부는 걸 보면 머잖아 나무들은 잎을 모두 떨어뜨리고 깊은 겨울잠에 빠질 것입니다. 나무들이 잠들면 앞마당 나무들을 이리 저리 옮길 계획을 세웁니다. 수년 전 아름드리 소나무 밑에서 새끼를 친 한 뼘 크기의 소나무 묘목을 열 그루나 옮겨 심었는데 벌써 허리께만큼이나 자랐습니다. 이 녀석들도 내가 〈나의 비밀의 정원〉 곳곳에 모셔질 것입니다. 느티나무와 오갈피나무와 라일락과 뽕나무도 좀 더 넓은 간격으로 띄어 심어야할 것입니다. 자꾸 나무에 신경 쓰는 시간이 많아지면서 갖가지 화초들은 뒷전이 되었습니다. 사실 화초 가꾸기는 나무 가꾸기보다 훨씬 힘이 듭니다.

나무는 간격만 제대로만 심어주면 절로 자라지만 들꽃은 일일이 사람의 손을 거쳐야 합니다. 대책 없이 자라는 풀을 제 때에 뽑아주지 않으면 꽃밭은 금방 밀림이 되고 꽃들은 잡초에 밀려 기를 펴지 못합니다. 특히 장마철에는 주변 숲에서 날아온 풀씨들이 얼마나 쌩쌩하게 잘도 자라는지 날마다 풀과의 전쟁을 치러야 합니다.

부처님 오신 날 연등 달기는 나무심기로 대신했습니다. 그리하여 신도들이나 방문자들이 곳곳에 심은 나무가 어느새 팔뚝 굵기로 자라 인공새집을 걸어둘 만큼 튼실합니다. 산에 들어와 살면서 내가 차지하고 있는 공간이 너무 커 미안하고 숲을 지배하기 보다는 내가 숲의 일원으로 동화되어야 한다는 생각이 나무를 심게 한 것입니다.

골짜기에 엄청나게 번진 다래넝쿨도 더러 제거했습니다. 다래넝쿨도 자연의 일원이 분명하지만 나무를 감고 올라가 수십 년 된 나무까지도 죽게 만듭니다. 숲도 간벌을 해주어야 나무가 제대로 자랄 텐데 아직 거기까지는 손이 미치지 못합니다.

창문 밖 붉나무가 새끼를 쳐 두 그루가 더 늘었습니다. 붉나무 열매는 새들이 좋아하여 박새, 진박새, 곤줄박이, 딱새, 청딱따구리, 쇠딱따구리, 동고비, 직박구리 등의 새들이 겨우내 드나들며 따먹습니다. 붉나무 열매의 소금 성분이 새들을 초대하는 것입니다. 사람들도 옛날에 소금이 귀할 때는 붉나무 열매에서 소금을 구하기도 했다니 새들도 사람만큼이나 지혜롭습니다.

앞뒤로 옮겨 심은 개복숭 나무에 가지가 휘어지도록 열매가 매달렸습니다. 밤나무도 돌배나무도 결실의 수고로움을 뒤로 하고 겨울잠 준비를 할 것입니다. ✽

2007년 3월
새들이 좋아하는 나무

〈나의 비밀의 정원〉 주변에는 예닐곱 그루의 커다란 밤나무가 있습니다. 알밤이 누렇게 익는 추석 무렵이면 밤나무 밑은 반질반질 윤이 날 만큼 사람들의 발길이 분주합니다. 알밤을 줍는 사람들은 거의가 외지 사람들입니다. 사람들은 어둠이 채 가시지도 않은 이른 아침부터 찾아옵니다. 더러는 나무에 올라가 가지를 흔들어 밤을 따기도 하고 더 극성스러운 사람들은 내가 쓰는 곡괭이 따위를 가져가 나무를 쿵쿵 울려 밤을 털어갑니다.

맛이 좋은 알밤이 지천에 널려있다는 소문이 나기 전까지는 야생동물의 차지였습니다. 알밤은 어치, 다람쥐, 고라니, 멧돼지, 너구리 같은 녀석들의 소중한 겨울나기 양식이었습니다. 사람들이 드나들면서 나도 부지런히 알밤을 주워 모았습니다. 이렇게 모은 알밤은 겨울 내내 야생동물에게 공급했습니다.

지난겨울은 새를 관찰할 기회가 많았습니다. 새들은 소나무나 잣나무 그리고 동백나무 같은 상록수림에 모여 추위를 피하거나 먹이활동을 합니다. 특히 탱자나무처럼 가시가 많은 피라칸사스에는 동박새, 홍여새, 황여새, 지빠귀류 등의 새들이 부리나케 오갑니다. 피라칸사스는 특이하게 한겨울에도 새들이 좋아하는 붉은 열매를 매달고 있습니다.

일산 호수공원에는 해마다 겨울이면 홍여새와 황여새 같은 진객이 찾아와 사람들을 즐겁게 합니다. 이번에도 수십 마리의 황여새가 찾아와 더욱 귀한 손님이 됐습니다. 황여새는 찔레나무 열매를 먹고 있었는데 하필이면 찔레나무가 사람들의 왕래가 잦은 산책로에 식재되어 있었습니다. 새들은 높은 나무에 앉아 있다가 오가는 사람들 눈치를 보며 열매를 따먹어야 했습니다. 멀리 중국 북동부에서 번식하는 홍여새와 황여새는 겨울이면 우리나라와 일본 등지에서 월동합니다. 공원을 돌아보면서 새들이 좋아하는 나무가 많지 않다는 것도 알았습니다.

며칠 전에는 철원지방에도 20여 마리의 홍여새가 날아왔습니다. 봄이 되자 번식지로 북상하던 길에 들른 것으로 짐작되는데 추운 철원지방에 홍여새가 들른 건 극히 이례적인 일입니다. 꽃사과 열매를 먹던 새들은 근처에 있는 측백나무로 몰려가 이번에는 측백나무 열매를 맛있게 먹는 것입니다. 도대체 열매 맛이 어떻기에 새들이 좋아할까 싶어 하나 먹어보았더니 시고도 떫어 사람이 먹을 건 아니었습니다. 새들 입맛은 참 별납니다.

'나의 비밀의 정원'에도 새들이 좋아하는 나무가 있습니다. 돌배나무, 물앵두, 붉나무, 벗나무, 뽕나무, 보리수, 꽃사과, 산딸나무, 산수유나무의 열매는 새들이 겨우내 먹을 수 있는 식량나무입니다. 뽕나무는 사람에게도 무척 쓰임새가 많은 나무입니다. 뽕잎으로는 차도 만들고 가루를 내 수제비나 국수를 만들어 먹습니다. 잘 익은 오디는 꿀에 재어두었다가 기침이 심할 때 먹으면 좋습니다.

오늘은 날이 더 풀렸습니다. 들판에 두루미들이 모두 북쪽으로 돌아가면 남쪽에서 여름새들이 돌아올 것입니다. 나무들도 새들을 기다릴 게 분명합니다. ✽

2007년 5월
5월은 희생의 달

5월은 희생의 달이면서 소생의 달입니다. 희생이 없으면 소생 또한 없습니다. 나무는 딱따구리에게 허리를 뚫리는 고통을 감수하면서 둥지와 열매를 제공하고 새들은 나무의 씨앗을 숲속 가득 퍼뜨려 번식을 돕습니다.

계곡에 있는 은사시나무 몇 그루는 누가 언제 하필이면 그곳에 심었는지, 심어졌는지 알 수는 없습니다. 은사시나무는 1950년에 수원농대에서 처음 발견했다하여 수원포플러라고 부릅니다. 은사시나무 꼭대기에서는 뻐꾸기가 하루 종일 웁니다. 뱁새 둥지에 탁란을 하는 뻐꾸기는 알에서 태어난 새끼에게 너는 뱁새가 아니라 뻐꾸기라고 각인을 시키느라 줄기차게 우는 것입니다.

그 은사시나무에서 딱따구리 둥지를 발견한 것도 순전히 뻐꾸기 때문이었습니다. 사실 딱따구리 둥지를 발견하기 전까지는 은사시나무의 존재에 별로 관심을 갖지 않았습니다. 은사시나무가 몇 그루나 자라고 있는지 세어 본 것도 딱따구리 둥지를 발견한 후였습니다. 모두 일곱 그루의 은사시나무 중에서 딱따구리가 뚫어놓은 구멍은 모두 세 개, 그리고 두 곳에서 오색딱따구리와 청딱따구리 가족이 둥지를 틀고 번식을 마쳤습니다.

지난해 5월에는 딱따구리 둥지에서 낯선 얼굴이 관찰되었습니다. 딱따구리 둥지에서 발견된 녀석은 새가 아니라 하늘다람쥐였습니다. 하늘다람쥐는 천연기념물 328호로 지정되어 보호하고 있는 멸종위기 야생동물입니다. 내가 살고 있는 밤나무 숲에는 천연기념물 323호인 붉은배새매, 327호인 원앙 그리고 324호인 칡부엉이가 번식하고 있었는데 하늘다람쥐의 출현으로 한 종이 더 늘었습니다. 하늘다람쥐는 새끼 두 마리를 잘 키워 무사히 둥지를 떠났습니다.

올 봄에도 나는 은사시나무 구멍을 유심히 관찰했습니다. 그런데 나무 구멍이 나날이 줄어드는 거였습니다. 하늘다람쥐가 떠난 후 나무가 스스로 구멍을 메우는 거라고 생각했는데 아하, 그게 아니었습니다. 겨우내 땅콩이며 잣을 얻어먹으러 드나들던 동고비가 진흙을 물어다가 출입구를 좁히는 공사를 벌이고 있었던 것입니다. 하늘다람쥐의 귀여운 눈망울을 볼 기대감은 무너졌지만 동고비가 딱따구리나 하늘다람쥐가 쓰고 버린 둥지를 리모델링하여 둥지로 삼는다는 걸 알 수 있었습니다.

아름드리 은사시나무는 처음 딱따구리에게 둥지로 허리를 내어주더니 이듬해에는 하늘다람쥐에게 그리고 또 이듬해에는 동고비에게 속을 깡그리 내어주었습니다. 나무에 구멍이 뚫리면 그곳을 통해 빗물이 유입되고 그렇게 몇 해가 지나면 나무는 속부터 썩기 시작합니다. 그러다가 태풍이 몰아치면 정확히 구멍을 중심으로 나무는 부러지고 맙니다.

이렇게 하나의 희생은 다른 하나의 새로운 소생을 돕습니다. 나무는 부러져 새 삶을 준비하지만 새들 지저귐 소리는 전보다 훨씬 커졌습니다. 새들이 온 여름을 쉬지 않고 노래하는 것은 어쩌면 나무에게 고마운 마음을 전하고 나무를 위로하려는 의미일지도 모릅니다. 희생 속에 소생하는 것은 나무만은 아닙니다. 어미새들은 새끼들을 키우느라 잘 먹지 못합니다. 그래서 새끼들이 이소할 즈음 어미새의 깃털은 마른 풀줄기처럼 윤기를 잃습니다. 어미의 희생으로 새끼들은 무럭무럭 자라 숲으로 돌아갑니다. ✳

2007년 10월
새로운 시작, 새로운 도전.

세상에는 우리가 모르는 구석이 너무 많습니다. 아는 만큼 보인다지요. 요즘은 자전거에 '필(feel)이 꽂혀' 자전거 공부에 날 새는 줄 모릅니다. 자전거 삼매경입니다. 이동수단으로만 여겼던 자전거 속을 들여다보니 그야말로 별난 세상입니다. 자전거 종류도 많을뿐더러 기능과 용도도 다양하고 모양과 값도 천차만별입니다.

그저 완성차 한 대만 사서 타고 다니는 게 아니라 취향이나 용도에 따라 프레임을 먼저 구한 후 바퀴와 페달과 변속기어 등등 소요되는 모든 부품을 따로따로 구해 조립해서 타기도 합니다.

나의 자전거 타기의 기억은 학창시절에 한창 유행했던 서울 —임진각 코스가 대부분이었습니다. 지금은 교통량이 많아 위험하기 짝이 없지만 당시로서는 자유로가 한가로워 누구나 안심하고 자전거를 탈 수 있었습니다. 9박10일간의 제주도 자전거 탁발 여행을 다녀온 적이 있었습니다.

내가 최근 자전거 타기의 새로운 시작과 도전을 결심한 것은 눈에 띄는 체력의 저하가 가장 큰 이유였습니다. 위장도 전에 비해 기능이 떨어진 것 같고 심장과 폐도 마찬가지였습니다. 앉아서 지내는 시간이 많았던 좋지 않은 결과일 것입니다.

새로운 시작의 이유는 또 있습니다. 60살 나이의 〈라인홀트 메스너〉라는 사람이 고비 사막 2천km를 걸어서 횡단한 후 쓴 〈내 안의 사막, 고비를 건너다〉를 읽고 용기를 얻었습니다. 또 800km의 거리를 오체투지로 도달하는 티벳의 수행자들의 이야기도 나의 새로운 도전을 부추긴 충분한 대상입니다. 책장을 넘길 때마다 이상하게도 나는 이 수행자들의 이야기가 더 이상은 남의 이야기가 아니라는 생각으로 굳혀졌습니다. 그것은 언젠가는 이 땅 구석구석을 도보로 여행해보겠다는 평소의 소망으로부터 얻어진 결과였을 것입니다.

컴퓨터를 켤 때마다 등장하는 〈새로운 시작〉 이라는 사인은 하루에도 몇 번씩 내게 희망을 일러주었습니다. 이 얼마나 흥분되는 꼬드김인가요. 나는 생활자전거로 약 2,000km 정도 주행 훈련을 마치고 드디어 나로서는 거금에 해당되는 30만 원짜리 자전거를 구입했습니다. 하루 주행시간과, 주행거리, 평균속도, 최고속도를 알 수 있는 미터기도 달았습니다. 인터넷 동호회에 가입하여 자전거 여행에 대한 공부도 열심히 했습니다. 어떤 사람은 하루 만에 서울에서 속초를 다녀왔다고 합니다. 하루 만에 속초까지 가는 것도 버거운데 왕복을 했다니 쉽게 믿겨지지 않았습니다. 또 어떤 사람은 서울에서 출발하여 며칠 만에 해남 〈땅끝마을〉에 도착했다고 하고 어떤 회원은 서울에서 출발하여 강릉에 도착했다고 알려왔습니다.

지금의 내 체력으로는 하루 최대 100km 정도 달릴 수 있습니다. 자전거 좀 탄다는 사람에게는 아직도 어린애 수준입니다. 다리는 그런대로 견딜 수 있지만 단련되지 않은 엉덩이가 너무 아팠습니다. 이렇게 몇 개월은 맹연습을 해야 동호회 라이딩 대열 후미에나마 간신히 합류할 수 있을 것입니다.

자전거는 속임수가 없습니다. 밟으면 밟는 대로 앞으로 나갈 뿐입니다. 누구의 찬사도 들을 것도 없이 오직 스스로를 단련할 뿐입니다. 중국을 여행 중인 라이더도 있고 또 어떤 라이더는 중국에서 티벳까지 자전거로 갔다는데, 남북회담이 잘 되어 자유로운 남북 왕래의 길이 열리면 자전거로 북한을 횡단하여 중국, 티벳, 인도까지 갈 수만 있다면 얼마나 신나는 일일까요.

불광불급(不狂不及). 미쳐야 미친다, 미치지 않으면 그 곳에 도달할 수 없습니다. 충만한 가을, 새로운 시작으로 삶의 변화를 가져오는 것도 좋을 것입니다. ❀

2007년 12월

올 동안거는 자전거 수행으로 정했습니다.

안거란 원래 여름과 겨울 석 달 동안 더위와 추위를 피해 스님들이 한 곳에 모여 수행 정진하는 걸 말하는데 이는 부처님 때부터 내려오던 전통적 수행법이었습니다.

선방 3개월 안거수행을 마친 후 다음 안거 때까지 3개월은 스님들이 각자의 사찰 직무로 돌아가거나 만행을 떠나는데, 이 때 어떤 경로로든 세간 사람들과 교류할 수밖에 없습니다. 절집 생활이 단순한 것 같지만 실상은 그렇지 않습니다. 신도 수도 늘어나고 절집 살림살이 규모도 커지면서 할 일도 덩달아 많아지기 때문입니다. 세간 사람들과 교류가 많으면 많을수록 수행자로서의 순수함이 안팎으로 세간의 사정에 물들게 마련이어서 3개월 후에는 선방에 들어가 안거 수행을 통해 수행자의 모습을 되찾는 과정으로 이해해도 될 것입니다.

그러나 '안거수행'을 한 곳에 안주하여 참선 탐구하는 것으로 반드시 못 박을 건 아닙니다. 나는 올 겨울 안거를 자전거를 타고 방방곡곡을 누비는 자전거 수행으로 결정했습니다. 더불어 이번 순례는 내가 아는 이들을 위한 기도를 목표로 정하고 첫 목적지를 내 수행처에서 멀지 않은 철원 구노동당사에서 출발하여 부산 을숙도까지로 계획했습니다.

지도를 펼쳐놓고 보니 까마득한 거리입니다.

하루 6시간 주행에 100km 정도를 이동하는 것을 잡았습니다. 철원에서 을숙도까지는 자전거 길로 500km 는 됨직하니 총 닷새를 달려야하는 거리입니다.

과연 나의 첫 자전거 장거리 주행이 성공할 것인지 의심스럽습니다. 매일 100km 씩 닷새 동안 쉬지 않고 페달을 젓는다는 게 가능한 일인지, 그것도 특별히 건강하지 못한 오십 중반의 나이에 혈혈단신으로! 11월이 되고 이제 곧 추위가 닥칠 것입니다. 나는 길을 떠나기 전 서둘러 바람막이 비닐을 치는 등 월동준비를 마쳤습니다. 드디어 11월 7일, 꼭 필요한 옷가지와 비상약, 자전거 정비도구를 배낭에 챙긴 후 컴팩트 디지털 카메라를 목에 걸고 이른 아침 장도의 첫 페달을 밟았습니다.

철원을 출발하여 첫날 기착지는 양평으로 잡았습니다. 양평까지는 120km, 첫날은 평소 훈련한 덕으로 어렵지 않게 양평에 안착했습니다. 이어서 괴산, 상주, 고령에서 각 1박을 하며 드디어 부산 을숙도에 도착했습니다. 말은 쉽게 했지만 기계처럼 쉬지 않고 페달질을 한다는 게 쉬운 일은 아니었습니다. 때로는 그만 주저앉아 포기하고 싶을 때도 있었고 자전거를 버스에 싣고 가도 그만이었지만 고통 받는 사람들을 하나 둘 떠올리며 나의 기도를 통해 사람들이 병고에서 헤어날 수만 있다면 얼마든지 고행을 감내하리라는 생각으로 페달을 밟았습니다.

오르막이 있으면 내리막도 있다는 '평범한 진리' 를 새삼 깨닫게 되고 길에서 부처도 여럿 만났습니다. 붕어빵 아저씨는 붕어빵으로 식사대용이 되겠느냐며 덤으로 두 마리나 더 담아주었고 때론 끼니를 공양 받기도 했으며 더러는 거절당하기도 했습니다. 길고 지루한 고갯길을 오를 때 자동차 창문을 열고 파이팅을 외치며 응원해주는 사람도 있고 과일 노점상 할머니는 가방이 무거우면 안 된다고 해도 굳이 과일 몇 개를 내밀었고 바닷가에서 굴을 따는 팔십 넘은 할머니에게서도 굴을 얻어먹었습니다.

자동차를 타고 다닐 때는 사물이 객관적으로 관찰되었지만 자전거를 타고 다니다보니 주관적으로 다가왔습니다. 무정물이든 유정물이든 긍정적이고 겸손한 시각으로 바라보게 된다는 사실도 깨달았다. 부산 을숙도를 도착으로 나는 경주를 비롯한 남쪽을 계속 달려 한달 넘게 약 1700km를 주행했습니다.

나는 내친 김에 태안 유조선 원유 유출사고 현장까지 달렸습니다.(이 글은 서산에서 쓰는 중입니다.)

— 국민 여러분, 도와주세요.

태안으로 향하는 길에 내 걸린 현수막을 보는 순간 눈물이 핑 돕니다. 이보다 더 절박하고 애절한 호소가 어디에 있을까요. 미리 준비한 우의와 장화, 고무장갑과 마스크를 챙기고 만리포 갯가에 도착하니 기름 냄새가 진동합니다. 천리포, 백리포, 신두리 해변도 마찬가지였습니다. 해변은 이미 전국에서 몰려온 자원봉사자들로 인산인해를 이루고 있었습니다. 버스에서 내려 방제복을 입고 긴 행렬을 이루며 백사장으로 행진하는 장원봉사자들은 흡사 잘 훈련된 정예 군대나 결사대처럼 늠름하고 거룩합니다. 누구의 지시를 따로 받을 필요도 없습니다. 그저 사람들을 따라 흡착포나 걸레를 찾아들고 백사장으로 나아가면 됐습니다.

시커먼 원유는 흡착포로 마치 걸레질 하듯 일일이 닦아내야 했고 바위틈에 고인 원유도 퍼내고 자갈에 달라붙은 기름을 하나하나 정성스럽게 닦아내야 했습니다. 바다를 걸레질 하다니! 세상에 바다를 걸레질한 민족은 아마도 우리밖에 없을 것입니다.

태안은 이번 자전거 동안거 수행 중 가장 잊지 못할 장소가 되었습니다. 그 동안 몸무게는 4kg이 빠졌고 다리는 돌처럼 단단해졌으며 심장과 폐와 위장도 전보다 훨씬 기능이 좋아졌으므로 얻은 게 한둘이 아닙니다. 새로운 시작 새로운 도전에 스스로 박수를 칩니다. 나무자전거보살! ✽

2008년 5월
나무를 키우는 일은 아이를 키우는 일과 같습니다.

나무는 겉으로는 움직이지 않는 것 같지만 속에서는 맹렬하게 움직입니다. 정중동(靜中動)입니다. 옮겨 심은 어린 소나무가 어느새 내 키보다 크게 자랐습니다. 겨울이 오면 나무들은 활동을 멈추고 긴 겨울잠에 빠집니다. 그러나 꼭 그런 것만은 아닙니다. 봄이 오면 농부들은 겨우내 웃자란 과수나무 가지치기를 합니다. 그래야 열매가 튼실하게 열리기 때문입니다. 여름내 엄청난 오디 열매를 맺어 내 입을 즐겁게 하는 뽕나무도 못 보던 가지를 여럿 내밀었습니다.

뽕나무도 큰 나무 밑에서 번식한 어린 묘목을 옮겨 심은 건데 3년 만에 키가 3미터도 넘게 자랐습니다. 뽕나무 열매 오디는 내 입만 즐겁게 하는 게 아닙니다. 숲 속 작은 새들도 부지런히 물어가지만 멧돼지 가족이 특히 좋아합니다. 멧돼지 가족은 아예 뽕나무 밑에 진을 치고 밤새도록 오디를 주워 먹고 한보따리 배설하는 것도 잊지 않습니다. 까만 오디를 주워 먹은 멧돼지 배설물도 오디 색깔처럼 까만색입니다.

서양 체리도 무척 많은 열매를 매답니다. 키는 나만한 게 믿겨지지 않을 만큼 많은 열매를 맺는데 어떻게 알았는지 직박구리들의 주요 간식거리가 되었습니다. 손님이 와 차를 마실 때 곁들이면 맛도 그렇지만 시각적으로도 훌륭한 디스플레이가 됩니다. 올해는 서너 그루 더 심을 생각입니다.

자작나무는 엄동설한에 얼마나 용틀임을 했는지 피부가 마치 뱀 허물처럼 벗겨졌습니다. 언 땅에서 잎사귀도 없는 나무가 자란다는 건 여간 신비로운 일이 아닙니다. 하기야 얼음새꽃(복수초)은 언 땅을 뚫고 꽃을 피우지 않던가요. 나무젓가락 굵기였던 두 그루의 자작나무는 인공 새둥지를 걸어두어도 될 만큼 크게 자랐습니다. 지난해 자작나무에 걸어둔 인공 새둥지에서는 박새가 번식을 마쳤습니다. 며칠 전 열 개의 새로운 둥지를 만들어 나무마다 걸어두었는데 새들은 어떻게 자기들 둥지라는 걸 알았는지 탐색에 여념이 없습니다.

거제도에 있는 작은 섬 지심도에 다녀왔습니다. 지심도는 현재 20여명의 주민이 살고 있는 손바닥만 한 섬입니다. 지심도는 조용필의 노래에 나오는 그리움 같은 섬, 동백섬으로 더 잘 알려졌습니다. 진해 용원 안골포 선착장에서 자전거를 배에 싣고 거제도행 배를 탔습니다. 부산 사는 〈쏘온〉이 자전거를 타고 동행했습니다. 40여 분만에 거제 능소포구에 도착했고 장승포까지는 자전거로 세 시간이 걸렸습니다. 장승포에서 하루 네 차례 왕복하는 지심도행 통통배를 났는데 잠깐 사이에 지심도 선착장에 도착했습니다. 지심도는 걸어서 두세 시간이면 모두 돌아볼 수 있을 만큼 작은 섬입니다.

지심도는 아름드리 동백나무 터널이 인상적입니다. 뭍에서라면 아직 봄이 이르지만 지심도는 겨울을 잊은 듯 했습니다. 새들은 울창한 동백나무 숲을 이리저리 날았습니다. 직박구리, 흑비둘기, 박새, 딱새, 곤줄박이 그리고 동박새가 관찰되었는데 이들 새들은 동백꽃의 꿀을 빨면서 수분을 시키는 역할을 하며 공생하는 것입니다. 이런 숲을 가꾸기 위해서는 백 년이 걸렸을까 아니면 삼백 년 쯤?, 소록도 잘 가꾸어진 숲을 걸었을 때도 그런 생각이 들었습니다.

나무 공부가 시작됐습니다. 기껏해야 내가 아는 나무 이름은 서른 가지나 될까, 낯선 나무를 만날 때마다 나는 나무에 대해 너무 미안합니다. 최근 유난히 끔찍한 사건사고가 많았습니다. 특히 어린이나 여성들을 유괴 납치하여 잔인하게 살해하고 암매장하거나 내다버리는 사건에 우리 모두가 치를 떨었습니다.

사건의 배후에는 어릴 때부터 잘못된 정서가 자리 잡고 있었을 것입니다. 숲에 들어가 나무를 보고 새를 보며 뛰어 놀던 아이들이 나쁘게 될 수는 없습니다. 숲에서 자란 아이들은 심성이 바르고 곧은 재목으로 클 것이라고 나는 믿습니다. 곳곳에 나무 공원이나 수목원이 있습니다. 나무를 키우는 일은 아이들을 키우는 일입니다. 나무를 심는 사람들에게 박수를 보냅니다. ❀

2008년 5월
올 봄에 나무 좀 심으셨습니까?

여러분께서는 올 봄 몇 그루의 나무를 심으셨나요. 나는 올 봄 목련, 서양보리수, 벚나무, 매실 등 열 그루의 나무를 새로 심었으며 여러 그루의 어린 소나무와 뽕나무, 느티나무들을 옮겨 심었습니다. 물론 나보다도 많은 나무를 심은 분도 계시겠지만 그렇다고 한 그루의 나무도 심지 못했다고 미안해할 것은 없습니다. 나무를 심는 대신 이산화탄소(CO_2)를 줄이려는 노력을 하면 될 것입니다. 사람이 평생 내뿜는 이산화탄소를 없애려면 나무 900 그루를 심어야 하는 것으로 알려져 있습니다.

이산화탄소는 산소나 탄수화물이나 단백질처럼 생물이 생존하는데 중요한 생명물질입니다. 동물은 살아가면서 산소를 흡수하고 이산화탄소를 배출하지만 식물은 이산화탄소를 흡수하고 산소를 배출합니다. 동물과 식물이 상호의존하며 사는 것이지요. 그런데 문제가되는 것은 인구가 늘어나고 생활이 윤택해지면서 탄소 배출이 늘어나는 만큼 또는 그 이상의 속도로 숲이 줄어든다는 데에서 발생합니다.

식물과 동물이 상존하는데 필요한 이산화탄소가 지구 온난화의 주범이 된 것은 참으로 억울한 일입니다. 이산화탄소는 물질이 탈 때 발생합니다. 46억 년 전 지구가 부글부글 끓고 있을 때 지구 표면은 이산화탄소로 덮여 있었지요. 비가 내리고 물에 쉽게 녹는 성질을 가진 이산화탄소는 물로 스며들게 되었고 대기 중에 질소와 산소 등과 함께 균형을 이루며 식물을 비롯한 다양한 원시 생명을 탄생시켰습니다.

이런 이산화탄소가 문제가 된 것은 최근의 일입니다. 산업이 발전하고 화석연료의 사용이 늘어났으며, 생활이 윤택해지면서 자동차를 비롯한 다양한 생활도구로부터 이산화탄소의 발생이 급격히 증가하게 되었습니다. 따라서 이산화탄소는 잘 사는 나라에서 대량 배출

됩니다. 미국이 그 예인데 최근에는 중국이 이산화탄소 배출량이 미국을 앞서게 되었고 미국과 중국이 배출하는 이산화탄소의 양은 전 세계 이산화탄소 배출량의 절반이나 된다고 합니다.

이산화탄소에 대해 인터넷에서 찾아보았습니다.

고농도의 이산화탄소를 흡입했을 때 순환계에 이상을 일으켜 혼수상태 또는 사망에 이르게 할 수 있습니다. 다량의 이산화탄소에 노출되었을 경우 질식이 일어날 수 있습니다. 낮은 농도의 이산화탄소는 호흡의 증가와 두통을 일으킬 수 있습니다. 산소부족으로 인한 숨가쁨, 정신적 경계심의 감소, 근육 조정의 손상, 판단력 상실, 감각의 무뎌짐, 정신적 불안정, 피로를 일으킬 수 있습니다. 질식의 과정으로 구역질, 구토, 피로, 의식 상실 등이 일어날 수 있으며 심할 경우 발작, 혼수상태, 사망에까지 이를 수 있습니다. 임산부에게서의 산소 부족은 태아 발육에 지장을 줄 수 있습니다.

불과 30년 전까지 만해도 크게 걱정하지 않던 이산화탄소가 최근 못된 물질로 낙인찍히게 된 것입니다. 인간들에 의해 발생된 이산화탄소가 증가하고 지구가 더워지고 북극의 빙하가 녹으며 폭우가 쏟아지고 지진과 해일이 발생하는 등 갑작스런 기상 변화에도 너무 많아진 이산화탄소가 원인이 되고 있습니다.

진짜 문제는 지금부터입니다.

지구의 종말을 앞당기지 않기 위해서는 이산화탄소의 배출을 줄이는 수밖에 없다는 결론이 전 지구적 숙제로 떠올랐습니다.

첫째, 소비를 줄이는 일입니다. 우리가 사용하는 모든 생활용품이나 도구들이 만들어지기 위해서는 엄청난 양의 이산화탄소가 배출됩니다. 머지않아 인류는 생존하기에 반드시 필요한 물건만 가져야 할 시대가 도래할 것입니다.

둘째, 육식을 줄여야 합니다.

지구상에서 사육되는 소는 18%나 되는 많은 양의 이산화탄소를 발생시킵니다. 동물을 기르기 위해 축사를 짓고 사료를 운반하고 먹이고 도축하기 위해 운반하고 도축된 고기를 운반 저장하는 과정, 가축 분뇨 폐기물 처리까지 합하면 이산화탄소의 배출량은 그 배가 될 것입니다. 1kg의 동물성 단백질을 생산하기 위해서는 8배의 곡물이 필요하다고 합니다.

셋째, 자동차 운행을 줄여야 합니다.

이산화탄소 1톤은 차량용 기름 500L를 썼을 때 나오는 양입니다. 커다란 나무 9그루가 필요한 양이지요. 대형자동차를 중형자동차로 바꾸면 나무 870그루를 심는 효과가 되고 중형을 소형으로 바꾸면 300 그루를 심는 효과가 된다고 합니다.

강이나 바다, 계곡에 가시면 시원하지요?

물에 잘 녹는 성질인 이산화탄소가 물에 스며들어 잔존 산소가 풍부하기 때문입니다. 계곡에 물이 흐르려면 산에 나무가 있어야 하는 건 당연한 일입니다. 새로울 것도 없는, 우리가 너무나 잘 알고 있는 사실입니다. 그러나 우리는 실천하지 않습니다. 누군가 내 대신 나무를 심어주겠지, 이산화탄소를 줄여주겠지 생각합니다. 나는 2007년 가을부터 주 이동수단을 자전거와 대중교통으로 정했습니다. 접이식 자전거를 가지면 시내버스, 지하철, 고속철, 시외버스, 택시 등등 타지 못하는 대중교통이 없습니다. 예를 들어 서울에 볼일이 있으면 자전거를 버스와 지하철에 싣고 가 자전거를 타고 다니며 볼일을 마치고 다시 버스로 돌아오는 식입니다.

부산을 갈 때도 경주를 갈 때도 마찬가지 입니다. 도회지에서

10km 정도의 거리는 자전거로 이동하는 게 유리합니다. 나무를 심고 숲을 가꾸는 것도 중요하지만 도회지에 살면서 숲을 가꾸는 일은 쉽지 않습니다. 소비를 줄이고 전기를 덜 쓰고 샤워도 짧게 하고 웬만한 거리는 걷거나 자전거를 이용하고 쓰레기 발생을 줄이는 등의 아주 사소한 일들이 나무를 심고 가꾸는 효과와 같다는 것을 잊지 말아야 겠습니다.

광합성 능력이 없는 동물은 식물의 덕으로 살아갑니다. 인간은 자연의 지배자가 아니라 자연의 한 구성원일 뿐입니다. 현재 우리 살림살이의 씀씀이로는 지구가 두 개나 필요하다는 사실을 우리는 심각하게 이해해야 할 것입니다. ✽

2008년 8월
여러분은 베이징 올림픽 재미있게 보셨습니까.

질문이 너무 우매했나요? 재미있게 보지 않은 사람도 있을까 싶게 특히 이번 올림픽은 정말이지 흥미진진했습니다. 양궁선수들의 활쏘기 솜씨는 그야말로 신의 경지에 이르렀다고 해도 과언이 아니었습니다. 시위를 떠난 화살이 물고기처럼 구불거리면서 날아가 과녁에 명중하는 걸 보면 짜릿하다 못해 소름까지 돋습니다. 눈곱만큼의 흔들림도 없어야하는 경기라서 그런지 선수들도 여간 차분한 게 아닙니다. 10점짜리 과녁에 화살이 딱 명중했는데도 다른 경기와 달리 기쁨을 밖으로 크게 드러내지 않는 건 다음 활을 쏠 때 혹시나 집중력이 떨어질까 그렇다고 합니다.

핸드볼이 다이나믹한 스포츠라는 것도 이번에 처음 알았습니다.

학생 시절에 농구는 해봤는데 핸드볼은 해보지 못했습니다. 핸드볼이 다이나믹한 경기라는 걸 진작 알았다면 그냥 지나치지는 않았을 것입니다. 박태환의 수영도 극적이었지만 내가 가장 재미있게 본 것은 마치 연속 드라마와도 같은 야구였습니다.

사실 나한테는 야구가 지루한 운동으로 인식되어 있었습니다. 그런데 언제부터인지 야구가 축구보다 더 재미있어졌습니다. 한 때는 야구 글러브를 사서 다른 사람들과 열심히 공 던지기를 한 적도 있습니다. 아홉 번의 전 경기를 아슬아슬한 점수로 이길 때마다 얼마나 가슴을 졸였는지 여러분께서도 저와 다르지 않았을 것입니다.

찰나의 순간을 겨루는 펜싱도 관심 있게 보았습니다. 유도는 또 어떻던가요. 엎드려 있으면 상대의 공격으로부터 안전하다고 생각했는데 최민호 선수가 납작하게 엎드린 선수를 번쩍 들어 한판승을 거두는 걸 보고 얼마나 경이로웠는지 모릅니다.

최민호는 한판승의 사나이라는 별명이 새로 붙여졌습니다. 재미있어서 웃고 감격해서 울고, 하여튼 이번 올림픽은 이렇게 막을 내렸습니다. 올림픽 효과도 클 것입니다. 특히 모든 분야에서 생산성이 높아졌을 것입니다. 기분이 좋아진 사람들은 제품 생산 공정에서 불량률이 줄어들었을 테고, 각종 계약이 잘 이루어졌을 테고, 병원에서는 환자들의 퇴원날짜가 앞당겨졌을 테고 교통사고까지 줄어들었을 것입니다. 그 중에서 가장 큰 효과는 사람들에게 용기와 희망을 주는 일이 아니었을까요.

지난달에는 자전거로 미시령을 넘어왔고 이번 달에는 대관령을 넘었습니다. 암자에서 마을로 나가는 야트막한 언덕길조차도 자전거를 끌고 다녔었는데 미시령과 대관령을 자전거를 타고 넘었다는 사실이 나한테는 올림픽에서 금메달을 따는 것만큼이나 기쁜 일이었습니다.

자전거를 타고 사력을 다해 대관령에 올랐을 때 그 환희로움은 미처 말로 표현할 수 없습니다. 선수들이 올림픽에서 금메달을 땄을 때와 비교하는 건 어불성설이겠지만 나는 선수들의 기쁨을 가늠해봅니다. 대관령 자전거 경기 때 눈에 띈 장면이 있었습니다. 팔 하나로 자전거를 탄 선수였습니다. 팔 하나를 어떤 연유로 잃었는지는 모르겠지만 팔 하나로 자전거 핸드바를 잡고 정상에 오르는 모습에서 어려운 환경을 딛고 정상에 선 올림픽 선수들을 오버랩 시켰습니다. 모두 장한 사람들입니다.

선수들은 하나같이 자기와의 싸움을 시작한 거였지만 궁극적으로는 타인에게 귀감이 되는 일이었습니다. 거울을 보고 화장을 하고 옷매무새를 잘 고쳐 입는 것은 남 보기 좋으라고 하는 일입니다. 남이 즐거우면 결국 내가 좋은 일이기 때문입니다.

내 여행용 자전거에도 태극기를 달았습니다. 강가에서 주운 낚싯대를 잘라 깃대를 만들고 장터에서 4천 원을 주고 작은 태극기를 샀습니다. 자전거에 달고 나니 나도 모르게 엄숙해져 마치 국기에 대한 경례나 맹세를 하는 기분입니다. 더불어 애국자라도 된 듯 우쭐해봅니다.

자전거에 태극기를 달고 동해를 달려서 미시령에 올랐습니다. 미시령 고갯마루에 휘날리는 태극기는 비록 자전거에 매달린 작디작은 거였지만 장엄했습니다. 대관령을 넘을 때도 마찬가지입니다. 작은 태극기 하나가 이렇게 사람 마음을 다잡는 것입니다. 문득 이제는 하나 된 마음으로 태극기가 휘날렸으면 좋겠다는 생각을 합니다. 지난 여름 우리는 수입 쇠고기 문제로 지독한 분열을 겪었습니다. 대결하기보다는 화합하는 정치를 했으면 좋겠습니다. 너와 나를 구분하기

보다는 합장하듯 너와 나는 둘이 아닌 하나라는, 그래서 우리는 한 배를 타고 있는 거라고 그래서 함께 노를 저었으면 좋겠습니다. 더는 촛불을 켜드는 일이 없기를 기도합니다. ※

2009년 9월
새들은 쓰레기를 만들지 않습니다.

아침 일찍 일손이 필요하니 도와 달라는 전화를 받고 도착한 곳은 철원실내체육관, 전날 행사를 치른 뒷처리를 하는 일입니다. 체육관 안으로 들어간 나는 그야말로 경악을 금치 못합니다. 세상에, 이게 잘난 인간들이 놀다 간 자리라니, 잘게 잘라 뿌려진 오색종이와 반짝이로 체육관 바닥을 양탄자처럼 뒤덮었고 음료수병, 빈 깡통과 갖가지 인쇄물에 스치로폼 조각까지 마치 폭탄을 맞은 듯 그야말로 아수라장입니다. 색종이는 그런대로 빗자루로 쓸어낼 수 있지만 깨알 같은 반짝이들은 젖은 낙엽처럼 바닥에 딱 달라붙어 떨어질 줄 모릅니다.

사람들은 실내에서 폭죽도 터트렸습니다. 굵기가 50미리나 되고 길이가 1미터나 되는 대형 폭죽을 터트린 잔해들이 함부로 굴러다녔습니다. 폭죽에서 빠져나온 색종이 뭉치들은 천정 구조물에까지 주렁주렁 매달려있습니다. 작업자 한 사람이 까마득하게 높은 곳까지 올라가 색종이를 치워야했습니다.

화장실은 얼마나 더럽게 썼는지 고약한 냄새며 담배꽁초며 차마 발을 들여놓을 수 없을 지경입니다. 복도나 주차장 등 바깥 사정도 대동소이, 마구 버려진 음료수병과 빈 깡통과 담배꽁초와 음식물 쓰레기로 넘쳐났습니다. 행사 안내 팸프릿을 보니 무슨 청년회의 대회라고 적혀있습니다. 함께 청소하러 나온 분들에게 대체 이게 뭐하는 단체냐고 물었더니 자기계발, 봉사 등 어쩌고저쩌고 다양한 미사려구가 동원됩니다.

무슨 청년들이 회의를 이 따위로 한담, 짐승들이 놀다가도 이렇지는 않겠다, 이걸 어찌 인간들이 놀다 간 자리라고 할 수 있느냐고 했더니 이 경우는 조족지혈이랍니다. 전에 어떤 운동 단체 행사 때가 제일 더러웠다고 행사장에 다녀간 이가 말합니다. 태권도, 유도, 궁도, 검도 같은 운동은 말 그대로 그것을 통해 심신을 수련한다는 뜻입니다. 그러나 요즘은 그렇지 않은가봅니다.

내가 사는 암자 근처 계곡에 들어갈 때는 입장료로 1천 원을 내고 들어갑니다. 입장료는 골짜기를 청소하는 사람들의 임금으로 쓰입니다. 그런데 어떤 사람은 입장료 1천 원을 내지 않으려고 시비를 하거나 입장료를 냈다고 온갖 냄새나는 쓰레기를 양산하여 방치해놓고 갑니다. 곳곳에 설치된 화장실은 역겨워 들어갈 수 없을 만큼 지저분합니다. 겨우 1천 원의 입장료를 내면서 '본전'을 뽑고 가려는 사람들의 고약한 심보인 것입니다. 사정이 이러면 청소하는 사람들도 지쳐버립니다. 한 곳에 보기 좋게 모아놓은 걸 치우는 일도 버거운데 함부로 버려지고 구석구석 감춰진 오물 쓰레기까지 치우자니 곤욕이 아닐 수 없습니다.

인간은 이렇게 여럿이 모이면 용감해집니다. 얌전하고 내성적인 사람도 무리에 섞여있으면 대담해지는 게 군중심리입니다. 그래서 나는 사람이 많이 모이는 걸 썩 좋아하지 않습니다. 사람들이 모이면 쓰레기를 양산하기 때문입니다.

앞으로 열흘만 지나면 철원 평야에는 북쪽에서 진객 두루미들이 내려옵니다. 비옥한 들녘에서 먹이도 구하고 겨울을 나기 위해서 입니다. 이렇게 해마다 겨울이면 두루미와 기러기와 오리들이 수십 만 마리씩 오가지만 새들이 머물다 떠날 때 남기는 건 배설물 외엔 아무것도 없습니다. 그나마 무수한 새들이 남긴 배설물은 요긴한 거름으로 쓰입니다. ✤

2008년 11월
인간은 자연에 대해 나그네일 뿐.

남쪽에서 며칠 보내고 갑작스럽게 동장군이 찾아와 안팎으로 얼어붙었습니다. 양동이에 언 얼음으로 보아 한밤 기온이 영하 10도는 넘었지 싶습니다. 샘터가 꽁꽁 얼어 더는 물을 길을 수 없게 되었으니 설거지통은 말할 것도 없고 화장실 변기까지 꽁꽁 얼었습니다. 부랴부랴 늦은 시간까지 바람이 들어오는 구멍이란 구멍은 모조리 막았고 더러는 시멘트를 버무려 넣어 차가운 바깥바람을 차단했습니다. 화장실 변기는 전기방석에 이불을 덮어두어 한파를 막았습니다.

병사들은 암자 주변에까지 훈련범위를 넓혀 진을 치고 훈련 중입니다. 한밤 중 기온이 급강하하여 보초병을 제외한 병사들은 법당에서 추위를 피하도록 했습니다. 바람막이 비닐을 치고 찬바람을 막았다지만 차가운 바닥에 침낭을 깔고 잠든 병사들이 안쓰러워 나는 몇 번을 들락거리며 커피는 어디에 있고 꿀은 어디에 있으니 추우면 물 끓여 타 마시라고 당부하고서야 잠자리에 듭니다.

북쪽에서 번식한 새들도 추위를 피해 돌아왔습니다. 철원평야에도 수십 만 마리의 쇠기러기와 수백 수천의 두루미와 재두루미가 도래해 장관을 이루고 있습니다. 새들이 돌아오는 때를 맞춰 곳곳에서 환경관련 행사가 열리는 중입니다. 특히 올해는 경남 창원에서 국제 습지협약 람사르 총회가 열렸습니다. 사람들의 관심도 어느 때보다 높았고 덕분에 행사장은 발 디딜 틈 없이 인산인해를 이루었습니다.

우리나라는 참 다양한 환경축제가 열리고 있습니다.

환경축제란 자연 환경을 이해하고 사랑하는 데서 출발하고 마무리되어야 옳은데 기실 오늘 우리의 축제는 자연사랑 환경사랑이라는 미명으로 포장한 자연을 죽이는 축제라고 해도 과언이 아닙니다. 먼 바다에서 목숨을 걸고 고향을 찾아 돌아온 연어잡이 축제가 그렇고 생명의 고귀함을 가르쳐야할 어린이들까지 동원하여 살아있는 생명을 맨손으로 잡아 장난감처럼 취급하게 하는 것도 축제라는 미명으로 자행되는 중입니다. 뭐든 살아있는 것은 잡고 죽이고 먹지 못해 안달이라도 난 것처럼 도처에서 아우성입니다.

이런 모습을 보며 나는 도대체 사람들이 이성을 잃은 건 아닐까 의심이 듭니다. 그렇지 않고서야 어떻게 저 많은 사람들이 그저 축제라는 꼬드김에 몰려들어 밟고 부수고 잡고 죽일 수 있을까요.

철새축제라는 것도 그렇습니다.

나는 철새축제라는 이름부터 맘에 내키지 않습니다. 그저 먼발치에서 가만히 새들을 바라보는 것처럼 스스로의 내면을 바라보는 시간이 되어야지 축제장마다 왁자지껄한 먹거리장터가 섭니다. 어떤 곳에서는 가수까지 불러다 고성방가하게 하거나 엿장수 불러다 북치고 장구 치게 하는 이상한 축제를 벌입니다.

사람들의 몸짓과 목소리에도 민감하게 반응하는 새들 입장에서 보면 참 기가 막힐 노릇이죠. 아무리 좋은 뜻이라도 군중심리라는 게 있어 사람들은 모이면 목소리가 커집니다. 어떤 축제에는 평일 1만 명씩이나 모여들었다고 합니다. 좁은 공간에 매일 1만 명이 짓밟고 갔으니 잔디밭은 맨바닥으로 변한 게 당연했겠죠, 연일 1만 명이 곳곳을 뒤지고 다니면 날짐승이며 길짐승 등 여러 생물들은 또 얼마나 기절초풍 했을까요.

이제 자연을 대상으로 축제니 무슨 대회니 하는 겉핥기 식 행사는 그만했으면 좋겠습니다. 인간은 자연에 대해 잠시 머물다 가는 손님일 뿐입니다. ✽

2008년 겨울

오늘 아침 〈나의 비밀의 정원〉은 알록달록 겨울채비로 분주합니다. 붉나무도 새들이 좋아하는 짭짤한 열매만 매달고 잎을 모두 버렸습니다. 느티나무를 시작으로 대부분의 나무들이 단풍이 짙게 들었거나 잎을 버리는 중이고 부쩍 자란 소나무만 한층 푸른 색깔입니다.

어린소나무를 옮겨 심은 후 습관처럼 한 바퀴 돌아보는데 햇살에 비친 아침 풍경이 무척 아름답습니다. 내가 망연히 앉아 쉬는 나무토막 의자와 따뜻한 아침햇살을 받고 있는 돌탑이며 나무들이며, 나의 부재중에도 아침이면 어김없이 이렇게 근사한 풍경이 연출되었을 것입니다.

겨울은 삼라만상이 깊은 잠에 드는 계절입니다. 마당 곳곳에서 나방이며 여치며 메뚜기며 잠자리며 풀벌레들의 죽음과 잔해들이 발견됩니다. 널려있는 주검의 잔해들은 때론 밟히기도 하고 때론 발끝에 치이기도 합니다. 마당을 가로질러 법당으로 들어섭니다. 오늘의 기도는 이 겨울 '어김없이' 죽음을 맞이하는 생물을 위한 기도로 시작합니다.

아침 한 때를 곤이(곤줄박이)와 놀아줍니다. 먹이통에 부지런히 드나드는 걸 보면 겨우살이 준비를 하느라 어딘가에 먹이를 숨겨놓는 거 같습니다. 손님과 차를 마시느라 한 움큼의 잣을 놓아둔 것까지 모조리 물어갑니다.

동고비가 번식을 마친 은사시나무 구멍에 뭔가 어른거려 망원경으로 관찰했더니 한동안 잊었던 하늘다람쥐였습니다. 지지난해 번식한 이 후 한 번도 볼 수 없어 서운하던 차에 귀여운 모습을 다시 만나니 먼 길을 떠났던 도반을 본 것처럼 반갑습니다. 오후 네 시가 넘어 등산화 끈을 단단히 조이고 중리 골짜기에 다녀왔습니다. 휴일이라서 내려오는 등산객이 많습니다. 일일이 인사를 나누다보면 명상이 자꾸 끊겨 모자를 푹 눌러쓰고 땅만 보고 걷습니다. 부지런히 걸었지만 짧은 해는 골짜기를 금세 어둡게 만듭니다.

새들이 잠자리를 찾아 덤불 속으로 숨었고 돌아오는 길에는 부엉이 울음소리도 들었습니다. 누구네 집에서는 구수한 군불 때는 냄새도 납니다. 나도 전기장판 거둬내고 구들을 놓을까, 따뜻하게 불을 지피고 지나가던 운수납자라도 찾아들면, 그래 어디서 어디로 가는 길이오, 운수납자의 만행 이야기를 듣는 것도 좋겠다, 는 생각도 해봅니다.

법당이며 숙소에 방풍비닐을 둘러치는 것도 서둘러야할 일입니다. 갈라진 화장실 바닥도 시멘트로 보수해야겠고 계곡물을 끌어오는 모터도 물이 얼기 전에 물을 빼놓아야할 것이고 겨우내 물을 길어올 물통들도 점검해야겠고 물탱크까지 청소하고 나면 나의 겨우살이 준비는 얼추 마쳐질 것입니다.

밤중에도 기러기 무리는 대열을 지어 지장산 위를 넘습니다. 기러기가 잠을 자는 저수지와는 반대 방향입니다. 야행성인 기러기는 달 밝은 날을 정해 철원평야를 출발하여 멀리 천수만이나 주남저수지 들판까지 날아가는 중일 것입니다.

얼추 완성된 차방 도배지를 사기 위해 인사동에 나갔다가 아예 다리품을 팔아 을지로까지 가서 새 먹이통 만들 재료를 구했습니다. 새박사님은 아크릴로 만든 수제 먹이통이 수입품보다 훨씬 멋지다고 칭찬입니다. 먹이를 위에서 넣으면 아래쪽 구멍으로 빼먹을 수 있는 자동공급먹이통입니다. 이만한 크기면 내가 한 일주일 산을 비워도 새들 먹이 때문에 걱정은 하지 않아도 좋을 것입니다.

아침에 빨래를 널기 위해 마당으로 나갔다가 법당에서 연탄재를 훔쳐내는 철원 사는 최종수 선생과 마주쳤습니다. 날씨가 추워지고 눈도 내린다니까 이 것 저 것 도우려고 왔다가 법당에 가득 쌓인 연탄재를 내다버리는 중이었습니다. 내가 부재중인 줄로 알았다는 것입니다.

밤새 추위에 떨었는지 곤이 세 마리는 연탄난로가 피워진 법당에 들어와 신나게 놀고 있습니다. 입에는 땅콩을 하나씩 물었습니다. 하도 여럿이 들어와 사방에 똥을 싸대는 바람에 구멍을 막았더니 문틈으로 용케 비집고 들어왔나 봅니다. 엊그제는 난로 위에 앉는 바람에 기겁을 했습니다. 다행히 난로가 뜨겁지 않았기에 망정이지 그야말로 참새구이가 될 뻔했는데, 오늘은 난로가 제법 뜨거워 문을 열어놓고 나가 놀라고 해도 선뜻 나가지 않습니다.

바람이 들어올 만한 구멍을 모두 막았지만 여전히 춥습니다. 길어온 물은 얼지 않도록 방에 들여놓았습니다. 어깨며 무릎이 너무 시려 소형 가스난로를 찾아 켜고서야 온기가 돕니다. 전기난로가 있지만 전기료가 무서워 손님이 있을 때만 잠깐씩 켜는데 전기도 없이 두꺼운 옷을 껴입고 밤을 보내던 시절에 비하면 전기장판이라도 쓰는 지금은 호사스러운 편입니다. 추운 날은 산짐승들도 기척이 없습니다. 창문 밖에 옥수수 먹이를 먹으러 오는 어린 고라니도 오늘은 조용합니다.

곤줄박이 한 마리는 잣을 연거푸 물어다가 마당에 있는 소나무 밑과 가랑잎 밑에 감춥니다. 감춰놓는 녀석이 있는가 하면 반대로 얌체같이 남이 감춰놓은 걸 찾아 먹는 녀석도 있습니다. 그렇지만 녀석은 열심히 잣을 물어다가 곳곳에 감추는 걸 포기하지 않습니다. 내가 엎드려서 잣을 찾아보려고 가랑잎을 뒤적이면 녀석이 곁에 다가와 뭐라 뭐라 한바탕 시위를 합니다.

창문에 매단 먹이통에 노랑턱멧새가 드나들기 시작했습니다. 노랑턱멧새는 아침마다 먹이통에 몰려오는 새들과 달리 야생성이 강합니다. 그래서 멀찌감치 놓여있는 먹이만 살짝 먹고 가던 녀석이었는데 먹이통 가까이 다가온 걸 보니 그 동안 낯을 익힌 까닭일 것입니다.

부지런히 먹이통에 오가던 새들도 해가 지면 약속이나 한 듯 사라집니다. 딱새 한 마리는 연장을 넣어두는 창고를 잠자리로 이용합니다. 엊그제 밤에는 번식을 마친 빈 둥지를 무심코 툭 건드렸더니 곤줄박이 한 마리가 놀라 달아납니다. 새들은 번식을 마치면 모두 둥지를 떠나는데 날씨가 추워지면 빈 둥지에서도 잠을 잔다는 걸 알았습니다.

인공둥지는 봄이 아닌 겨울에 매달아 주어야 합니다. 새들은 인공둥지에서 추위도 피하고 내년 여름 번식기를 대비해 미리미리 둥지를 찜하기 때문입니다. 그러고 보면 지난여름 번식한 둥지마다 청소를 해놓은 건 참 잘한 일입니다. ❀

2009년 3월
손을 내밀면 다가오는 새들

이른 아침 새들은 유리문에 달라붙어 어서 문 좀 열어보라고 보챕니다. 붉은머리오목눈이는 제일 먼저 잠에서 깬 숲을 뒤지기 시작합니다. 새콩넝쿨 씨앗과 아카시아꽃 씨앗, 달맞이꽃 씨앗은 붉은머리오목눈이가 좋아하는 먹이입니다. 이번 겨울에는 붉은머리오목눈이에게 좁쌀과 들깨를 특별식으로 놓아주었습니다.

동작이 얼마나 부산스러운지 사진으로 담기에도 쉽지 않은 작은 녀석들이 삼삼오오 다가와 먹이를 먹는 걸 보면 정말 예뻐 죽을 지경입니다. 들깨 파는 할머니는 새한테 줄 거면 팔지 않겠다고 합니다. 비싼 들깨를 숲에 사는 새들에게 먹인다는 게 할머니에게는 이해가 되지 않는 것입니다.

새들이야 숲에 지천으로 널려있는 먹이를 먹으면 되지 않느냐,는 게 할머니의 주장입니다. 이번 겨울에는 콩새의 개체수가 부쩍 늘었습니다. 그 동안 콩새는 서너 마리씩 나의 비밀의 정원에서 특별한 손님에 해당되었습니다. 콩새가 무리지어 수백 마리씩 오게 된 것은 단풍잎돼지풀이라는 외래종 식물 때문입니다.

몇 해 전부터 단풍잎돼지풀이 오두막 앞뒤로 무성하게 번식하기 시작했습니다. 대궁의 굵기는 엄지손가락보다도 굵고 키도 2미터 넘게 자라는 이 식물은 번식력이 왕성해 그 동안 텃세를 누리던 개망초 군락과 달맞이꽃 군락을 밀어내고 말았습니다. 단풍잎돼지풀은 일년생 식물이지만 엄청나게 퍼트린 씨앗은 봄이면 마치 사람이 파종이라도 한 것처럼 새싹이 무성하게 돋아납니다.

지난해까지는 예초기로 모조리 베어냈지만 바깥 행사에 바빠 미처 손질을 하지 못한 틈에 단풍잎돼지풀은 나의 비밀의 정원 안팎을 장대처럼 차지하기에 이르렀습니다. 해로운 식물로 분류된 단풍잎돼지풀의 씨앗이 콩새를 불러들였다는 것도 참 아이러니 한 일입니다. 단풍잎돼지풀의 씨앗은 메밀씨와 거의 같은 크기입니다. 식물은 다음 세대를 위해 씨앗에 영양가 높은 전분으로 저장하는데 이 영양가 높은 씨앗이 새들의 중요한 겨울먹이가 되는 것입니다.

콩새들은 수십 수백 마리씩 넓은 범위를 옮겨 다니며 단풍잎돼지풀의 씨앗을 따먹다가 먹이가 떨어졌는지 슬금슬금 멧새 먹이로 뿌려준 싸라기를 먹기 시작했습니다. 아니나 다를까, 그 많던 단풍잎돼지풀의 씨앗이 거의 떨어져가고 있었습니다. 콩새들은 멧비둘기 먹이로 뿌려준 옥수수도 잘 먹었습니다. 수백 마리의 콩새가 한꺼번에 내려와 먹이를 먹는 바람에 먹이 공급을 늘릴 수밖에 없었습니다.

그러나 콩새들은 아주 작은 인기척에도 쉽게 날아가기 때문에 멧새나 멧비둘기가 굶는 일은 없습니다. 나무에 걸어준 쇠기름에도 다양한 새들이 몰려옵니다. 인기척이 없으면 아름다운 색깔을 가진 오색딱다구리가 등장합니다. 오딱이는 체면차리기쟁이입니다. 다른 새들이 쇠기름에 허겁지겁 달려들지만 오딱이는 안 먹는 척 슬금슬금 먹이에 접근합니다.

오딱이는 암수가 함께 다니면서도 먹이는 번갈아가며 먹습니다. 천적으로부터 해코지 당하는 것을 피하기 위한 나름대로의 방편일 것입니다. 새들에게 공급되는 것은 호박씨, 해바라기씨, 들깨, 좁쌀, 땅콩, 잣 등등 무려 열 가지가 넘는, 사람이 먹기에도 고급식품입니다. 창문을 열고 손을 내밀면 새들은 어디선가 쏜살같이 날아옵니다. 새들은 방문객에게도 반가운 친구가 되어줍니다. 처음에는 낯설어 하다가도 사람들이 내미는 손바닥에 냉큼 올라앉습니다. 새들과 한나절 놀다보면 절로 기분이 바뀝니다. 어느덧 방문객들은 나보다도 새들을 더 좋아하게 되었습니다. 새들이 '말없음의 법문'을 하기 때문입니다.

　ㅡ 손을 내밀면 다가오는 천사들.

　나는 새들을 이렇게 표현합니다. 누구든지 손을 내밀면 새들은 기꺼이 다가와 사람들을 위로합니다. 그러나 사람끼리 사는 세상과는 너무 다릅니다. 거짓이 난무합니다. 종교가 발달하고 종교인이 늘어나면 세상은 더 살기 좋은 세상으로 바뀌어야 하는데 그렇지 못합니다. 종교가 잘못된 건지 종교인이 잘못 된 건지 알 수가 없습니다. 사람이 악수를 한다는 것은 상대방을 존중하며 친구가 된다는 뜻입니다. 그러나 요즘은 어디 그런가요. 악수를 했으면서도 금방 서로가 적이 됩니다. 손을 내밀면 다가오는 새들 보기에 부끄러운 일입니다.✿

2009년 겨울
함께 사는 길.
　겨울이 오면 나는 쌍안경과 카메라를 챙겨 철원 DMZ 인근 들판에 나가 보내는 날이 많아집니다. 두루미를 보기 위해서입니다. 두루미는 우리나라에서 2,500km 나 멀리 떨어진 러시아 아무르 습지에서 번식하고 월동지인 철원평야로 날아옵니다. 드넓은 철원평야에 떨어진 낙곡은 두루미와 쇠기러기 같은 철새들의 중요한 먹이가 됩니다.

새를 좋아하는 사람들과 겨울새들이 많이 찾아오는 천수만에도 가보고 금강하구와 순천만, 우포늪, 주남저수지, 을숙도 등으로 탐조여행을 떠납니다. 이들 지역에는 수백 종의 다양한 새들이 겨울을 보내고 있는데, 하나같이 먹을거리가 풍부하고 안전하게 겨울을 보낼 수 있는 좋은 환경입니다.

환경이 좋으면 새들이 모여들게 마련입니다. 내가 사는 곳도 그렇습니다. 암자라고 해야 두 평짜리 녹슨 컨테이너와 비닐하우스 법당이 전부인 이곳은 사람보다는 새들이 더 많이 찾는 곳입니다. 그늘에 앉아 책을 읽으며 땅콩 같은 견과류를 먹고 있는데 박새나 곤줄박이 같은 작은 새들이 슬금슬금 다가오기 시작했습니다. 그러다가 내가 잠시 자리를 비운사이 견과류가 몽땅 사라졌습니다.

그 후 내가 먹는 모든 것은 새들과 공유하게 되었습니다. 내가 책을 읽거나 풀을 뽑을 때면 스스럼없이 다가와 나의 도반이 되기를 주저하지 않습니다. 산책할 때도 새들은 삼삼오오 따라다니고 심지어 방 안까지 제집처럼 드나듭니다.

옥수수는 멧비둘기와 콩새가 좋아합니다. 벼는 멧새와 되새가 좋아하고 땅콩이나 해바라기씨, 호박씨는 박새와 곤줄박이, 붉은머리오목눈이가 좋아합니다. 법당 〈식량창고〉에는 내가 먹는 양식보다 새들이 먹는 양식이 훨씬 많습니다. 새들이 모여드니까 새들 보기 위해 사람들도 모여듭니다. 한 번 왔던 사람들이 다음에는 가족과 함께 옵니다.

아내를 데리고 오고 아이들을 데리고 오고, 자폐아도 데리고 오고 우울증으로 고생하는 가족도 데리고 옵니다. 실의에 빠진 사람도 오고 연애에 실패한 사람도 오고 삶이 버거워 의욕을 잃은 사람도 오고 심지어는 살의를 품은 사람도 옵니다. 새들과 먹이를 나누며 한나절 노는 동안 사람들은 표정부터 달라집니다. 우울하고 어두웠던 표정이 시나브로 밝고 편안하게 바뀌고 닫혔던 마음이 열립니다.

사람들은 숲에 사는 날개 달린 부처를 보러 온 것입니다. 새들과 공존하기 위해서는 먹이를 공급하는 것만으로는 부족합니다. 새들이 깃들 수 있는 나무를 심어주어야 합니다. 소나무와 삼나무, 측백나무와 같은 사철 푸른 나무에는 새들이 추위와 비바람을 피할 수 있습니다. 은사시나무, 오동나무에는 딱따구리가 구멍을 뚫고 둥지를 마련합니다. 딱따구리가 번식을 마치면 다른 새들도 번식을 위한 둥지로 이용합니다.

밤나무와 참나무에서 열리는 알밤과 도토리는 새들과 길짐승에게 중요한 먹이가 됩니다. 어치와 다람쥐는 알밤과 도토리를 물어다가 저장하는 습성이 있는데, 이런 열매들이 싹이 트고 나무로 자라게 됩니다. 어치, 다람쥐, 청설모가 숲을 가꾸는 일등공신인 셈입니다.

감나무, 팥배나무, 먹구슬나무 열매도 새들이 좋아하고 남쪽지방에서 길가에 많이 심는 피라칸사스의 새빨간 열매도 새들이 좋아합니다. 이 외에도 너도밤나무, 머루, 다래, 벚나무, 보리수, 오동나무, 쪽동백 심지어는 아카시아 꽃이 지고 난 씨앗도 새들이 좋아합니다. 열매를 맺는 모든 식물의 씨앗은 새와 야생동물의 먹이가 되기 때문에 나무를 심을 때도 사람 위주로만 심을 게 아니라 새와 동물을 배려해야할 것입니다.

옛날 초가집이나 기와집이 많을 때는 새들도 민가에 내려와 둥지를 틀었지만 요즘은 새들이 둥지를 틀 장소를 찾지 못해 지붕의 배수구멍이나 환기구멍 틈새, 연통에까지 둥지를 틉니다. 그래서 궁여지책으로 인공둥지를 만들어 매달아 주게 됩니다. 인공둥지는 번식기인 봄에 매달아주는 것보다 겨울에 매달아주어야 새들이 들어가 추위도 피하고 미리 둥지를 찜해 놓습니다. ❀

2009년 5월

봄가뭄이 계속돼 곳곳에서 산불피해가 잇따르고 농부들 마음까지 힘들게 했습니다. 하늘도 무심하다 싶었는데 비가 흠뻑 내려 산불 걱정도 덜게 되었고 농부들도 한시름 놓고 농사준비에 여념이 없습니다. 이만하면 물이 곧 생명이라는 말에 누구도 이의를 달 사람은 없을 것입니다.

가뭄이 계속 되었지만 남쪽에서는 봄꽃이 만발했습니다. 내가 사는 곳에는 남쪽보다 한참 늦은 4월 중순이나 되어서야 벚꽃과 산복숭아꽃이 피기 시작했습니다. 그나마도 꽃이 함박눈 내리듯 한꺼번에 피는 게 아니라 듬성듬성 가까스로 피고 집니다. 비의 위력이 홍수 때만 드러나는 게 아닙니다. 가뭄 끝에 단비가 내리더니 뒷산 갈색 숲이 하룻밤 새에 녹색으로 변했습니다. 뒷산 뿐 아닙니다. 앞산에도 들판에도 온 세상 산과 들이 녹색세상으로 물든 것입니다. 깊은 잠에서 깨어날 줄 모르던 식물이 오랜만의 비 소식에 깜짝 놀랐을 것입니다.

봄비가 내리자 제일 먼저 골짜기에 모습을 드러낸 건 현호색입니다. 현호색은 어찌나 가냘프고 수줍음을 많이 타는지 살짝만 건드려도 고개를 숙입니다. 현호색이 필 즈음 노루귀도 하나 둘 핍니다. 뒷

227

산 골짜기에는 노루귀가 군락을 이루어 피고 지는데 숲을 드나드는 사람들이 너도 나도 캐 가는 바람에 지금은 겨우 벼랑 끝에서나 몇 포기 볼 수 있어 안타깝습니다.

야생 금낭화도 벚꽃에 지지 않겠다는 듯 안간힘을 쓰고 어여쁜 금주머니를 주렁주렁 매달았습니다. 비가 그치고 계곡물이 마치 여름장마처럼 펑펑 흐릅니다. 그 동안 물을 끌어 올리는 모터펌프 때문에 고생했는데 오늘 큰 맘 먹고 새것으로 교체했습니다. 흠뻑 비를 맞은 피나물도 노란 꽃을 피우기 시작했습니다. 피나물은 나물이라는 이름이 붙었지만 독성이 있어서 먹지는 못합니다. 잎과 줄기를 자르면 피처럼 새빨간 수액이 나와 피나물이라는 이름이 붙여졌습니다.

노란 피나물꽃을 볼 때마다 나는 1950년 여름 치열했던 남북전쟁을 상상합니다. 피나물이 자생하는 뒷산 골짜기에서는 녹슨 탄약통과 터진 포탄 껍데기가 심심찮게 발견됩니다. 때로는 희생당한 사람의 것으로 보이는 유골의 일부분도 보입니다. 모두 참혹한 전쟁의 흔적들입니다. 6.25 전쟁 당시 마을 사람들이 빗발치는 총탄을 피해 뒷산 깊은 골짜기로 숨어들었습니다. 이때 중공군이 마을 사람들을 몰아내고 사람들이 있던 자리에 진을 쳤다가 폭격과 치열한 전투로 대부분이 그 자리에서 전사했다고 아흔 되신 촌로가 전합니다.

중공군만 죽은 게 아닙니다. 전투 중에 많은 수의 국군과 마을 사람이 희생되었는데 내가 처음 이 골짜기에 들어왔을 때 마을 촌로들은 "스님은 여기가 어떤 데인 줄이나 알고나 오셨느냐"고 걱정을 합니다. 처참하게 죽은 사람들의 영혼(귀신)이 득시글거린다는 뜻입니다.

피나물 잎을 뜯었을 때 흐르는 선홍색 수액은 정말 사람의 피와 너무 흡사합니다. 식물의 수액은 동물에게는 피에 해당합니다. 결국 잎과 줄기를 뜯어냈을 때 식물은 붉은 피를 흘리는 셈인데 하필이면

228

사람 피처럼 붉은 색일까, 무리지어 핀 피나물꽃을 보며 나는 전쟁에서 스러져간 젊은 병사들을 생각합니다. 그리고 피나물에게 젊은 병사들의 영혼이 깃든 것이라고 여깁니다.

　겨울이면 날아오는 철원평야의 두루미들도 나는 전쟁 때 스러져간 남북한 젊은 병사들과 머나먼 동양의 작은 나라에 유엔의 이름으로 참전했다가 귀향하지 못한 이국의 수만 명 꽃다운 젊은이들의 영혼이라고 믿습니다.

　종교와 이념을 이유로 인류는 끊임없이 전쟁을 해왔고 지금도 지구촌 곳곳에서 서로를 죽고 죽이는 잔인한 전쟁이 계속되고 있습니다. 인간이 네발로 걷는 동물이나 새나 벌레와 구분되는 것은 서로를 존중하고 서로의 생명을 귀중하게 여기기 때문일 것입니다.

2009년 7월
세상에 소중하지 않은 생명은 없습니다.

　오디가 무성하게 열리는 바야흐로 계절의 흐름은 여름으로 진입하였습니다. 계곡 물가에서 자라는 뽕나무 오디는 알이 특히 굵어 산에 오는 사람들에게 한 대접씩 따게 했더니 너무 좋아들 합니다. 싱싱한 열매를 골라 꿀에 재어두었는데 여름에 찬 물에 희석해서 내 놓으면 아주 특별한 음료가 됩니다. 오디가 끝날 무렵이 되면 이번에는 서양보리수 열매가 익을 차례입니다. 빨갛게 익은 보리수 열매는 얼마나 먹음직스러운지 사람들이 그냥 지나치지 않습니다. 내가 새들 먹이라고 이르면 사람들은 미안해하며 얼른 손을 거둡니다. 벚나무 열매인 버찌도 올해는 풍년입니다. 한 그루는 해거리를 하느라 열매를 맺지 않았지만 한 그루에서 두 그루 몫까지 풍성하게 열매를 매달았습니다.

무리지어 피던 애기똥풀과 매발톱 군락은 일찌감치 씨를 맺었습니다. 잦은 비 때문인지 취나물은 새순 따먹기를 여러 번 반복했는데도 되레 더 풍성해졌습니다. 더덕을 모두 캐내고 겨우내 마당으로 썼는데 딱딱한 대지를 뚫고 더덕은 질경이처럼 여러 포기의 새 순을 내민 것입니다. 식물의 삶의 의지에 감탄하여 나는 마당 일부를 다시 식물들에게 내주었습니다. 손님이 오면 도연암 핏자를 만들어 대접하는 것도 일상이 되었습니다. 부침가루에 칡순, 더덕순, 취나물순, 다래순, 엄나무순, 오갈피순, 씀바귀순을 섞은 후 우유와 계란으로 반죽을 하여 옅은 불에 부치면 노릇노릇 맛깔스러운 건강식 도연암 핏자가 완성됩니다.

이웃 나무농장 한명환 사장이 주목 한 그루를 손수 트랙터에 싣고 와 법당 옆에 심어주었습니다. 철원군청 문병규 관광과장이 산딸나무 묘목을 보내와 심었고 자전거 같이 타는 냉정리 조영수 님이 애기사과, 배나무를 각각 두 그루씩 보내와 심었습니다. 내가 좋아하는 목련은 철원읍 나무시장에서 사다가 심었습니다.

숙소로 쓰는 컨테이너 서쪽 창가에 심은 뽕나무는 무럭무럭 자라 오후의 뜨거운 뙤약볕을 막아주어 한결 시원합니다. 여름이면 해가 뒷산으로 넘어갈 때까지 실내가 푹푹 쪄 견디기 힘들었는데 나무가 그늘을 만들어줄 때마다 나무의 고마움을 절절히 느낍니다. 비가 오는 날 창문으로 싱그러운 나무의 정취를 내다보는 맛도 일품입니다.

멧비둘기는 일등으로 번식을 끝냈습니다. 인공둥지에서 번식하는 녀석들 중에서는 곤줄박이가 먼저 번식을 마쳤고 박새, 딱새, 흰눈 섭황금새가 그 뒤를 이었습니다. 하루 종일 앞마당에는 딱새, 박새, 곤줄박이, 쇠박새, 쇠딱따구리가 삼삼오오 새끼들을 데리고 나타나 먹이 먹이기에 바쁩니다. 붉은머리오목눈이는 가장 많은 식구를 거느리고 등장합니다. 어미새에게 먹이를 받아먹던 새끼들은 며칠 전부터 제법 스스로 먹이를 찾아먹기 시작했습니다. 비가 오면 새끼들은 원두막 밑에서 비를 피할 줄도 압니다.

뻐꾸기는 나무 꼭대기 혹은 전봇대 끝에 앉아 탁란할 둥지를 호시탐탐 노립니다. 아직 새끼들은 보이지 않지만 울음소리만으로 번식을 유추할 수 있는 새들은 꾀꼬리, 소쩍새, 되지빠귀, 호랑지빠귀, 호반새, 큰유리새, 검은등뻐꾸기, 벙어리뻐꾸기, 후투티 등입니다. 이들은 모두 멀리 말레이시아 등지에서 월동을 하고 여름에 고향을 찾아오는 새들입니다. 몇 해 전부터 팔색조 우는 소리도 들리는데 실체는 확인하지 못했습니다.

포란 중에 새들 둥지를 자꾸 들여다보면 어미새는 알을 포기하고 다른 곳에 새로 둥지를 틉니다. 그러나 알이 부화되고 새끼가 태어나면 어미새는 새끼를 지키기 위해 사력을 다합니다.

수행자에게 벌레 한 마리라도 죽이지 말라고 이른 것은 세상에 소중하지 않은 생명이 없기 때문입니다. 벌레 한 마리를 죽이기 위해서도 무서운 살기殺氣를 느끼기 때문입니다. 그런 의미에서 나는 어린이들이 놀이 삼아 물고기를 잡거나 곤충을 잡는 것을 찬성하지 않습니다. 관찰이 목적이라면 관찰 후 반드시 조심스럽게 놓아주어야 합니다.

자연은 있는 그대로가 법문입니다. 세상 그 누구도 따라가지 못할 위대한 스승입니다. ❀

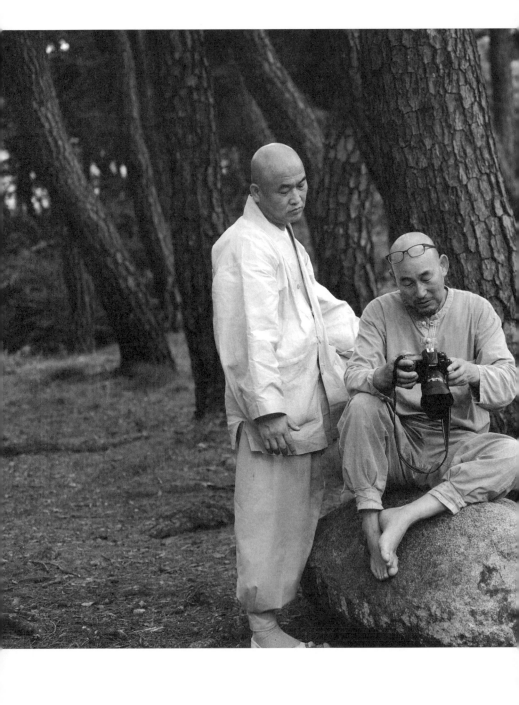

2009년 9월
축하 인사로 바빴던 여름.

여러분은 무더운 여름을 어떻게 보내셨습니까. 평소 계획했던 외국여행을 다녀오신 분도 있을 테고 벼르던 책을 읽은 분도 있을 테고 강이나 산과 계곡으로 피서를 떠난 분도 계실 것입니다. 나는 이열치열 틈틈이 자전거를 타며 여름을 보냈습니다. 날 뜨거운데 자전거라니, 하실 분도 있겠지만 바람을 맞으며 달리기 때문에 생각보다는 뜨겁지는 않습니다.

일주일에 한 번은 자전거를 타고 운동을 나갑니다. 운동이라지만 실은 마실에 더 가깝습니다. 암자에서 4km 쯤 떨어진 읍내 카센타에 들러 밀린 신문을 훑어봅니다. 그리고 다시 자전거로 15km를 달려 노동당사매점에 도착, 물 한 잔을 마시며 잠시 쉬었다가 15km를 더 달려 신탄리역 앞 청국장집에서 점심공양을 합니다. 점심을 마치고 삼부연폭포를 거쳐 돌아서 오면 얼추 80km를 주행하게 되는데 기분 좋은 피로감을 찬물에 씻어내면 몸이 날아갈 듯 가벼워집니다. 일주일에 한 번 이렇게 달려주면 몸 속 노폐물은 물론이고 묵은 정신, 묵은 기운이 남김없이 배출돼 영혼이 투명하게 깨어납니다.

해마다 여름은 축하 인사하기에 바쁩니다. 어미새들은 알을 하루에 한 개씩 낳습니다. 다섯 개에서 일곱 개 정도 알을 낳고 뱀 같은 포식자의 위험 속에서 보름 넘게 품은 후에 알에서 새 생명이 태어나게 되니 축하 받아야 마땅할 일입니다. 새 뿐 아니라 식물도 그렇습니다. 어두운 땅속에서 빨주노초파남보 아름다운 색깔의 꽃을 피워드는 게 얼마나 경이로운 사건이겠습니까.

어디나 그렇듯 여름철 나의 비밀의 정원 앞마당에도 비비추, 원추리, 참나리꽃이 단연 돋보입니다. 특히 오래 전에 청양 고은 식물원에서 분양받아 온 키다리 금꿩의다리 두 포기가 올해도 어김없이 은

하수같은 꽃을 피워냈습니다.

올 여름 특별한 손님은 다람쥐 부부입니다.

여러 해 동안 드문드문 출현하던 녀석들이 올 여름은 나와 가까운 친구 사이가 되었습니다. 가을에 잘 익은 알밤을 사람들이 주워가기 전에 주워두었다가 내어준 게 다람쥐와 친하게 된 동기입니다. 알밤과 군밤을 놓아두면 다람쥐는 알밤을 더 선호합니다. 새들이 먹는 땅콩이나 해바라기씨, 호박씨 등도 잘 먹습니다. 다람쥐의 등장에 새들은 잠시 긴장하지 싶더니 이내 무관심해집니다. 먹이를 나눠 먹을 뿐 위험한 존재가 아니라는 것을 알기 때문입니다.

볼때기가 불룩하게 먹이를 챙겨가던 어미 다람쥐가 요즘은 새끼 다람쥐까지 데리고 와 먹이를 먹고 갑니다. 그러다가 한 날은 창문턱에 놓아둔 새 먹이그릇에 올라앉아 냠냠 맛나게 먹이를 먹으며 방 안을 엿보고 있습니다.

녀석은 내가 손을 내밀거나 카메라를 코앞에 들이대도 천연덕스럽게 먹이만 먹습니다. 앞마당 그늘에 앉아 책을 읽고 있으면 다람쥐도 새처럼 내 주머니에 맛난 먹이가 있다는 걸 알고 살금살금 다가와 땅콩 몇 알을 얻어먹고서야 물러갑니다.

벚나무 밑에서 올라온 수십 마리의 매미도 올 여름 아주 특별한 손님입니다. 유난히 올 여름에는 매미가 많이 태어났습니다. 도회지에 사는 분들은 여름이면 악을 쓰듯 울어대는 매미들 때문에 소음공해가 이만저만이 아니라고 합니다. 도회지에 사는 매미들은 주로 매미 중에서 제일 큰 말매미인데 환한 가로등 때문에 말매미들은 야간에도 줄기차게 울어대 사람들의 잠을 방해합니다.

앞마당에서 사는 매미는 맴맴맴맴 매애애애 우는 참매미와 씨익

씨익, 츠츠츠츠 우는 애매미가 대부분입니다. 이 녀석들은 도회지에서처럼 시끄럽고 줄기차게 옳지 않습니다. 그저 바람결에 울다가 그치기를 반복해 도회지와 달리 여름이 더 시원하게 느껴집니다. 시골 매미가 울다가 그치기를 반복하는 까닭은 천적 때문입니다. 청설모나 다람쥐, 까치, 까마귀, 파랑새, 황조롱이, 붉은배새매, 소쩍새, 올빼미같은 새들이 좋아하는 먹이 중 하나가 매미이기 때문입니다.

그러나 도회지에는 천적이 거의 없어 매미가 도회지로 몰릴 수밖에 없습니다. 섬과 같은 도회지 공원에 새들을 많이 오게 한다면 특정한 종의 지나친 번식을 조절할 수 있을 것입니다. 새들이 둥지를 틀 수 있는 나무를 심고 새들이 먹이가 되는 열매 맺는 나무를 심어야 하는데 사람들이 좋아하는 나무만 심는 것도 심각하게 고민해야할 문제입니다.

며칠 동안 밤마다 껍질을 벗고 세상에 모습을 드러내는 매미를 보느라 잠을 설칩니다. 성충 매미는 나무 줄기에 알을 낳는데 부화한 알은 나무를 타고 내려가 땅속으로 들어갑니다. 애벌레인 굼벵이들은 땅속에서 몇 년씩 보내다가 7월 말이면 하루에 네댓 마리씩 다투어 땅을 뚫고 나옵니다.

오후 8시경 땅에서 나온 녀석들이 나무토막에 기어올라 자리를 잡으면 서서히 등이 갈라지면서 세상의 빛을 보게 됩니다. 이때 매미는 거꾸로 매달리게 되는데 중력을 이용하면 껍질 밖으로 탈출하기가 쉽기 때문인 것으로 짐작됩니다. 눈과 머리가 드러날 때 나는 세상에 나온 걸 축하한다고 인사를 건넵니다. 거꾸로 매달린 채 한 시간 남짓이면 완전히 껍질 밖으로 나오고 새벽 4시쯤이면 기운을 차려 숲으로 날아갑니다.

아침저녁으로는 벌써 가을공기가 느껴집니다. 소박한 밥상을 차려 마당에 있는 평상에 앉아 아침공양을 하는데 오늘 아침은 햇살이 그리울 정도로 서늘합니다. 매미들 울음소리가 청명한 걸 보면 무더운 여름이 물러가고 가을이 오긴 오는 것 같습니다. 올 여름 여러분은 누구에게 축하인사를 하셨는지요. 축하 인사는 많이 건넬수록 서로의 기분이 좋아집니다. 사소한 일이더라도 주변 사람들에게 축하 인사를 건네는 것만으로도 쌓인 스트레스를 날려 보내기에 충분할 것입니다. ✿

2010년 9월
물장구 치고 진달래 먹고

꺼병이도 먹이를 먹으러 왔습니다. 꺼병이는 올해 태어난 어린 꿩, 즉 꿩의 병아리입니다. 사람도 뭔가 엉성하게 보일 때 꺼병하다고 하는데 이는 꿩의 병아리에 빗댄 말입니다. 먼발치에서 오가던 꺼병이가 먹이를 먹으러 온 건 매우 이례적인 일입니다. 옛날부터 사냥감의 대상이 되어 인간을 피하던 녀석들이 이곳만큼은 위험하지 않다고 생각했나봅니다.

꺼병이의 등장에 멧비둘기들이 긴장합니다. 꺼병이가 다가오면 가만두지 않습니다. 그러나 꺼병이도 만만찮습니다. 맛난 먹이를 포기할 수 없는지 잠시 피했다가도 금세 돌아옵니다. 꺼병이가 크면 화려하고 아름다운 깃털을 가진 장끼가 된다는 걸 멧비둘기는 알고나 있을까요.

꺼병이와 멧비둘기가 공방전을 하는 사이 먹이는 다른 녀석들의 차지가 됩니다. 그 중 가장 덕을 보는 녀석은 다람쥐입니다. 어부지리(漁父之利)입니다. 다람쥐도 한두 마리가 아니라 대여섯 마리씩 등장합니다. 그래서 멧비둘기가 꺼병이를 쫓아내고 온 후에는 먹이통이 비어있게 마련입니다. 신기하게도 다람쥐와 새들은 서로 공생합니다. 먹이를 두고 다투는 걸 본 적이 없습니다. 다람쥐가 먹고 있으면 새들이 기다리고, 새들이 먹고 있으면 다람쥐가 기다려줍니다. 가끔 오색딱따구리가 그만 먹으라고 소리를 지르기는 하지만 그렇다고 서로 다투는 건 보지 못했습니다.

8월에는 메밀을 파종합니다. 정식으로 메밀 농사를 짓는 건 아니고 비가 오는 날을 택해 주변에 우거진 풀밭에 메밀씨앗을 뿌린 다음 예초기로 풀을 깎아 덮습니다. 그러면 메밀은 풀이 자라는 속도보다 더 빨리 자라게 됩니다. 조밀하게 난 곳은 더러 솎아 살짝 데친 후 나물로 무쳐 먹거나 비빔밥을 만들어 먹는데 한여름 음식으로 이만한 게 없습니다. 메밀의 찬 기운이 더위를 식혀준다고 합니다. 메밀은 꽃을 보는 것도 좋고 겨우내 새들이 먹기 때문에 따로 수확하지는 않습니다.

파종한 메밀씨를 멧비둘기들이 몰려와 주워 먹습니다. 그러다가 인기척이 나면 서둘러 나무 위로 달아납니다. 새들에게도 도덕심이 있는 거 같습니다.

메밀은 원산지가 히말라야 인근, 동아시아 북부 등 추운 지방입니다. 그래서 메밀은 한창 더운 중복쯤에 파종하는데 다른 식물이 결실하는 가을에 뒤늦게 눈처럼 새하얀 꽃을 피웁니다. 메밀에 들어있는 루틴이라는 성분이 혈관을 청소하고 확장시켜 혈액순환을 돕고 혈압을 낮춘다고 합니다. 더불어 소화작용을 돕고 건망증과 치매까지 예방할뿐더러 껍질은 베갯속으로 쓰여 숙면을 취하게 한다니 여름에는 메밀과 친하게 지내는 것도 좋을 듯합니다.

무더운 여름, 특히 도회지의 여름은 살인적입니다. 콘크리이트 건물과 아스팔트, 자동차와 냉방기 등에서 내뿜는 열기가 도회지를 온실을 만드는 바람에 여기저기에서 비명소리가 들립니다. 치솟은 수은주처럼 불쾌지수도 치솟아 생산성도 떨어지고 자칫하면 주변사람과 다투는 일도 발생합니다. 이럴 때 그늘에서 잠시 쉴 수 있는 나무는 오아시스입니다. 나무가 없다면 사람들은 정신적 공황에 빠질지도 모릅니다.

나의 비밀의 정원에서도 올 여름 나무 덕을 톡톡히 봅니다. 그동안 열심히 심고 가꾼 나무 덕분에 시원한 그늘에 앉아 손님과 차를 마시며 담소도 하고 책을 읽기도 하고 꾸벅꾸벅 졸기도 합니다.

혼자 산다는 것은 자유롭다는 뜻이기도 합니다. 사람들의 왕래가 뜸한 보잘 것 없는 절에 산다는 것은 더 자유로워 좋습니다. 오가는 사람이 거의 없으니 복장이 자유롭습니다. 거추장스러운(?) 승복은 벗어버리고 짧은 반바지 차림으로 오가도 뭐랄 사람이 없습니다. 얼마 전에는 아이들과 천둥벌거숭이가 된 적이 있습니다. 아이들과 한바탕 자전거를 타고 돌아와 원두막 밑 계곡에 내려가 멱을 감은 것입니다. 계곡물이 얼마나 차가운지 아이들과 누가 물속에 몸을 담그고 오래있나 내기도 하고 물장구도 쳤습니다. 땀에 젖고 물에 젖은 아이들 옷을 벗겨 빨아 널었으니 너나없이 벌거숭이가 된 채 앞마당을 오간 사건입니다.

도회지에서 아이들이 숲공부를 하러 왔습니다. 해가 지고 아이들과 앞마당 평상에 가만히 앉아 풀벌레 우는 소리에 귀를 기울였습니

239

다. 땅속에 살던 매미 애벌레가 우화하기 위해 밖으로 나온다는 얘기를 들려줄 때였습니다. 뭔가 내 팔 위를 스멀스멀 기어오르고 있었습니다. 놀랍게도 그건 바로 매미의 애벌레였습니다. 아이들이 탄성을 지르고 놀라워했습니다. 조심스럽게 애벌레를 나무 둥치에 올려놓았습니다. 녀석은 맘에 드는 자리를 잡았는지 죽은 듯 움직이지 않습니다. 우화를 준비하려는 것입니다.

밤 9시에 우화를 시작한 녀석은 한밤중이 되어서야 온전히 모습을 드러냈습니다. 아이들은 경이로운 모습에서 눈을 떼지 못하고 보잘 것 없어 보이는 작은 생명이 얼마나 어렵게 태어나고 소중한 것인지를 체험했습니다.

철원 한탄강에서는 다슬기 축제를 연다고 웅성거립니다. 다슬기를 관찰하고 자연의 소중함을 배우는 축제가 아니라 다슬기를 잡아 삶아먹고 끓여먹는 축제입니다. 그것도 외지 양식장에서 트럭으로 사다가 풀어놓았다고 합니다. 한탄강에는 서너 종류의 다슬기가 사는데 풀어놓은 다슬기가 같은 종이라고는 하지만 어느 한쪽 종의 갑작스런 증가는 물속 생태계를 교란할 게 뻔합니다. 알다시피 다슬기는 반딧불이 애벌레의 숙주가 됩니다. 다슬기를 잡는 만큼 반딧불이도 줄어들 수밖에 없는 일입니다. 아이들에게 여름밤 반딧불이를 보여주며 자연의 순리와 자연의 경이로움을 가르치는 것보다 뭐든 잡아먹는 대상으로 가르치는 어른이 같은 어른으로서 부끄러울 따름입니다. 다슬기를 잡아먹는 행사가 문화가 될 수 없다는 게 내 생각입니다.

살아있는 생명을 잡아먹는 대상으로 알고 자란 아이와 그런 생명들이 우리와 함께 공존해야할 대상으로 알고 성장한 아이의 미래가 같다고는 생각되지 않습니다.

나는 사람들에게 부처님이 어떻고 불교가 어떻다며 중언부언하지 않습니다. 그저 꽃 한 송이가 어떻게 피어나고 새 한 마리가 우리에게 어떤 의미가 있는지를 말할 뿐입니다. 그러나 알고 보면 모두 예수님 부처님 말씀입니다. 결국 풀 한 포기, 나무 한 그루, 새 한 마리, 바위 하나가 종교입니다. 사람이 어떻게 사람답게 살아야 하는지 무엇이 자연의 뜻이며 무엇이 자연스러운 것인지를 가르치기 때문입니다.

휴가철인 요즘은 골짜기마다 고기 타는 냄새가 진동해 산책을 망설이게 합니다. 우리는 언제까지 '먹는 문제'에 애걸복걸 집착할 것이며 언제나 먹는 것에서 자유로워질까요. 시원한 계곡 나무 그늘에 앉아 어른 아이 할 것 없이 그동안 읽지 못했던 책을 읽으며 한 여름을 보내는 일이 더 이상 '낭만'이 아니길 소원합니다. ✻

2010년 11월
떠났다고 떠난 게 아닙니다.
들판에 벼베기가 시작되면 어김없이 새들이 돌아오기 시작합니다. 벼 벨 때 풍기는 구수한 냄새가 수천 km 떨어진 곳에 있는 새들의 후각을 자극하여 새들의 이동을 부추겼을 것입니다.

학자들에 의하면 새들의 후각이 형편없다고 하는데 묵은 먹이를 냄새로 구분하여 가려먹을 줄 아는 새들 편에서 보면 학자들의 생각이 더 형편없는 건지도 모릅니다. 어쨌거나 새들은 벼 베는 날짜에 맞춰 어김없이 돌아옵니다. 기러기가 오는 시절, 농부들은 가을걷이로 분주하지만 나는 월동준비로 분주합니다. 해가 일찍 기우는 골짜기에는 겨울도 일찍 오기 때문입니다.

철딱서니 없는 사람은 있지만 철딱서니 없는 나무는 없습니다. 온도계를 하나씩 갖고 있는 나무는 기온이 떨어지면 서둘러 나목(裸木)이 됩니다. 나는 이번 겨울은 또 어떻게 견딜까 걱정부터 앞섭니다. 물은 어떻게 길어다 먹을 것이며 빨래는 어떻게 할 것이며 가스며 연탄은 어떻게 져 나를 것이며 난방은 어떻게 할 것이며 추운데 끼니는 어떻게 지어 먹을 것이며. 그러나 생각을 고쳐먹으면 어려울 것도 없습니다. 물이며 가스며 연탄은 운동으로 여기고 져 나르면 될 것이고 난방은 전기장판 하나면 될 것이고 끼니는 죽지 않을 만큼 먹으면 될 터인데 벌써부터 걱정이 되는 건 아마도 나도 늙었다는 조짐일지도 모릅니다.

앞마당에 무수히 떨어진 낙엽은 일부러 쓸지 않았습니다. 낙엽을 쓰는 일은 겨울바람의 몫입니다. 겨울바람이 나뭇잎을 몰고 다니는 소리는 쓸쓸함을 더하지만 눈이라도 쌓이면 오가는 사람들의 발길마저 끊어져 한여름 홍수로 다리가 넘쳤을 때처럼 '나의 비밀의 정원'은 섬이 됩니다.

고립무원(孤立無援) 속에서 홀로 있음을 즐깁니다. 홀로 있을 때야말로 나는 자유인 입니다. 가끔은 눈보라를 헤치고 찾아오는 도반이나 벗이 있어 창문을 바라보며 따끈한 차를 마시는 일도 빼놓을 수 없는 호사입니다.

번식을 위해 왔던 꾀꼬리가 9월 초순 쯤 가장 늦게 남쪽으로 떠났습니다. 좀처럼 멈추지 않을 것 같던 풀벌레 울음소리도 잎이 나무를 떠날 때처럼 모두 잠잠해졌습니다.

나무들은 이듬해 봄날을 위해 잎을 버립니다. 벌레들이 이듬해 여름을 기약하고 떠난 것처럼 새들도 이듬해 여름을 기약하고 떠납니다. 그러나 떠났다고 떠난 게 아닙니다. 하나같이 깊은 휴식에 든 것입니다. 잠든다는 것은 깨어남을 전제로 합니다. 희망이요 미래입니다. 나무가 잎을 버리는 것처럼 우리도 봄을 위해 안팎으로 묵은 것을 미련 없이 털어버릴 수 있어야 합니다. 그래야 새살이 돋습니다.

2011년 1월
연탄 한 장으로 나는 행복합니다.

문득 추사의 세한도가 떠오릅니다. 남북한이 서로 총질을 해대고 국회에서는 멱살잡이가 끊이지 않는 혼탁한 세상에 신선한 산소가 뿜어져 나옴직한 청정한 소나무며 잣나무는 어디 없을까요. 불가에서는 미륵불을 고대합니다. 그러나 아무리 '고도를 기다리며' 애를 써도 미륵은 오지 않습니다. 우리가 미륵이고 아름다운 세상을 만드는 건 바로 우리뿐이기 때문입니다.

엄동설한에 다람쥐가 먹이를 찾아 나온 건 알밤을 줍기 위해 밤나무 밑이 반들반들하도록 드나든 사람들 때문일지도 모릅니다.

인간의 사치가 인류 문명 발전에 공헌해왔다고는 하지만 한편으로 인류의 종말을 앞당기는 결과를 초래할 것입니다. 지구가 언젠가는 다른 행성처럼 죽은 별이 되거나 소멸되기 마련이겠지만 인간의 사치로 인해 아름다운 지구가 제 명에 못 살고 '용도폐기' 될 수도 있기 때문이지요. 그 때가 되면 우리가 미물이라 얕잡아 보았던 야생동물에게 인간은 만물의 영장이라는 말도 스스로 만들어낸 허울이었다는 비웃음을 받을 게 뻔합니다.

새처럼만 먹는다면 서로에게 총부리를 들이대는 일도 없을 테고 이념도 영역다툼도 사라지지 않을까요. 20그램도 안 되는 새들에게 비웃음을 받지 않으려면 우리는 어떻게 먹고 마시고 소유하고 쓸 것인가 심각하게 고민해야 할 것입니다.

연탄보일러를 놓기로 했습니다. 인건비도 절약할 겸 어깨너머로 본 게 있어 직접 시공하기로 했습니다. 무엇보다 시멘트 운반하는 일이 큰일이었습니다. 40kg짜리 시멘트를 45포대나 옮기다보니 벌써부터 기진맥진합니다. 바닥에 배관을 깔고 서툰 솜씨지만 미장까지 마치고 보일러와 배관을 연결할 차례입니다. 보일러에 물 보충통과 물 온도센서, 물 순환펌프를 차례로 연결하면서 기름보일러도 아닌 연탄보일러에도 이런 〈과학적 첨단 장치〉가 필요한 건지 아리송합니다. 조립순서도 오리무중입니다. 물 온도센서와 순환펌프는 어디에 설치해야 하는지 온도센서의 역할은 물이 차가우면 작동하는 건지 뜨거우면 작동하는 건지도 궁금한 일입니다. 전문가에게 물어도 보고 인터넷을 뒤져 검색해보아도 설치방법이 제각각입니다.

하여튼 연구 끝에 나름대로 설치를 마치고 연탄을 붙였습니다. 두어 시간 후 방바닥에 온기가 돌기 시작하더니 반나절 쯤 지나자 방이 잘잘 끓었습니다. 500원 짜리 연탄 한 장의 위력이 참으로 대단합니다. 연탄은 아침저녁으로 두 장씩 갈아 넣는데 방바닥이 따뜻해 아무것도 깔지 않고 맨바닥에서 이불만 덮고 잤습니다. 따끈따끈한 방에서 등허리를 지지는 기분, 아 아시죠?

따뜻한 방에서 자고나니 이따금 팔다리에서 쥐가 나는 일도 없어지고 몸이 개운해졌습니다. 등이 따뜻하면 혈액순환도 잘 되나봅니다. 오가는 사람들도 기름보일러나 가스보일러로 이렇게 따뜻하게 하려면 비용이 엄청나게 든다며 공감합니다.

두꺼운 내복에 겨울옷까지 껴입고 잘 때가 단 하룻밤 사이에 옛날 얘기가 되었습니다. 연탄 한 장으로 늘그막에 나는 행복합니다. 숨조차 쉬기 어려운 지하 깊은 막장에서 탄을 캐는 분들께 감사한 마음을 전합니다. ✽

2011년 3월
심봉사는 공양미 삼백 석에 눈을 떴다는데.

평화롭게 먹이를 먹던 새들이 갑자기 우왕좌왕 부산스럽습니다. 카메라를 하나씩 목에 건 사람들이 먹이 먹는 새를 촬영하기 위해 새들의 영역인 울타리를 넘은 것입니다.

저녁에는 담요 한 장 덮고 스르르 잠이 들었다가 깼습니다. 방바닥이 미지근한 걸 보니 연탄불이 꺼진 모양입니다. 연탄불이 꺼졌는데도 그다지 춥지 않은 게 이상합니다. 포근한 봄 기온이 바깥에 잔뜩 머물고 있다는 뜻입니다. 흰 눈밭에 노랗게 핀 복수초가 눈앞에 펼쳐집니다. 얼음을 뚫고 나와 핀다고 하여 얼음새꽃이라고도 부르는 복수초는 봄을 알리는 전령사입니다. 겨우내 움츠렸던 눈眼을 깨끗이 씻고 꽃마중을 가야겠습니다.

삶은 개구리 신드롬 Boiled Frog Syndrome,

개구리를 따뜻한 물에 집어넣으면 놀라서 튀어 나오지만 개구리를 찬물에 집어넣고 열을 가하면 물이 뜨거워져도 달아나지 않다가 결국 죽어버린다는 이야기입니다. 나의 눈眼도 그랬습니다.

운전면허 재교부를 받기 위해 의료원에서 시력검사를 하는데 재교부를 충족시킬 만큼의 시력이 나오지 않는 것이었습니다. 당연히

245

불합격입니다. 정확히 언제부터인지는 알 수 없습니다. 2년 전 부터인가 3년 전 부터인가, 눈앞에 안개가 끼기 시작하고 UFO가 떠다니는 것도 그저 나이를 먹으면서 자연스런 현상이라고 생각한 게 화근이었습니다. 눈에 이상이 발견된 것도 도회지 시설 좋은 안경점이 아닌 시골의 작은 안경점에서였습니다.

　　경찰서에서 의료원으로, 의료원에서 안경점으로, 안경점에서 안과병원으로, 다시 경찰서로 다니느라 꼬박 하루를 소비했습니다. 몸이 천 냥이면 눈이 구백 냥이라는데, 앞이 보이지 않는다면 나는 뭘 할 수 있을까, 어떻게 살아갈까, 살아갈 의욕은 있을까, 별별 생각으로 머리가 복잡합니다. 사는 동안 눈을 많이 혹사시켰구나, 눈에게 미안한 짓도 많이 했구나, 어디 미안한 게 눈 뿐이더냐, 팔도 다리도 심장도 위장도 미련한 '나' 를 위해 얼마나 고생을 했더냐, 훗날 내가 내 몸을 떠날 때 고마웠다고 미안했다고 말하는 것으로 '몸' 에게 위로나 되는 걸까, 별별 생각이 다 듭니다.

　　여의도 성모병원에 계신 조승호 박사님께 배려로 날짜를 잡아 병원에 입원을 하고 두 눈 모두 수술을 마쳤습니다. 퇴원 후에도 여러 날 통원치료를 해야 하고 길게는 두 달까지 안정을 취해야 결과가 좋을 거라고 합니다. 당분간 칫솔질도 금하고 쿵쿵거리며 걷지도 말고 힘든 일도 하지 말고 무거운 걸 들지도 말고 한 달 동안은 세수도 하지 말라는 엄명을 받았지만 안대를 살짝 들고 바깥을 엿보니 흑백에서 컬러로 바뀐 것처럼 맑고 선명한 세상이 눈앞에 펼쳐졌습니다.

　　아아, 세상이 이렇게 맑았던 거였습니다. 늘그막에 나는 심봉사처럼 눈을 뜨고 세상을 다시 보기 시작했습니다. 나이를 먹으면서 눈과 귀가 어두워지는 건 세상을 마음의 눈과 마음의 귀로 보고 들으라는 뜻으로, 시나브로 눈을 서서히 멀게 하려는 조물주의 심오하고 계획된 의도일지 모릅니다. 이 나이에 세상에 더 볼 것이 무엇이며 더 본다고 한들 내게 달라질 건 무엇이며 세상이 달라질 건 무엇일까. 하여튼 눈 앞 풍경이 명경처럼 맑아졌습니다. 식당에서 내온 반찬들 색깔도 선명하고 아름답습니다.

법당에 걸린 연등이 이렇게 화려했었구나, 눈 색깔이 회색이 아니라 희다 못해 청색이었구나, 거울에 비친 내 얼굴이 많이도 늙었구나, 구석구석 먼지며 찌든 때며, 사람들은 나더러 참 지저분하게도 살았다며 수군거렸을 것만 같습니다.

옆 침상에는 나이 많은 벽안의 천주교 신부님이 수술을 받았습니다. 한국 이름을 가진 신부님과 유창한(?) 한국어로 대화를 나누며 시간을 메워갔는데 틈틈이 침묵하며 기도하는 모습이 산에 사는 수행자가 부끄러울 지경입니다. 문득, 신부님은 법정 스님이 말씀하신 '무소유'가 무슨 뜻이냐며 묻습니다. 정확한 발음으로 〈법정 스님〉을 말하는 걸 보면 〈무소유〉에 대해 모를 리 없겠지만 신부님으로 발현한 부처가 내게 묻는 것입니다.

―그대는 무소유에 대해 알고 있는가...?

중노릇 제대로 하고 있느냐는 뜻입니다. 나무들은 벌써부터 겨울 눈을 뜨고 봄을 준비합니다. 심봉사는 공양미 삼백 석에 눈을 떴다는데 나도 공양미를 삼백 석쯤 먹고 나면 눈을 반쯤은 뜨게 될까, 공양미를 삼백 석이나 먹고도 눈 뜬 장님이 되는 건 아닌지 걱정스럽습니다. ✿

2011년 5월
쓰나미, 구제역, 소비와 소유욕.

남쪽에서부터 녹음이 짙어지기 시작했습니다. 나무는 어째서 잎보다 꽃을 먼저 피울까요. 나무는 가을에 낙엽이 짐과 동시에 꽃눈을 만들어둡니다. 그리고 추운 겨울을 보내야만 꽃을 피웁니다. 이걸 '춘화현상'이라고 말할 뿐 나무는 어째서 꼭 추운 겨울을 나야 꽃을 피우는지 학자들도 정확한 과학적 근거는 제시하지 못하는 모양입니다.

나무가 가을에 만들어 놓은 꽃눈은 숲속 생명체들의 요긴한 겨울 먹이가 됩니다. 산에 사는 가지각색의 조류와 다람쥐, 청설모, 너구리, 고라니 같은 포유류도 꽃눈을 먹고 어린순을 먹고 삽니다. 꽃은 숲에 기대고 살아가는 다양한 곤충까지 초대해 배를 불립니다. 이런 걸 보면 나무가 잎보다 꽃을 먼저 피우는 까닭을 과학적으로 분석할 일이 아니라 감성적으로 들여다보아야 옳을 거 같습니다.

태초부터 숲은 인류에게 신앙의 대상이었습니다. 수많은 생명체가 숲에 의지하여 살아갑니다. 더불어 나무, 풀, 바위 하나에서부터 산, 강, 바다, 들판까지 신령스러운 기운이 스며들어있는 생명체라고 믿었습니다. 그래서 태풍이 불고 풍랑이 일고 땅이 갈라지는 현상을 거대한 생명체가 노한 까닭이라고 생각했습니다.

그런데 사람들은 바다와 대지가 화가 난 이유를 알면서도 외면합니다. 여태까지 인간들은 얼마나 대지와 강과 바다를 괴롭혀왔습니까. 바다는 인간에게 먹을 것을 대가없이 무한 제공했지만 인간은 온갖 오물을 바다에 버리고 강으로 흘려보내지 않았나요. 그것도 모자라 바다를 메우고 강을 막고 산을 깎고 뚫으며 자연이 싫어하는 것만 골라 갖은 행패를 부렸습니다.

하나밖에 없는 지구 곳곳을 깊이 뚫고 물과 기름을 뽑아 올리고 핵실험까지 서슴지 않고, 지구가 화가 나지 않았다면 그게 더 잘못된 일입니다. 해변에 건축물을 세우고 바다를 메우고 뭘 건설하는 것도 안전하지 않습니다. 자연이 한 번 화를 내면 얼마나 큰 재앙으로 연결되는지 이번 일본에서 발생한 쓰나미를 통해서 우리는 익히 알고 있습니다.

우리나라에서 생산되는 전력 중에서 원자력발전이 35퍼센트를 담당한다고 합니다. 원자력발전은 복불복입니다. 잘 사용하면 편리하지만 아차 방심하면 재앙을 불러옵니다. 원자력발전소를 없애려면 가정이든 사회든 전력사용량을 35퍼센트를 줄이는 게 우선입니다. 그런데 우리는 쓸 거 다 쓰면서 원자력은 안 되고, 특히 내가 사는 곳에서는 더욱 안 된다고 합니다.

병이 위중한 분이 있어 병원으로 문병을 갔더니 예수님 부처님 다 필요 없는 거 같다고 푸념입니다. 교회에도 열심히 나가고 절에도 열심히 나갔지만 결국 얻은 건 병 밖에 없다는 것입니다. 예수님 부처님이 욕심을 버리라고 했지 많이 가지라고는 하지 않았습니다. 병은 인간이 스스로 선택한 것이지 누구의 강요에 의해 찾아오는 것은 아닙니다.

인간의 소유욕과 소비 때문에 생긴 일입니다.

그러면서 사람들은 이론상 무욕無慾은 좋아하면서 무소유無所有 하지는 않습니다. 지난겨울 극성스럽게 전국을 강타한 구제역 역시 인간의 과소비가 빌미를 제공한 것입니다. 살아가는데 필요 이상으로 먹고 마시기 위해서는 대량생산은 불가피합니다. 좁고 열악한 우리 안에 가축을 대량으로 키우려니 당연히 병약할 수밖에 없습니다. 하늘을 나는 새에게는 조류바이러스가 상존하지만 새들에게 질병을 유발시키기는 쉽지 않다고 합니다. 새들이 건강하기 때문입니다. 그러나 조류바이러스가 가금류에게 옮기면 양계장 하나쯤은 단시일 내에 초토화 시킵니다. 가히 치명적입니다.

지난겨울 구제역으로 인해 수백 만 마리의 가축들이 살처분 되고 여기저기 흉물스런 가축무덤을 만들었습니다. 살처분 된 가축이 부패하면서 발생한 침출수가 대지를 오염시키고 하천이나 강으로 스며들어간다며 또 한바탕 난리를 쳤습니다. 농번기를 앞둔 들판에서는 가축분뇨에서 발생하는 가스냄새가 어찌나 독한지 숨을 제대로 쉴 수 없을 정도입니다. 농촌체험을 온 아이들에게 '농촌의 향기' 라고 듣기 좋게 말하지만 '악취' 는 우리가 함부로 소비하고 버린 잔재라는 걸 알려줘야 합니다.

과거에는 가축분뇨나 인분이 농사용 거름으로 소중하게 쓰였지만 지금은 처리할 곳이 마땅찮아 먼 바다에 갖다 버립니다. 항생제에 노출된 분뇨는 썩지 않고 발효가 더디기 때문입니다. 육식을 줄이면 구제역 같은 질병으로 가축을 대량 살상하여 매몰하지 않아도, 들판에서 코를 찌르는 메탄가스를 맡지 않아도 될 것입니다.

4월이 되어서야 샘터에 물이 고이기 시작했습니다. 얼었던 배관도 녹아 물이 나오기 시작했지만 아직은 물이 혼탁해 허드렛물로만 써야합니다. 그런데 낯선 사람들이 오가더니 내가 사는 암자에까지 상수도를 놓아야한다고 하는 모양입니다. 살처분 매몰된 가축 침출수가 지하수를 오염시켰기 때문입니다. 아아, 어쩌다가 산골짜기에서도 상수도물을 먹어야 하는 요지경속이 되었는지, '삼천리 금수강산' 은 이제 애국가에서나 들을 수밖에 없는 전설이 되고 말았습니다.

학자들은 침팬지에게 학습능력이 있어 잘 훈련시키면 어느 정도 지능을 발전시킬 수 있다고 합니다. 인류학자들은 침팬지 같은 유인원이 오랜 세월 진화하여 인류가 탄생되었다고도 합니다. 정말 그럴까요. 혹시나 침팬지는 원래 인간이었는데 인간 세상에 환멸을 느껴 숲으로 들어가 침팬지가 된 건 아닌지 모르겠습니다. 그리하여 우리 안에서 훈련과 학습을 강요당하는 침팬지가 오히려 인간을 조롱하고 비웃는 건 아닐까요. 숲으로 들어가 침팬지가 된 인간이 가장 먼저 버린 것은 무엇일지 짐작하고도 남습니다.

내가 사람들에게 '천천히 숲길 걷기'를 자주 권하는 까닭도 '자연으로의 회귀'를 생각하기 위해서입니다. 그러려면 꼭 필요한 것만 가져야합니다. 소비와 소유를 줄이면 지금처럼 바쁘게 살지 않아도 될 것이며 분주히 병원 출입을 하지 않아도 될 것입니다. 소비와 소유가 늘어날수록 상대적으로 병원도 늘어난다는 걸 깨달아야 합니다. 올해도 도회지 아이들이 찾아와 나무를 심었습니다. 아이들도 나무처럼 무럭무럭 자라 지구를 지키는 거목이 되었으면 좋겠습니다. ❀

2011년 7월
여름은 매일 잔칫날입니다.

나의 비밀의 정원의 여름은 왁자지껄한 잔칫날입니다. 하루 종일 시끄럽습니다. 어서 먹이 좀 달라고 보채는 새끼 새들 울음소리와 이를 달래는 어미새 울음소리가 섞여 불협화음을 내지만 듣기 싫지는 않습니다. 눈을 감고 있으면 놀이터나 초등학교 운동장에서 들려오는 아이들 뛰노는 소리 같습니다. 아이들 뛰노는 소리가 듣기 싫은 사람은 없을 것입니다.

암컷이 포란을 하고 있으면 수컷은 밖에서 망을 보며 뭐라뭐라 울어댑니다. 바깥에 누가 오고 가는지 상황이 어떤지 안에 대고 이야기하는 것입니다. 어미새가 벌레를 물고 부지런히 드나들면 새끼들이 태어났다는 걸 알 수 있습니다.

새끼새들이 둥지를 떠날 때는 경사스러운 날이기도 하지만 포식자들이 호시탐탐 노리고 있어 어미들은 긴장의 연속입니다. 다 같이 새끼를 키우면서 남의 새끼를 잡아다 먹여야 하는 게 자연의 섭리인 것입니다.

팔색조와 휘파람새 울음소리도 들었습니다. 남쪽에서만 번식하던 녀석들이 여기까지 온 것입니다. 팔색조 울음소리는 남쪽에서 들은 적이 있었기 때문에 금방 알아챘습니다. 휘파람새는 법당 바로 뒤 아카시아 나무에서 울었는데 처음에는 꾀꼬리 울음소리로 착각하기도 했습니다. 팔색조와 휘파람새가 찾아오니 기쁘기도 했지만 기후변화가 원인이라고 생각하면 마냥 기뻐할 일만은 아닙니다.

새소리, 풀벌레 우는 소리 등 자연에서 들려오는 소리가 너무 좋아 올해는 녹음기도 하나 장만했는데 팔색조와 휘파람새의 울음소리를 녹음한 게 첫 번째 소득이었습니다. 녹음을 하다 보니 우리의 귀가 얼마나 대단한지 감탄합니다. 왜냐하면 특정한 소리에 귀를 기울이면 그 소리만 가려들을 수 있기 때문입니다. 그러나 녹음기는 들려오는 모든 소리를 채집합니다. 바람소리, 개 짖는 소리, 자동차 지나가는 소리 등등 녹음된 결과를 들어보면 얼마나 시끄러운지 모릅니다.

그래서 녹음을 하려면 조용한 새벽시간이 좋습니다. 여름에 새들은 새벽 네 시 반부터 웁니다. 소쩍새와 검은등뻐꾸기, 두견이, 속독새, 호랑지빠귀는 밤에 잘 울기 때문에 녹음하기가 유리합니다. 녹음할 때 최고의 방해꾼은 까치와 까마귀입니다. 목소리가 얼마나 크고 시끄러운지 한 번 울기 시작하면 녹음을 포기해야할 지경입니다.

그러나 까치와 까마귀가 갑자기 시끄럽게 울어댈 때는 매나 뱀이 나타났다는 뜻입니다. 숲에 숨어있던 매를 발견하면 협동하여 산 너머까지 쫓아 보내고 의기양양하게 돌아옵니다. 매는 남의 영역, 즉 먹이터를 침범했다가 혼쭐이 나 쫓겨납니다. 또 맹독을 가진 살모사를 발견하면 구석에 몰아넣고 내가 작대기를 들고 올 때까지 기다립니다. 새들의 지혜가 상당합니다.

새들도 '경제'를 압니다.

잣알을 물었다가 가벼우면 다시 놓고 무거운 것을 골라 물고 갑니다. 동고비는 한 번에 서너 개의 잣알을 물고 갑니다. 한 번 올 때 되도록 많이 가져가야 경제적이라는 것을 아는 것입니다. 새매나 수리부엉이의 활동은 훨씬 경제적입니다. 높은 나뭇가지에 조는 듯 가만히 앉았다가 먹이가 눈에 뛰면 소리 없이 날아가 낚아챕니다.

백로는 날개를 펼쳐 그늘 속으로 물고기가 들어오면 냉큼 쪼아 먹는 지혜를 발휘합니다. 이들에 비해 제비는 먹이를 구하느라 고생이 이만저만이 아닙니다. 잠자리 한 마리를 잡기 위해서도 고속으로 날아다녀야 합니다. 나뭇가지 사이로 살살 다니며 벌레를 잡는 박새나 곤줄박이에 비하면 제비는 먹이활동을 비경제적입니다.

두견이과에 속하는 뻐꾸기, 검은등뻐꾸기, 벙어리뻐꾸기 같은 녀석들은 앞에 새들보다 몇 배 더 경제적인 녀석들입니다. 경제적이라기보다 '얌체족'에 가깝습니다. 남의 둥지에 알을 낳고 새끼가 태어나 작은 새들이 애지중지 길러 놓으면 돈 한 푼 주지 않고 데려가기 때문입니다. 새들도 사람처럼 경제적으로 사는 녀석과 비경제적으로 사는 녀석이 있다는 게 신비롭습니다.

바깥등을 켜두었는데도 풍뎅이는 자꾸 방안으로 들어옵니다. 방충망을 설치했지만 옷에 붙어 들어오는지 방안으로 들어왔다가 잠잘 때 얼굴 위나 겨드랑이로 스멀스멀 기어 다녀 기겁을 하게 만듭니다. 이 글을 쓰는 중에도 구석에서 종이를 긁는 소리가 들립니다. 풍뎅이 한 마리가 나갈 곳을 찾는 중이었습니다. 가끔은 사슴벌레도 들어와 방 안을 헤집고 다닙니다. 무당개구리는 또 언제 들어왔는지 온 몸에 먼지를 뒤집어쓰고 멀뚱멀뚱 앉아 있습니다.

일본 이즈미(出水)에 갔을 때 도회지 대형 서점에 들러 다양한 서적을 눈여겨보았습니다. 아직은 까막눈 수준이지만 역사, 문화, 문학, 자연, 환경 관련 서적이 얼마나 많은지 이런 것들 읽으려면 일본어 공부 열심히 해야 할 것입니다. '가고시마'에 있는 옛날 지방 제후가 살던 성을 찾았는데 수백 년 된 고목들이 인상적이었습니다. 당시 사람들은 모두 사라졌어도 나무는 당당하게 남아 사람들을 반기고 있었습니다. 이런 걸 보면서도 나무는 정말 위대하다는 생각입니다.
은사시 나무 구멍에 하늘다람쥐가 두 마리의 새끼를 기르는 중입니다. '나무님'이 없다면 하늘다람쥐도 볼 수 없었을 것입니다. 풀 한 포기, 나무 한 그루, 세상에는 괜히 존재하는 게 하나도 없습니다. ✿

2011년 9월
입은 닫고 귀는 열고
산에 홀로 살다보면 집중력이 높아집니다. 집중력은 듣는 것부터 시작됩니다. 대개의 새들은 눈보다 귀가 우선입니다. 높은 하늘을 활공滑空 하며 먹잇감을 찾는 독수리는 귀보다 눈이 우선일 것입니다.

그러나 우거진 숲에서 자신의 존재를 알리고 자신의 영토임을 공표하고 짝을 찾기 위해서는 울음소리가 유리합니다.

맹금류나 맹수의 눈은 사람처럼 앞으로 향해 배치되었습니다. 최상위 포식자로서 곁눈질 할 필요가 없기 때문이기도 하고 집중력을 높이기 위해서도 그렇습니다. 여기에 비해 늘 포식자의 위험으로부터 노출되어 있는 작은 새들의 눈은 양쪽으로 설계되었습니다. 고개를 돌리지 않고도 앞뒤 좌우를 살필 수가 있는 구조입니다. 천적이 거의 없는 최상위 포식자들은 고개를 돌리는 속도도 느립니다. 볼일(?)이 있으면 느긋하게 고개를 돌립니다.

그러나 작고 약한 새들은 수시로 고개를 까딱거리며 앞뒤 좌우 경계를 늦추지 않습니다. 낮에 눈을 감고 쉬는 수리부엉이도 소리에 매우 민감합니다. 수리부엉이 얼굴은 온통 부드러운 깃털로 덮여있어 집음기 역할을 합니다. 드라마나 영화 촬영을 할 때 사용하는 털북숭이 마이크를 생각하면 이해가 빠를 것입니다.

내가 사용하는 소리 채집용 디지털 녹음기(소니 PCM-D50) 마이크에도 털북숭이 덮개를 사용합니다. 털북숭이 덮개는 집음기 역할을 하는 동시에 바람소리를 걸러줍니다. 우리 귀에는 들리지 않지만 공기는 쉬지 않고 흐르며 미세한 소리까지 동반합니다.

귀와 뇌는 상호 협력 작용으로 소리를 분석하고 검출하는 능력이 탁월합니다. 자동차 지나가는 소리, 물 흐르는 소리, 매미, 여치, 귀뚜라미, 멧비둘기, 참새, 박새, 곤줄박이, 호랑지빠귀, 되지빠귀, 딱따구리, 꿩, 뱁새, 다람쥐, 까치, 꾀꼬리, 직박구리 우는 소리 등등 지난 몇 분 동안 내가 들은 소리입니다.

그러나 집중하면(눈을 감으면 더 좋습니다.) 원하는 소리만을 선택해 들을 수 있습니다. 요즘 아이들은 음악을 들으면서도 공부가 된다고 하니 멀티Multi 기능이 뛰어난 모양입니다. 나는 글을 쓰거나 책을 읽을 때 음악을 틀어놓으면 집중이 안 되고 정신이 혼란스러워 쓰거나 읽을 수가 없습니다. 아름다운 음악이 얼마나 많습니까. 그런데 이상한 것은 인위적인 음악보다는 밖에서 들리는 온갖 '잡음'은 글을 쓰거나 책을 읽는데 전혀 방해가 되지 않는다는 것입니다.

그래서 음악은 거의 운전할 때 듣는 편입니다. 나이를 먹을수록 원하는 것만 보고 골라듣는 기능이 발달하나봅니다. 나이를 먹으면 아집(我執)이 생기는 것도 이해가 됩니다. 아집에는 두 가지가 있습니다. 하나는 남은 안중에 없고 나만 옳다는 것과 또 하나는 불교적으로 내 안에 사물을 주관하는 실체가 있다고 주장 하는 것입니다.

여러분은 어떠십니까. 한 가지가 해당합니까, 아니면 두 가지 모두 해당합니까. 나이를 먹을수록 골라 듣는다는 것은 듣고 싶은 것만 듣는다는 뜻과 일치합니다. 극단적으로 말하자면 '남의 말을 안 듣는다' 는 것입니다. 멀티 기능이 떨어진 것입니다. 그렇다고 해서 흉잡을 일은 아닙니다.

늙으면 귀가 어두워진다는 것은 행운이기도 합니다. 늘그막에 귀가 밝아 시시콜콜 세상일에 귀를 기울이고 간섭하려 한다면 그 늙음은 고단할 수밖에 없습니다. 세상에는 귀담아 들을 말도 있지만 물 흐르듯 흘려 들어야할 말도 있습니다.

사람에게 어휘구사능력이 있는 것처럼 새들에게도 어휘구사능력이 있습니다. 다만 새들은 사람처럼 쓸 데 없는 말은 하지 않고 생존에 필요한 말만 합니다. 전문가들은 이걸 두고 새들이 소통하는 단어가 몇 개밖에 안 된다고 합니다. 사람은 스스로 너무 많은 단어를 쓰고 있다고는 생각하지 않습니다.

병든 여인이 예수님의 옷자락을 그냥 만져보고 싶었습니다. 예수님께서 네 믿음이 너를 낫게 했다고 하셨습니다. 부처님이 꽃을 들자 가섭 존자가 빙그레 웃었다는 염화미소(拈華微笑)와 같습니다. 나는 하루의 대부분을 새들과 염화미소를 나눕니다. 말은 없어도 서로의 의중을 꿰뚫고 있습니다. 새들과 내가 눈빛으로 소통하는 것처럼.

학자들에 의하면 인간에 의한 환경변화, 서식지의 파괴, 먹이부족으로 우리 아이들이 어른이 되는 다음 세기에는 현존하는 조류의 1/3이 멸종할 거라고 내다보고 있습니다. 인간의 삶이 다른 생명을 위협한다면 이보다 큰 교만이 없을 것입니다.

지난여름에는 비도 참 많이 내렸습니다. 새들이 비를 쫄딱 맞고 있기에 시멘트 블록을 놓아주었더니 금방 알아듣고 비를 피합니다. 여기저기 산사태와 물난리로 수많은 인명과 재산 피해도 속출했습니다. 미래의 기상변화를 예측하지 못하고 과거의 자료를 기준으로 삼았기 때문에 발생한 인재였다고 해도 과언이 아닙니다. 나무를 식재할 때에도 경제적인 나무, 보기 좋은 나무, 속성수 등등 그저 사람 위주입니다. 눈이 앞을 향해 설계된 상위 포식자로서 먼 곳을 보지 못하고 당장의 이익을 좇습니다.

강수량이 많아 새들의 먹이가 되는 애벌레도 줄었습니다. 어미들이 새끼들 먹이려고 벌레를 잡아오는 걸 보면 금방 알 수 있습니다. 당연히 번식률도 떨어졌습니다. 딱새과인 흰눈섭황금새와 딱새는 플라이캐처 Flycatcher 라는 이름이 붙습니다. 나뭇가지나 전깃줄에 앉았다가 날아다니는 곤충을 잡아채 사냥하기 때문에 붙여진 이름입니다. 흰눈섭황금새가 번식에 실패한 건 올해가 처음입니다.   요즘은 보는 것보다 많이 들으려고 노력합니다. 앞마당 자작나무에서 꾀꼬리 어미와 새끼가 번갈아 웁니다. 번식에 성공한 꾀꼬리가 먼 길을 떠나기 위해 인사를 온 것입니다. 새들은 참 희한합니다. 어디에 둥지를 틀었는지 직박구리도 새끼를 데리고 왔고 호랑지빠귀, 어치까지 새끼들을 데리고 나타나 웁니다. ❀

2011년 10월 24

정수리로 따갑게 넘어가던 해가 남쪽으로 기울었습니다. 해가 기우는 건 나무들이 가장 먼저 눈치를 챕니다. 울긋불긋 단풍이 드는가 싶더니 성급한 녀석들은 그새 단풍잎을 버리고 나목이 되었습니다. 얇은 지붕 위로 후두둑 나뭇잎 떨어지는 소리가 마치 빗방울 떨어지는 소리 같습니다. 9월 말에 기러기 첫울음소리를 들었습니다.

겨울새들은 먹을거리가 넉넉한 철원들판에서 잠시 고단한 날개를 쉬며 영양을 보충한 후 강화도와 천수만, 금강하구, 우포늪, 순천만, 주남저수지까지 다시 먼 길을 날아가야 할 것입니다. 10월 7일 10마리의 재두루미가 관찰되었고 10월 23일에는 100여 마리가 관찰되었습니다. 초겨울에 무리를 지어 다니는 녀석들은 멀리 일본 이즈미까지 날아가 월동하는 녀석들로 알려져 있습니다.

10월 19일에는 암자에서 가까운 저수지에서 노랑부리저어새가 관찰되었습니다. 수심이 깊지 않고 수초지대와 모래섬이 있으며 물고기까지 많아 남쪽행을 하던 새들이 잠시 날아든 것입니다. 그러나 주로 해안선을 따라 남행을 하던 녀석들이 내륙 깊숙이 들어온 것은 상당히 이례적인 일입니다. 몇 마리의 저어새를 포함하여 모두 30여 마리나 되었고 10월 23일 현재 노랑부리저어새 3마리가 남아 먹이활동을 하고 있었습니다. 녀석들은 백로 무리와 섞여 다녔는데 내륙에서 관찰된 걸 보면 아무래도 길을 잘못 들었지 싶습니다.

벌들도 일제히 겨우살이 준비를 마치고 칩거에 들어갔습니다. 벌들 세계에서도 힘은 민중(일벌)에게서 나옵니다. 식량을 모으는 것은 말할 것도 없고 여왕을 옹립하거나 퇴출시키는 것도 일벌의 몫이고 새끼들을 키우고 청소를 하고 침입자를 응징하는 것도 일벌의 몫입니다. 그래서 먹이가 부족한 겨울이 다가오면 벌통 안에서는 잔혹한 식구 줄이기 숙청이 시작됩니다.

그 첫 번째 대상이 숫벌입니다. 겨울에는 번식할 필요가 없기 때문에 놀고먹는 숫벌의 입을 줄임으로서 식량을 아끼려는 것입니다. 두 번째 퇴출대상은 나이 먹어 늙고 힘없는 일벌입니다. 숫벌은 쫓겨나지 않으려고 발버둥을 치지만 나이 먹은 일벌은 스스로 무리를 떠납니다. 그래서 기온이 내려가면 벌통 입구에 퇴출된 벌들의 사체가 즐비합니다.

입을 줄이는 역할은 장수말벌도 한몫 거듭니다. 흔히 세상의 모든 벌들은 하나같이 꿀을 모으는 것으로 알고 있지만 토종벌과 양벌을 제외한 모든 벌들은 꿀을 빨기는 해도 모으지는 않습니다. 곤충과 애벌레가 주식인 이들은 무리지어 꿀벌을 공격해 꿀을 빼앗아 가고 애벌레를 납치해 갑니다. 장수말벌은 철사를 끊는 커터처럼 강력한 턱을 가졌습니다. 녀석은 벌통 입구를 지키고 있다가 마치 영화 트로이의 아킬레스처럼 능숙한 솜씨로 벌들을 무차별 살해합니다. 장수말벌 몇 마리가 수만 마리의 벌이 들어있는 벌통 하나를 초토화 시키는 데는 반나절이면 충분합니다. 장수말벌은 기온이 내려가는 늦가을에 더 이상은 곤충이나 애벌레를 사냥할 수 없을 때 더욱 기승을 부립니다.

드디어 상수도가 들어온 것입니다. 구제역에 파동으로 가축을 매몰하는 바람에 매몰지역 근처 지하수를 먹는 집집마다 상수도 공사를 해준 것입니다. 계곡에 물이 마르는 것과 거의 동시에 수돗물을 쓸 수 있게 되었으니 다행스러운 일이었습니다. 나는 옳다 싶어 훌훌 옷을 벗어젖히고 시원시원 샤워도 하고 지난여름 장마로 곰팡이 냄새가 나는 옷가지를 모두 내와 세탁기에 넣고 씽씽 돌렸습니다. 손님들이 자고 간 베갯잇도 빨아 널고 홑이불이나 얇은 담요도 말끔히 빨아 널었습니다.

겨우내 물을 길어다 먹거나 빨래는 밖에 갖고 나가서 해야 하는 번거로움이 단박에 해소된 것입니다. 쥐구멍에도 볕 들 날 있다더니 이런 복을 누리게 될 줄이야, 이 모두가 구제역 덕분인 셈인데 삼라만상 변하지 않는 게 없다더니 정말 그렇습니다. 그러나 차 달이는 물만큼은 약 냄새 나는 수돗물에게 절대로 양보할 수 없습니다.

어린 부엉이는 어미를 따라 울음소리를 익히는 중인데 부엉부엉 우는 어미와 달리 그윽그윽 하고 목에 뭔가 걸린 것처럼 우스꽝스럽게 웁니다. 나목이 된 나무들은 지난날을 정리하고 열매를 맺느라 고단했던 몸을 추스르며 내년 봄을 기약합니다. 정중동(靜中動), 고요하되 고요하지 않습니다. 삼라만상은 고요하고 움직이지 않는 것 같지만 내부는 강렬하게 움직이는 중입니다. 우리는 무엇으로 겨울을 준비하고 봄을 기약할 것인지 생각해볼 일입니다. ✿

2012년 1월

새들이 모여들었습니다. 수은주가 연일 영하 10도에 머물고 눈까지 내리자 하나둘 새들이 모여들기 시작합니다. 눈 속에서 먹이를 찾기란 쉬운 일이 아니라서 어디어디 가면 쉽게 먹이를 구할 수 있다는 소문이 온 숲에 퍼졌을 것입니다. 특히 올해는 견과류 파는 '산과 들'에서 상품성이 떨어지는 땅콩을 한 트럭분이나 보내와 연탄 1천 장을 들여놓은 것만큼이나 넉넉합니다.

작은새들이 모여들자 한 덩치 하는 녀석들도 모여듭니다. 열 마리 쯤 되는 어치, 서른 마리쯤의 멧비둘기, 또 서른 마리쯤의 까치와 까마귀까지 아침이면 앞마당은 북새통을 이룹니다. 이들은 땅콩을 한 번에 몇 개씩 꿀꺽꿀꺽 삼키는 대식가입니다. 새들은 먹이를 저장하는 습성이 있어서 내년 봄에는 온 숲이 땅콩밭이 될 지도 모르는 일입니다.

땅콩은 새들만 좋아하는 게 아닙니다. 들쥐, 너구리, 오소리, 고라니, 멧돼지도 좋아하고 들고양이까지 끼어들어 먹습니다. 해가 지고 어둠이 내리면 약속이라도 한 것처럼 이들은 어슬렁거리며 먹이터에 등장합니다. 그래서 밤마다 손전등을 들고 어떤 녀석들이 오가는지 살펴봅니다. 손전등 불빛에 반사된 눈빛의 높이로 녀석들의 이름도 알 수 있습니다. 지면과 납작하게 붙어있는 눈빛은 고양이로 보면 맞고 지면에서 조금 떨어진 눈빛은 너구리나 오소리이며 지면에서 높이 떠다니는 눈빛은 고라니라고 보면 맞습니다. 녀석들은 손전등 불빛에 익숙해져 잘 달아나지 않습니다. 그렇다고 환한 불빛을 좋아하는 것은 아닙니다.

하늘 높은 곳에서는 말똥가리와 새매, 황조롱이가 지상에서 무슨 잔치라도 벌어졌을까 싶어 빙글빙글 선회하고 있습니다. 어느 새 멧비둘기 한 마리가 매에게 희생되었고 황조롱이는 전봇대 꼭대기에 앉아 사냥한 들쥐를 먹고 있습니다. 새매는 참새, 멧새, 뱁새 같은 작은 새들을 사냥하느라 덤불숲을 분주하게 드나듭니다. 새매가 덤불숲을 뒤지며 사냥하는 것도 처음 목격하는 장면입니다. 그러나 소득은 별로인 거 같습니다. 까치와 까마귀, 직박구리가 내지르는 요란한 경보음을 들은 작은새들이 미리미리 숨어버렸습니다.

냉정리 저수지도 꽁꽁 얼어 설원이 되었습니다.

저어새, 노랑부리저어새, 기러기, 청둥오리, 흰뺨검둥오리, 논병아리, 민물가마우지, 백로, 왜가리들이 시장통처럼 바글거렸는데 얼음이 언 후 거짓말처럼 고요합니다. 얼음이 얼면 먹이를 구할 수도 없고 헤엄을 치고 놀 수도 없어서 얼음이 얼지 않는 곳을 찾아 모두 떠난 것입니다. 가끔은 철모르는 어린 녀석들이 얼음판 위에 어깨를 움츠리고 옹기종기 앉아있지만 근처를 어슬렁거리는 들고양이나 삵, 너구리가 가만두지 않습니다. 이래저래 날씨가 추워지면 새들만 고생입니다.

따뜻한 방으로 자리를 옮긴 섬진강 대나무는 키가 훌쩍 자라 150cm나 되었습니다. 겨울이면 줄기가 얼어 죽으면서도 언젠가는 하늘을 찌를 듯 자랄 날이 있을 거라는 희망을 포기하지 않았기 때문입니다. 대나무만 그런 게 아닙니다. 들풀은 발길에 밟히고 칼날에 베이면서도 희망을 버리지 않습니다. 사람의 발길이 뜸하면 금방 무성한 숲을 이룹니다. 토끼장에 갇혀 사는 집토끼는 언젠가는 탈출할 미래를 위해 굴을 팔 수 있는 튼튼한 발톱을 자자손손 물려줍니다. 양계장의 닭도 끊임없이 무정란을 낳으며 번식의 기회를 엿봅니다. 돼지도 목숨 바쳐 새끼를 낳는 일에 몰두합니다. 들판의 수많은 기러기도 먼 길을 마다않고 날아옵니다. 이렇게 살아있는 모든 것들은 미래의 희망을 갖고 있습니다. ✽

2012년 3월

일본까지 날아가 겨울을 보낸 재두루미들이 돌아오기 시작했습니다. 녀석들은 사람을 겁내지 않습니다. 그쪽 사람들이 두루미에게 어떻게 했다는 걸 짐작할 수 있습니다. 그런데 철원 민통선 안에 있는 토교저수지에서 대규모 얼음낚시대회가 열렸습니다. 20만 마리나 되는 쇠기러기와 천연기념물인 수백 마리의 두루미와 독수리가 해마다 겨울이면 찾아와 월동하는 곳입니다. 얼음이 얼면서 토교저수지에서 잠을 자는 새들은 이보다 훨씬 줄었지만 아주 떠난 것은 아닙니다. 두루미의 고장 철원을 표방하면서 이런 곳에서 낚시대회를 허가하다니 사람들의 잘못된 판단에 마음이 아픕니다. 더구나 누구 한 사람 안 된다고 나서는 사람이 없다는 게 더 이상했습니다. 자기네 고장이, 그것도 새들이 쉬는 곳을 1천 명이 넘는 낚시꾼이 짓밟는데도 이를 나무라는 목소리도 들리지 않는 것입니다.

부득이 혼자라도 나서야했습니다. 마침 하남에서 6학년 수영이와 수영이 아빠가 찾아와 합류하기로 했습니다. 김화에 사는 동규씨도 함께하기로 했습니다. 새벽 다섯 시에 일어나 준비를 마치고 고석정까지 갔는데 벌써 수십 대의 관광버스가 불을 밝히고 있었습니다. 그들은 마치 전쟁터로 나가는 탱크처럼도 보였고 시위대를 향해 돌진하는 전투경찰과도 같았습니다.

어둠 속에서 토교저수지로 들어가는 민통선 검문소 앞에 도착했습니다. 검문소에 총을 든 군인들이 검문을 합니다. 자칫하면 준비가 헛수고가 될 거 같았습니다. 그래서 현수막을 펼쳤습니다. 현수막에는 '어서오십시오, 두루미의 고장 철원입니다' 라고 쓰여 있었습니다. 철원경찰서 정보과 형사도 이미 알고 다가와 이것저것 묻습니다. 그러면서 혹시라도 얻어터지면(?) 빨리 연락하라고 명함을 주고 갑니다. 오전 7시, 낚시꾼을 태운 버스가 하나 둘 들어오기 시작했습니다. 우리는 얼른 〈두루미 도래지 낚시 반대〉라고 쓰인 현수막을 꺼내 펼쳤습니다.

낚시반대 현수막 시위를 목도한 버스 안의 낚시꾼들은 당황한 기색이 역력했습니다. 어떤 사람들은 수영이 또래의 아이들을 데리고 왔는데 애써 외면하기도 했지만 어떤 사람은 '저놈들은 뭐냐'고 욕을 하기도 했습니다. 25대의 버스, 수십 대의 승용차가 검문소를 통과할 때 한 시간이나 걸렸습니다. 잠시 후 낚시꾼들이 저수지 둑 위로 올라서자 잠을 자던 두루미들이 삼삼오오 날아 나오는 게 관찰되었습니다. 이어서 요란한 엔진톱 돌아가는 소리가 500미터도 더 떨어진 아스팔트 신작로와 들판에까지 울려 퍼졌습니다. 얼음 낚시를 하기 위해 엔진톱으로 얼음구멍을 뚫는 것이었습니다.

두루미의 잠자리를 점령한 1,200명의 인파! 그 다음은 여러분의 상상에 맡기겠습니다. 지구촌은 환경의 날까지 정해가면서 자연보존을 한목소리로 외치는데 철원은 돌도끼로 사냥을 하는 석기시대입니다. 창원에는 주남저수지가 있고 부산에는 을숙도, 창녕에는 우포늪이 있다면 철원에는 학저수지와 토교저수지가 있습니다. 주남저수지와 우포늪이 1,200명이나 되는 대규모 낚시꾼에 의해 유린당했다면, 상상이나 되겠습니까. 그런데 철원은 어서 와서 짓밟아 달라고 문을 열어주었습니다. 국토를 수호해야할 국군을 낚시꾼 수발이나 들게 했습니다.

낚시대회 이후 들판에 나가보았습니다. 그러나 웬일인지 새들은 그렇게 행복해보이지 않습니다. 사람들 눈치를 보며 들판 구석진 곳에 서성대고 있었습니다. 뭔가 수상한 낌새를 것입니다. 〈새를 사랑한 산)이라는 웃기는 책(?)을 보았습니다. 왜 웃기는 책이냐 하면 10분이면 한 권을 다 읽을 수 있기 때문입니다. 그러나 내용까지 가볍지는 않았습니다. 원고지 수십 장 분량밖에 안 되지만 무척 감동적인 이야기였습니다. 새 한 마리 없는 산에, 산이 길 잃은 새 한 마리를 사랑하면서 새는 씨앗을 물어 나르고 훗날 산은 나무가 우거진 아름다운 산이 되었다는 이야기입니다. 낚시를 허가한 사람들, 낚시질을 하는 사람들이 새겨들었으면 좋겠습니다. ✿

2012년 5월
세상과 어떻게 소통하십니까.

새들에게 공급되는 먹이가 넉넉하면 모여드는 새들도 다양하고 숫자도 많습니다. 먹이통 근처에 둥지를 지으려는 녀석들 때문에 둥지쟁탈전도 치열합니다. 나무구멍은 딱따구리와 하늘다람쥐가 서로 쟁탈전을 벌이고 인공둥지는 박새와 참새와 곤줄박이가 서로 자기 둥지라고 주장합니다. 잠시라도 자리를 비우면 냉큼 둥지 안으로 들어가 나오지 않습니다. 그러다가 한 녀석은 아예 둥지 위에 앉아 둥지를 지키고 한 녀석만 부지런히 보드라운 재료를 물어 나릅니다. 비둘기 한 마리가 참매에게 당했습니다. 살코기는 참매 새끼들에게 먹여지고 바람에 날리는 깃털은 작은 새들의 둥지재료로 쓰입니다. 비둘기 한 마리의 희생은 또 다른 여러 생명을 잉태시킵니다. 이런 것이 자연의 순리입니다.

밤중이면 만찬을 즐기러 등장하는 다섯 마리의 새끼멧돼지는 벌써 중돼지가 됐습니다. '돼지처럼 먹는다'는 말이 있지만 멧돼지는 집돼지와 달리 절대로 게걸스럽게 먹지 않습니다. 멧돼지 먹이로는 옥수수를 공급하는데 마치 포크로 하나씩 찍어먹듯 얌전히 먹습니다. 칡뿌리나 고구마를 캐먹기 위해 땅을 파헤칠 때와는 전혀 다른 모습입니다. 털갈이를 하느라 몰골이 사나웠던 너구리 두 마리는 금빛 털옷으로 갈아입고 몰라보게 변신했습니다. 호랑지빠귀는 지난해보다 하루 늦게 왔습니다. 그러나 되지빠귀는 열흘이나 빨리 왔습니다.

철원평야의 흰두루미는 모두 북쪽으로 돌아갔지만 재두루미는 4월 13일 현재 60 마리가 민통선 안쪽에서 관찰되었다고 합니다. 쇠기러기는 4월 15일 현재 암자에서 가까운 냉정리 저수지에서 잠을 자고 있었습니다. 노랑부리저어새 두 마리도 관찰되었습니다. 북상길에 관찰되는 새들은 노랑부리저어새 뿐 만이 아닙니다. 논갈이를 마친 논에서는 북상중인 댕기물떼새 커플이 열심히 거미와 딱정벌레 같은 곤충을 잡고 있었습니다. 습지에서는 다양한 종류의 도요새들과 물떼새들이 까불거리며 오가는 모습이 관찰됩니다. 노랑지빠귀는 두엄을 뒤지며 벌레를 잡았고 수백 마리의 되새는 먼 길을 떠나기에 앞서 들깨밭에서 열심히 먹이를 찾는 중입니다. 절벽에 아슬아슬하게 붙어사는 노루귀는 식구가 열 포기로 늘어났습니다. 사람들 눈에 잘 띄지 않게 숨어 산 까닭에 숫자가 늘어난 것입니다. 노루귀와 현호색이 피고지면 노란 피나물이 피기 시작하면서 오월은 절정기를 맞습니다.

하남 남한산성 골짜기에 사는 수영이가 이번에는 생태공부도 하고 사진 찍는 법도 배우고 싶다며 혼자 도연암에 왔습니다. 3박 4일 동안 함께 지내면서 4월 13일에 연천에서 열린 두루미 심포지움에도 가봤습니다. 어른들이 어떤 생각을 가지고 있는지 엿볼 수 있는 기회가 되었을 것입니다. 수영이한테는 아직 휴대폰이 없습니다. 가정 형편이 어려운 것도 아니어서 아빠에게 사달라고 하면 사주겠지만 꼭 필요하지 않아 사달라고 하지 않았다고 합니다. 어른 아이 할 것 없이 앉았다 하면 휴대폰을 꺼내드는데 반해 수영이는 책을 뒤적입니다. 누가 강요하는 것도 아닌데 생각이 깊습니다.

지난달에는 〈초록살이〉라는 이름으로 부산, 창녕, 순천, 군산, 서산, 김포, 연천, 속초, 철원 등 곳곳에서 여러 사람이 도연암에 모였습니다. 〈초록살이〉는 각자 사는 지역에서 지역 사람들에게 환경의 소중함을 알리고 함께 공부하는 모임으로, 한 달에 한 번씩 모여 각자의 지역의 환경에 대한 개선된 점이나 문제점을 보여주거나 들려주며 교류하는 것을 목적으로 삼고 있습니다.

나는 그 동안 게을렀던 한탄강 돌아보기에 더 많은 시간을 갖기로 했습니다. 여태까지 강은 천대받았던 게 사실입니다. 함부로 쓰레기와 오물을 버리고 더럽혔습니다. 결국 4대강 정비라는 빌미를 제공한 셈입니다. 강이 어떤 모습인지, 어떤 생물들이 강에 기대 살고 있는지, 식물은 또 어떤 종류가 서식하고 있는지, 시간이 오래 걸리겠지만 낱낱이 조사하고 기록해두면 훗날 좋은 자료로 쓰일 것입니다.

수영이와 왕복 십리 쯤 산책에 나섰습니다. 산골짜기인데도 악취가 진동합니다. 밭에다 가축분뇨를 산더미처럼 방치했기 때문입니다. 비가 오면 가축분뇨는 실개천을 따라 한탄강으로 유입될 것입니다. 돼지, 소, 닭 농장 뿐 아닙니다. 개농장과 사슴농장도 사정은 마찬가지입니다. 정화시설이 없어 실개천으로 악취 나는 시커먼 구정물이 흘렀습니다. 수영이에게 답을 물었더니 '고기를 덜 먹어야겠어요' 하고 대답합니다.

수영이를 데리러 수영이 아빠, 엄마, 누나까지 와 하루를 묵었습니다. 때마침 두루미 심포지움에 참석했던 서산 김신환 원장님과 군산의 주용기 선생도 도연암에서 하루를 묵으며 밤늦도록 토론을 벌였습니다. 어찌 보면 말잔치에 불과하지만 서로가 미처 몰랐던 것들에 대해 새롭게 이해하고 소통하는데 충분한 시간이었습니다.

소통의 부재로 인해 곳곳에서 충돌하고 있습니다. 서두르지 말고 인내력을 가지고 충분히 협의하고 이해하면 못할 일도 아닌데 너무 서둘렀기 때문입니다. 서둘러서 좋은 일 없습니다. 소통하는 공부 좀 더해야겠습니다. 아름다운 봄날, 여러분 행복하십시오. ❋

2012년 6월
녹음 짙어지고 새들은 바쁘고

6월은 녹음이 한껏 짙어지는 계절입니다. 그런데 올해는 봄가뭄이 6월 중순이 넘도록 계속돼 식물이나 새들이나 살아가기가 만만찮습니다. 한낮이면 나무들이 더위에 축 늘어져 지냅니다. 나무들의 생육이 나쁘면 애벌레들도 덩달아 살아남기 힘듭니다. 애벌레의 숫자가 줄어들면 이를 먹이로 삼아 번식하는 새들에게도 적신호가 켜집니다.

그런데 새들이 먹지 않는(먹지 못하는?) 커다란 송충이가 눈에 띄게 늘었습니다. 보기에도 징그럽게 생긴 털북숭이 녀석들이 살갗에 닿으면 따갑고 가려워 약을 바르지 않으면 몹시 고통스럽습니다. 먹히지 않으려는 나름대로의 전략일 것입니다. 새들이 이들을 기피하는 것도 당연한 일입니다. 이 녀석들은 나방으로 탈바꿈하여 나뭇잎을 공격합니다. 사람들은 약발도 안 받는다고 발을 동동 구르지만 아직은 이들을 소탕할 뾰족한 방법을 찾지 못하고 있습니다.

번식기에 새들은 인공먹이통을 거의 찾지 않습니다. 땅콩이나 해바라기씨앗보다 더 맛난 먹이가 숲에 가득하기 때문입니다. 그러나 올해는 상황이 달랐습니다. 먹이통에 새들이 드나든 것입니다. 건조한 기후로 인해 숲에 먹이가 예전처럼 넉넉하지 않다는 뜻입니다. 먹이가 부족하면 새끼들 키우기가 쉽지 않습니다. 알을 낳는 숫자도 줄어들고 새끼가 알에서 태어났다고 해도 무사히 숲으로 들어갈 확률이 낮습니다.

창문 밖 무궁화나무에 걸린 인공둥지에서는 곤줄박이가 번식을 마쳤습니다. 너무 얕아 들고양이에게 해코지 당하지 않을까 염려했는데 새들은 오히려 사람을 의지하여 둥지를 튼 것입니다. 현관 옆에 매단 둥지에서는 박새가 무사히 번식하였습니다. 쾅쾅 문 닫는 소리에도 아랑곳하지 않고 둥지를 정한 게 신통합니다. 둥지를 정한 걸 안 후에는 새끼들이 둥지를 떠날 때까지 보름 넘게 살금살금 까치발로 다녔습니다. 이밖에도 벚나무, 느티나무, 아카시나무 등에 걸어놓은 둥지에도 곤줄박이, 박새, 쇠박새, 참새가 번식을 마쳤거나 아직 새끼를 기르는 중입니다.

원두막 밑에서 해마다 번식을 하던 꾀꼬리 부부는 반대편 밤나무로 둥지를 옮겼습니다. 지난해 사람들이 사진을 찍느라 귀찮게 한 이유인 것 같습니다. 흰눈섭황금새는 수년 간 변함없이 같은 둥지에서 번식을 마쳤습니다. 조류사진을 찍는 사람들이 모여들어 귀찮게 해도 녀석들은 별로 스트레스를 받지 않는 거 같습니다. 예뻐하고 귀여워하는 걸 아는 모양입니다. ❀

2012년 7월
적게 갖고 적게 쓰는 것만이 살길입니다.

앞마당 '낚시터 의자'에 앉아 이 글을 씁니다. 낚시터용으로 나온 등받이와 팔걸이가 있는 접이식 알루미늄 의자입니다. 3만 원 주고 산 건데 가볍고 편안하여 벚나무 그늘 아래에 놓고 앉아 책도 읽고 쉬기에 안성맞춤입니다.

절정을 이루었던 아카시꽃도 모두 졌고 분주하던 벌들도 잠시 휴식에 들어갔습니다. 머잖아 밤꽃이 피면 벌들이 다시 왕성하게 활동을 할 것입니다. 벌꿀도 조금 땄습니다. 기후가 가물어 수확량은 많지 않으나 지난해처럼 필요한 분들과 조금씩 '공유'할 만큼은 됩니다.

사실 벌들은 '언제나' 열심히 일만 하는 거 같지만 그렇지는 않습니다. 양식(꿀)이 넉넉하면 일을 하지 않고 놀멘놀멘 집안일을 합니다. 그러다가 사람이 꿀을 빼앗아 가면 깜짝 놀라 다시 꿀을 모으기 시작합니다. 애써 모아놓은 꿀을 빼앗아 먹는 게 미안한 일이지만 필요한 만큼만 적당히 공존하려고 애쓰고 있습니다.

앞마당 물을 졸졸 틀어놓았습니다. 너무 가물어 푸석거리는 마당을 적시는 역할도 하지만 무엇보다도 새들을 위한 것입니다. 새들은 틈틈이 물가에 앉아 깃털을 고르고 목욕을 하며 기생충을 털어내며 몸을 청결히 합니다. 여러 마리가 모여 목욕을 할 때는 마치 아낙들이 빨래터에 모여 있는 거 같습니다.

유월과 칠월은 녹음이 한껏 짙어지는 계절이기도 하지만 새들이 번식을 마치는 시기입니다. 열 곳이나 되는 인공둥지에서 새들이 번식을 마쳤습니다. 참새는 2차 번식에 들어갔고 창문 밖 둥지와 현관문 옆에 걸린 둥지에서는 곤줄박이가 번식을 마쳤습니다. '흰눈섭황금새'도 다섯 마리의 새끼를 키우는 중입니다. 앞마당에 가만히 앉아

있으면 보고 싶던 새들이 스스로 다가옵니다. 쳐다만 보아도 달아나던 뻐꾸기도 머리위에서 천연덕스럽게 울어댑니다. 뻐꾸기는 뱁새나 솔새 같은 작은 녀석들 둥지에 몰래 알을 낳고 기르게 하는데 제 새끼가 다 자랄 때까지 쉴 새 없이 울어댑니다.

　뻐꾸기는 낮에만 우는 게 아니라 밤에도 열심히 웁니다. 그러나 밤에 우는 녀석 중에 소쩍새를 당할 자는 없습니다. 야행성인 소쩍새는 밥은 언제 먹나 싶게 밤새도록 웁니다. 2등은 '검은등뻐꾸기' 입니다. 이 녀석 우는 것도 소쩍새 못지않습니다. 밤새도록 두 녀석이 서로 경쟁하듯 웁니다. 아카시꽃이 지면 오디가 새까맣게 익습니다. 얇은 지붕 위로 후두둑 오디 떨어지는 소리가 들리면 딱따구리나 직박구리, 호반새 등이 오디를 먹으러 왔다는 뜻입니다. 땅에 떨어진 오디는 멧돼지 몫입니다. 덩치는 남산만한 녀석이 덩치에 어울리지 않게 작은 오디를 무척 좋아합니다.
　벚나무에서 꾀꼬리가 지줄 댑니다.
　예쁘게 우는 놈은 어미새입니다. 새끼는 어미새에게 우는 걸 배우는 중인데 아직은 우는 게 서툴러 마치 어린아이 옹알이 하듯 합니다. 눈을 감고 앉아 새끼새들 옹알이 소리를 듣고 있으면 젊은 엄마와 아기가 남들은 알 수 없는 둘 만의 언어로 대화하는 것 같습니다. 새끼 우는 게 맘에 들지 않았는지 이따금 어미새가 카악! 하고 꾸짖는 소리도 들립니다. 그러나 일주일만 더 지나면 새끼도 제법 낭랑한 목소리로 울게 될 것입니다. 버찌는 흰눈섭황금새도 좋아하고 딱새도 좋아하고 노랑턱멧새도 좋아합니다. 새들은 버찌를 따먹으면서 아름다운 노래로 보답합니다. 가만히 앉아있으면 새들은 사람을 무시하고 아주 가깝게 다가와 먹이를 물어갑니다.

이맘때면 '칡넝쿨'과 외래종인 '단풍잎돼지풀'을 제거하기 위한 전쟁이 시작됩니다. 칡넝쿨은 저 혼자 저만큼 떨어져 살면 괜찮을 텐데 나무를 감고 올라가 끝내 나무를 죽입니다. 넝쿨이 연할 때는 손으로 잡아당겨 끊을 수 있지만 시기를 놓치면 풀 깎는 기계에 감겨 귀찮은 존재가 됩니다. 수고스럽지만 손으로 잡아 뽑아내는 방법이 가장 확실히 제거하는 입니다.

지난해 여름에는 시에서 나온 '외래종제거반'이 단풍잎돼지풀을 모조리 베어주고 갔습니다. 덕분에 많이 제거되기는 했지만 안 좋은 소식도 있습니다. 겨울새인 콩새의 개체가 줄어든 것입니다. 단풍잎돼지풀의 씨앗은 콩새의 중요한 겨울먹이가 되었는데 먹이가 줄어드니 새들도 찾아오지 않은 것입니다. 단풍잎돼지풀 씨앗은 등줄쥐나 땃쥐 같은 작은 녀석들도 좋아합니다. 쥐가 줄어들면 작은 쥐를 먹는 때까치나 황조롱이 같은 포식자도 덩달아 줄어듭니다. 먹이그물 내지는 먹이사슬의 고리가 끊어진 것입니다. 자연은 이렇게 서로 맞물려 돌아간다는 걸 알 수 있습니다.

자연학습의 한 과정으로 아이들이 자주 옵니다. 아이들과는 문답식으로 문제를 풀어갑니다.

— 환경이 뭔지 말할 수 있는 사람?

— 생태는 또 뭘 말하는 거지?

— 자연이란?

— 거기에 인간은 어떤 역할을 해야 하지?

이렇게 묻고 답하고 따지면서 아이들 스스로 답을 말할 수 있도록 유도합니다. 흥미진진한 시간이 끝나면 아이들이 한 마디씩 합니다.

— 스님 머리 좀 만져 봐도 돼요?

— 머리는 누가 깎아주나요?

— 어쩌다가 스님이 됐어요?

— 왜 혼자 살아요?

등등 아이들은 궁금한 게 참 많습니다.

환경이 무엇인지 말하라면 나무, 숲, 물, 바람, 곤충, 새, 동물, 깨끗함, 더러움, 소음, 공기 등등을 나열합니다만, 정작 가장 중요한 역할을 해야 할 인간이 빠져있습니다. 지구촌 곳곳에서는 인간의 손에 의해 삼림이 파괴되거나 거대한 댐을 만들어 지형이 변형되기도 하고 그로 인해 기후까지 변화하고 엄청난 재앙이 예고되고 있습니다. 동식물의 서식환경이 줄어들어 멸종위기에 처하거나 이미 멸종된 종도 수없이 많다는 건 너무 잘 알려진 사실입니다.

이 모두가 인간의 소비욕심에서 비롯된 것입니다. 사람들은 더 많은 소비를 위해 더 많이 일합니다. 좋은 주택, 좋은 자동차, 좋은 음식, 좋은 가구, 좋은 옷을 위해 투자하고 소비하며 엄청난 산업쓰레기를 양산합니다. 여행이나 스포츠 같은 여가 및 취미생활도 따지고 보면 소비를 부추기는 요소에서 자유로울 수는 없습니다.

이제 조금씩 줄여야합니다. 찬란함보다 소박한 삶을 위해 노력해야 합니다. 곳곳에서 벌어지는 축제가 하나같이 긍정적인 것은 아닙니다. 축제 하나로 인해 경제가 활성화된다고 하지만 결국 그 짐과 빚은 각자의 몫으로 돌아오기 때문입니다.

아이들은 이런 얘기를 잘 알아듣습니다. 문제는 어른입니다. 교과서나 수많은 도서와 인쇄물, 매스컴을 통해 검소하게 살자고 외치면서도 정작 어른들은 그렇게 살지 않습니다. 이런 어른을 보고 자란 아이들은 거침없이 어른을 닮아갑니다. 이런 저런 심포지움에 다녀

왔습니다. 경남 람사르 재단에서 주관한 한일 논습지 심포지움에서
는 일본 따오기, 황새 복원 사례가 발표되었습니다. 감명 깊었던 것은
민관 가릴 것 없이 생각이 한 곳으로 모아졌다는 것입니다.

— 우리는 100년 전에 멸종된 종을 복원하기 위해 100년을 계획하
고 투자합니다.

라는 말도 감명 깊었습니다. 문득 4대강을 한꺼번에 어떻게 해보려는
우리가 부끄러웠습니다.

환경재단 환경운동 30년 심포지움에서도 결국은 '소비 줄이기'
가 가장 큰 관건이었습니다. 전기와 물을 아껴 쓰고 자동차 운행을 줄
이고, 덜 먹고 덜 쓰고 덜 갖는 것은 이제 수도자 그룹이 해야 할 일
만은 아닙니다.

여름이 코앞으로 다가왔습니다.

노타이에 반바지 반팔을 입는 등 에너지를 절약하려 안간힘을 쓰
는데 한편으로는 불야성을 이루며 에너지가 줄줄 새는 곳이 많습니
다. 일본은 50여기의 원자로가 모두 멈춰 섰다고 합니다. 대단합니
다. 이런 면에서도 우리는 많이 배워야하겠습니다. 올 여름 건강하십
시오. ✽

2012년 9월

안녕 도란아.

여름 번식기 때에도 새들에게 먹이를 공급하는 것은 어미새들을
위해서입니다. 둥지 속의 예닐곱이 되는 노란 입들을 생각하면 부모
는 맛난 애벌레를 입에 물었으면서도 목구멍으로 차마 먹이를 삼키
지 못합니다.

해마다 창문 밖 숲에서는 고라니가 번식을 합니다. 올해도 어김 없이 두 마리를 낳아 기르는 중이었는데 그 중 한 마리가 들고양이의 공격을 받았습니다. 이른 아침 새끼고라니의 비명소리가 들려 속옷 바람으로 뛰어나갔는데 어미도 동시에 고함을 지르며 달려왔습니다. 새끼고라니를 물고 가던 들고양이는 어미와 내가 쫓아가자 새끼고라 니를 놓아두고 숲으로 달아났습니다. 피를 흘리고 쓰러진 새끼 옆에 서 어미 고라니가 큰소리로 울부짖었습니다. 생후 사나흘 밖에 안 된 암컷 새끼 고라니였습니다. 새끼의 상태가 너무 심각해 어미도 어쩌 지 못했고 그냥 두면 죽을 게 뻔했습니다.

어미에게 알아듣게 얘기하고 부상당한 새끼 고라니를 안고 들어 왔습니다. 새끼는 이마와 뺨, 목덜미와 왼쪽 목을 심하게 물렸고 머리 는 두개골이 드러나 보였으며 목덜미는 심각할 만큼 찢어져 있었습 니다. 구급함을 꺼내 응급처치를 했습니다. 마침 일요일이어서 동물 병원은 모두 쉬는 날이었습니다. 동물구조단체도 마찬가지였습니다. 새끼고라니는 미동도 못하고 죽은 듯 누운 채 힘든 하루를 보냈습니 다. 월요일 아침 동물병원이 문을 여는 시간에 맞춰 달려갔습니다. 수 의사는 비관적인 상태라고 진단했습니다.

상처부위에 약을 바르고 주사를 맞고 돌아왔지만 낙관하기에는 일렀습니다. 긴장의 사흘이 지나서야 간신히 목을 가누었고 홀로 뒤 뚱거리며 일어섰습니다. 그리고 닷새가 지나면서 조금씩 걷기 시작 했습니다. 나는 새끼 고라니에게 〈도란이〉라는 이름을 붙여주었습니 다. 도연과 고라니를 합했고 도란도란 살자는 뜻입니다. 도란이에게 는 생우유와 아기분유를 섞여 먹였습니다. 2~3시간에 한 번씩 우유 를 데워 먹여야 했는데 완전히 갓난아기를 기르는 거나 다름이 없었 습니다. 더구나 도란이는 야생성이라 야간이 더 힘들었습니다.

　　인터넷을 통해 도란이 이야기가 전해졌고 수많은 사람들이 도란이의 쾌유를 기원했습니다. 그런데 구조 후 14일이 지났을 때 갑자기 도란이의 상태가 악화되었습니다. 설사를 한 것입니다. 어린 동물에게는 설사가 치명적이라고 합니다. 어미젖을 제대로 먹지 못한 도란이에게 사람이 먹는 우유와 분유만 먹였기 때문입니다. 급기야 도란이는 다시 쓰러졌고 일어서지 못했습니다. 이때부터 도란이 이야기를 전해 듣던 인터넷 친구들이 나섰습니다.

　　어린 강아지용 초유와 패드(기저귀)를 사들고 오거나 택배로 보내오기도 했고 병원비까지 보내왔습니다. 도란이에게 필요하다 싶은 걸 사들고 삼삼오오 문병을 오는 사람도 있었습니다. 인간이 야생의 새끼 고라니에게 문병을 오는 믿지 못할 일이 벌어진 것입니다. 한 달 동안 30명이나 다녀갔습니다.

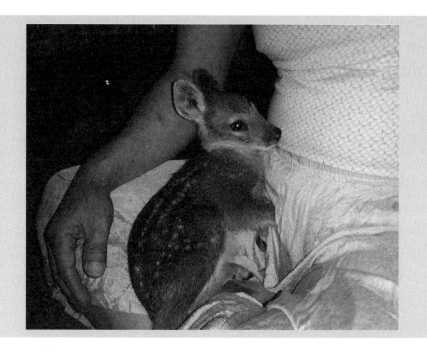

　도란이가 일어서지 못하는 이유는 또 있었습니다. 상처가 덧난
것이었습니다. 일차 병원에서 비관적으로 여기고(새끼 고란이의 경
우 멀쩡한 녀석도 스트레스로 많이 죽는다고 합니다.) 치료를 대충 했
던 게 잘못이었습니다. 부랴부랴 애견동물병원으로 병원을 옮겼습니
다. 수의사는 애초에 봉합수술을 했어야 옳았다고 야단을 칩니다. 도
란이는 목덜미와 턱밑을 모두 열 바늘을 꿰맸습니다. 사흘에 한 번 병
원치료를 받으면서 도란이는 네티즌들의 염려와 사랑을 바탕으로 쓰
러진 후 보름이 지나면서 가누지 못했던 고개도 들고 일어서기 시작
했습니다. 그리고 도란이가 구조된 지 한 달 가까이 된 지금은 홀로
서서 몇 걸음씩 걷거나 겅중겅중 뛸 정도로 상태가 좋아졌습니다.

　도란이가 구조된 후 한 달 동안 나는 도란이와 함께 잤습니다. 어
미의 사랑을 받지 못했기 때문에 어미 대신 따뜻하게 안아주었습니

다. 처음 며칠은 경계를 풀지 못하고 눈을 뜨고 잤지만 일주일이 지나면서 무릎 위에서 편안히 눈을 감고 잠들만큼 친해졌습니다. 따뜻한 물에 목욕도 시켰고 틈틈이 풀밭에서 놀게 했습니다.

도란이 엄마는 거의 매일 앞뒤 창가에 와서 울거나 서성거렸습니다. 안타까운 것은 도란이가 심한 부상을 입었으면서도 울지 않는다는 거였습니다. 야생에서 아프다고 소리를 내면 어미보다 호시탐탐 노리는 포식자가 먼저 달려오기 때문입니다.

그래서 "도란아, 아프면 아프다고 해"라고 다독였습니다. 거짓말처럼 도란이는 아프다고 신음소리를 내기 시작했습니다. 신음소리를 내기 전에는 몰랐는데 끙끙 앓는 신음소리를 들으니 마음이 너무 아팠습니다. 태어난 지 사나흘 밖에 안 된 녀석이 그 동안 소리도 내지 못하고 얼마나 힘들었을까요.

새로운 사실도 알아냈습니다. 도란이가 어미와 대화를 한다는 것입니다. 어미가 밖에서 울면 도란이가 아주 약한 소리를 냈습니다. 그 동안 도란이가 큰 부상을 입고도 버틴 것은 어미와의 대화 때문이라고 생각합니다. 어미와 도란이는 인간이 알아들을 수 없는 주파수로 서로 교신하고 있었을 것입니다.

도란이 이야기를 전해들은 엄마들이 아이들을 데리고 문병을 왔습니다. 아이들은 도란이에게 우유도 떠먹이고 어서 일어나서 들판을 뛰어다니라고 위로했습니다. 어떤 아이는 작디작은 도란이가 너무 가엾어 눈물을 흘리며 울었습니다. 이렇게 많은 사람들이 1.5kg밖에 안 되는 새끼 고라니 한 마리를 두고 눈물겨운 후원과 사랑을 보여준 것은 무엇을 의미하는 걸까요. 그것은 자연의 모든 생명체는 하나같이 존귀하다는 뜻이며 또 자연의 생명체는 우리의 적이 아니라 인간과 함께 살아야할 대상으로 여겼던 것입니다. 더불어 야생동물복지정책에 관한한 백지상태인 현실의 안타까움을 드러낸 것입니다.

　우리나라에 사는 고라니는 영어로는 Water Deer 즉 〈물사슴〉이라고 하는데 우리나라와 중국이 원산이라고 합니다. 물을 좋아하는 사슴이라는 뜻이지요. 개체수가 많아 보호받지 못하고 농작물을 해친다고 하여 유해조수류로 구분되어 덫을 놓아 잡기도 하고 총에 맞아 죽기도 합니다. 또 많은 수의 고라니들이 자동차와 충돌해 변을 당하는 경우가 심심찮게 발견됩니다. 사람들의 성원은 자연은 자연 그대로 존중해주어야 한다는 의미도 포함되어 있을 것입니다. 자연은 자연 그대로의 모습을 갖고 있을 때만이 자연스럽기 때문입니다.
　우리나라 30퍼센트의 면적에 인구가 4천만 명의 인구가 모여 삽니다. 그런데 나머지 70퍼센트의 면적에 30여만 마리의 멧돼지가 사는 것으로 조사됐다는데 사람이 사는 면적에 비하면 비교할 수 없을 만큼 적은 숫자입니다. 그런데 이 숫자가 많다고 동물을 총으로 살육하는 나라가 우리나라입니다.

　일본에는 기러기보호협회도 있습니다. 우리나라에서는 겨울철에 기러기가 너무 많아 귀찮은 존재가 되었지만 일본은 우리가 귀찮아하는 존재조차 자연유산으로 보는 것입니다. 우리와 시각이 이렇게 다릅니다. 선진국과 후진국의 차이는 야생동물을 어떻게 대하느냐에 따라 구분된다고 해도 과언이 아닙니다. 선진국에서는 철새가 이동중일 때는 새들이 좋아하는 먹이를 준비합니다. 유리창에 눈에 띄는 눈에 잘 띄는 색깔의 테이프를 붙이거나 맹금류 사진을 붙여 충돌을 예방합니다. 공원을 만들거나 정원을 만들 때에도 야생동물을 배려해 유실수를 심고 이동로를 만듭니다.

우리는 어떻습니까. 사람 위주로 길을 만들고 벤치도 놓고 가로 등도 켜지 않습니까. 이렇게 하면서 '생태공원'이라고 허울 좋은 이름을 붙이고 있습니다. 선진국에서는 정해진 등산로를 벗어나면 무거운 벌금을 문다고 합니다. 우리는 그 어떤 제재도 없습니다. 최근 국립공원에서는 그나마 관리가 잘 되고 있습니다만 이외의 지역에서는 산나물, 약초를 마구 캐가도 제재하는 사람 하나 없습니다.

숲은 야생조수류가 서식하며 번식하는 곳입니다. 그러므로 정해진 등산로를 이용하는 것은 야생동물과 사람과의 약속입니다. 약속이 지켜지지 않을 때 숲은 혼란스러워집니다. 가끔 멧돼지가 도심에 출몰하는 까닭도 인간이 그 원인을 제공했을 가능성이 큽니다. 정해진 등산로 이외의 곳을 함부로 드나들고, 산허리를 잘라 길을 내거나 막으면 동물의 이동을 방해하게 되고 길을 잃거나 터전을 잃은 동물들은 우왕좌왕할 수밖에 없는 것입니다. 야생동물이 스스럼없이 다가오고 사람들은 또 그들을 살갑게 대하는 그런 세상이 되었으면 좋겠습니다. 나는 오늘도 숲에 대고 가만가만 말합니다.
— 도란아 안녕? ❋

2012년 10월
철새는 날아가고.
여름에 번식을 마친 새들이 모두 남쪽을 향해 떠났습니다. 꾀꼬리, 솔독새, 되지빠귀, 호랑지빠귀, 솔새, 뻐꾸기, 검은등뻐꾸기, 벙어리뻐꾸기, 호반새, 청호반새, 두견새, 파랑새, 후투티, 흰눈썹황금새 등이 주변에서 번식한 여름새들로 겨울을 나기 위해 멀리 동남아까지 날아가야 합니다.

　새들은 번식기를 앞두고 짝을 찾기 위해서도 열심히 울지만 이동할 때에도 열심히 웁니다. 이동할 때 우는 까닭은 동족들을 불러 모으기 위함입니다. 머나먼 길을 홀로 이동하기 위해서는 위험요소가 너무 많습니다.

　우리 주변에서 비교적 쉽게 관찰되는 참새를 보면 무리의 과시가 극명하게 드러납니다. 혼자서는 간헐적으로 짹짹거리다가 무리를 지으면 정신이 쑥 나갈 만큼 재잘재잘 시끄럽게 울어댑니다. 해질 무렵이 가장 요란하게 우는데 "우리는 어디 가서 맛난 먹이를 먹었는데 너희는 어딜 갔었느냐, 내일은 우리 같이 한 번 가보자"는 등 그날 하루 있었던 일들, 재미있던 일, 무용담을 조잘거립니다.

　이렇게 새들은 무리지어 활동하고 무리지어 잠을 자고 이동해야 포식자가 함부로 덤비지 못합니다. 또 감시하는 눈이 많기 때문에 시시각각 다가오는 포식자를 경계하기도 쉽습니다. 한 마리가 날아오르면 앞뒤 가릴 거 없이 우루루 날아오르는 것도 그런 까닭입니다. 그렇다고 모든 새들이 한꺼번에 하루아침에 사라지듯 이동하는 건 아닙니다. 새들이 이동하는 때가 조금씩 다른 것은 아마도 먹이와 관계가 있을 것입니다. 여름새들은 곤충의 애벌레를 주식으로 삼습니다. 그래서 어미새들은 곤충의 애벌레가 성충이 되기 전까지 새끼들을 모두 키워내야 합니다.

　새끼가 둥지를 벗어나고 제법 날기 시작하면 새끼들도 곤충의 성충을 먹기 시작합니다. 나비, 메뚜기, 귀뚜라미 등 종류를 가리지 않고 먹습니다.

　그러나 무더운 여름이 물러가고 가을이 오면 먹이가 되는 곤충의 숫자가 부쩍 줄어듭니다. 새들이 태어나고 살던 곳에 미련이 남아 더 머뭇거리다가는 따뜻한 남쪽으로의 이동이 어렵게 됩니다. 그래서 새끼들이 날갯짓에 힘이 생기면 천천히 남쪽으로 이동을 시작합니다. 이동하며 먹이를 먹고 에너지를 비축하고 근육을 기르며 산을 넘고 강과 바다를 건너가는 것입니다.

여름새 중에서는 뻐꾸기가 가장 먼저 남쪽으로 출발했습니다. 뻐꾸기, 검은등뻐꾸기, 벙어리뻐꾸기 따위는 솔새, 붉은머리오목눈이 등의 둥지에 탁란을 하여 자기의 새끼를 기르게 하는데, 둥지 주변에서 여름내 줄기차게 울다가 새끼를 데리고 훌쩍 떠나버립니다. 사람 같으면 그 동안 고마웠다고 잔치라도 벌렸을 텐데 뻐꾸기 어미새는 인정머리가 눈곱만큼도 없습니다.

열심히 남의 새끼를 키워 잃어버린 붉은머리오목눈이의 입장에서는 황당하기 짝이 없겠지요. 그래서 그런지 붉은머리오목눈이 우는 소리는 어딘가 모르게 슬프게 들립니다. 날이 어둑어둑해지면 붉은머리오목눈이들이 삼삼오오 수풀 속에 모여들어 재잘거립니다. 이들 역시 참새처럼 뻐꾸기 새끼를 키웠던 에피소드를 나누는 모양입니다.

번식을 마친 여름새들은 모두 떠나고 빈자리는 겨울새와 텃새가 채워줄 것입니다. 겨울새들이 오기 전에 유리창에 붙여 놓은 색 바랜 오색테이프를 새것으로 바꿔 붙여놓았습니다. 오색테이프는 바람에 날릴 수 있도록 위쪽에만 고정해야 새들이 빨리 발견하고 충돌하지 않습니다. 오색테이프를 붙여놓아도 성급한 녀석들은 유리창에 부딪혀 기절하거나 심하면 죽기도 합니다.

들판에는 곡식이 누렇게 익어가고 8월 하순이면 벌써 벼를 베기 시작하는데 참새들은 들판으로 내려갈 줄 모릅니다. 짐작컨대 농약 때문일 것으로 짐작됩니다. 올해는 여름 막바지에 비가 많이 내렸습니다. 비가 내린 후에는 병충해를 방지하기 위해 영락없이 농약을 살포해야 합니다. 농약은 해충 익충 곤충을 가리지 않고 죽이는 게 문제입니다.

먹성 좋은 멧돼지 때문에 비축해 놓은 새들 먹이 다섯 자루가 동이 났습니다. 먹이냄새를 맡으면 어떻게든 먹으려드는 멧돼지들을 피해 창문 바로 밑에 먹이를 쌓아놓고 잘 덮어두었는데 냄새에 민감한 '돼지코'는 피해갈 수 없었습니다.

돼지들은 포장을 벗기고 아예 자루를 끌고 가 야금야금 다섯 자루를 모두 먹어치웠습니다. 그 덕분에 고라니와 너구리들이 신이 났습니다. 지난해에 태어난 멧돼지는 거의 어른이 되었고 올에 태어난 새끼 돼지들이 귀여운 모습으로 나타났습니다. 고라니도 새끼를 데리고 다녀가고 특히 너구리는 다섯 마리의 새끼들이 저녁마다 몰려와 먹이를 먹고 갑니다.

밤에 야생동물들이 먹고 남긴 찌꺼기는 낮이 되면 새들 차지가 됩니다. 어치와 멧비둘기들도 참새만큼이나 먹이에 집요합니다. 한번에 20마리씩 몰려와 싹쓸이를 해갑니다. 군데군데 남겨진 먹이는 박새나 곤줄박이 차지가 됩니다.

그러나 뭐니 뭐니 해도 청소부는 개미군단입니다. 개미들은 개미굴에서 수십 미터나 떨어진 먹이터까지 행렬을 지어 먹이를 나릅니다. 개미들의 활동이 왕성한 것은 곧 큰 비가 내린다는 뜻입니다. 이렇게 내가 사는 골짜기의 숲은 여름을 마무리 하는 중입니다. 하늘이 점점 높아지고 있습니다. 무더위에 책 읽기 조차 힘들었는데 여름에 읽다가 덮어두었던 책을 다시 펼쳐야겠습니다. ✽

2012년 10월 30일

시뻘겋던 단풍이 몇 번의 가을비가 훑고 지나간 후 갈색으로 변하고 더러는 회색으로 변했습니다. 시시각각 변하는 풍경을 보면 괜히 마음이 바빠집니다. 겨울이 바짝 뒤를 따라오는 거 같아서입니다. 이런 걸 두고 가을을 탄다고 하는 건지 알 수 없지만 가을이라는 계절이 한 해를 마무리하는 때라서 그런 거 같습니다. 결국 나이를 먹는다는 것은 인생의 가을을 맞는다는 것과 동의어일지도 모릅니다.

올 가을에는 강을 찾는 횟수가 많았습니다. 게을러진 탓도 있었지만 계절이 계절인 만큼 강은 붐비지 않아 좋습니다. 가을에서 겨울로 넘어가는 시기에 강은 평화 자체입니다. 강물은 평화롭게 흐르고 물 위에 새들도 덩달아 평화롭습니다. 흐르는 물은 기러기보다 오리들이 더 좋아합니다. 오리들은 물이 삶의 터전입니다.

물오리들이 물 가운데에 떠있는 바위에서 쉬고 있습니다. 나는 물가 적당한 바위에 앉아 보온병에 준비해온 커피를 마시거나 차를 마십니다. 예고 없는 인간의 등장에 물놀이를 하던 오리들이 귀찮다는 듯 바위 위에서 내려와 헤엄을 치며 나와의 거리를 벌립니다. 그러다가 위협적인 존재가 아니라고 판단하곤 슬금슬금 다시 돌아와 깃털을 고릅니다.

바위 위에서 쉬고 있는 오리들은 대개 청둥오리와 흰뺨검둥오리입니다. 가끔은 민물가마우지도 두 날개를 활짝 벌린 우스꽝스러운 모습으로 깃을 말리는 장면을 볼 수 있습니다. 오리과에 속하는 원앙, 백로과에 속하는 백로와 왜가리도 바위 위에 앉아 쉽니다. 그러나 논병아리과에 속하는 논병아리나 오리과에 속하는 비오리는 거의 물 위에서 보내는 시간이 많습니다. (논병아리의 원래 이름은 농병아리라고 합니다.)

오리도 수면성오리와 잠수성오리로 나뉩니다. 수면성오리는 주로 물 위에서 식물의 뿌리, 줄기, 씨앗을 먹이로 삼지만 잠수성오리는 수서곤충이나 물고기가 주 먹이가 됩니다. 그래서 이들은 부리 모양도 다릅니다. 수면성오리는 부리가 넓적한 편이지만 잠수성오리는 부리가 날카롭고 뿔논병아리나 민물가마우지는 맹금류처럼 부리 끝이 날카롭게 구부러져있습니다. 사람들은 물에서 노는 새들은 뭉뚱그려 오리라고 부릅니다. 이러면 새를 보는 재미가 없습니다. 도감과 쌍안경을 준비하여 어떤 종류의 오리이며 텃새인지 서식지가 어딘지 알아보면 더 재미있을 것입니다.

벌써부터 오리들이 모래톱에 앉아 쉬고 있습니다. 날씨가 추워지면 먹이활동도 어려워집니다. 새들은 덜 먹고 덜 움직여 에너지를 아끼며 추운 겨울을 보내게 됩니다. 새들의 습성이나 생태를 모르면 새들에게 인간은 무뢰한이 됩니다. 그래서 새들이 모래톱이나 바위 위에서 쉴 때는 멀찌감치 떨어져서 조용히 쌍안경으로 관찰하거나 모른 척하고 지나가야 합니다. 새들을 자꾸 날게 하면 그 만큼 에너지가 소비되겠고 새들은 다시 먹이를 찾아야 하고 넉넉히 먹지 못한 새들은 이듬해 번식할 때 불리하기 때문입니다.

요즘은 방송이나 다양한 매스미디어를 통해 자연과 환경, 생태에 대해 유익한 정보를 다양하게 접할 수 있습니다. 더불어 각 지역에서 열심히 활동하고 있는 생태환경전문가들이 탐방과 교육을 통해 자연의 소중함을 알려주고 있습니다. 덕분에 자연과 야생에 대해 이해하는 사람이 많아졌습니다만 아직도 일부 몰지각한 사람들이 있는 것도 사실입니다.

강에 나가면 제일 먼저 눈에 거슬리는 게 쓰레기입니다. 강에 놀러왔다가 버리고 간 것들이지요. 그 중에서 낚시꾼들이 가장 심각합

니다. 헝클어져 버린 낚싯줄, 납으로 된 추, 미끼가 끼어진 채 버려진 낚
싯바늘, 음식물 쓰레기, 음료수병과 심지어는 깨진 술병까지 버려진 종
류도 다양하고 양도 엄청납니다. 함부로 버려진 낚싯줄은 새들에 발목
에 감겨 치명적일 수 있고 미끼가 달린 낚싯바늘은 물고기가 걸리게 되
고 이 물고기를 삼킨 새는 죽을 수밖에 없습니다. 깨진 음료수병은 사
람까지 위협하고 악취 진동하는 쓰레기는 강을 오염시킵니다.

흔히 선진국과 후진국을 국민소득으로 나누지만 이는 잘못된 계
산법입니다. 선진국과 후진국은 자연을 어떻게 이해하고 보호하고
보존하느냐로 나눕니다. 잘 사는 뒤안길이 쓰레기 범벅이라면 이 얼
마나 수치스러운 일이겠습니까. 그래서 강에 나가보면 그 나라가 선
진국인지 후진국인지 금방 알 수 있습니다. 그렇다고 온 나라의 강을
한꺼번에 온통 들쑤셔 놔 곳곳에서 부작용을 일으키는 걸 굳이 선진
국이라고 할 수는 없습니다. 강은 부득이한 곳을 최소한만 개입하고
자연에 맡겨야 옳습니다. ✽

2012 11월

서해안 개펄에는 낯익은 손님들도 북적입니다. 북쪽에서 남쪽으
로 이동하는 도요새를 비롯한 많은 종류의 철새들입니다. 서해 개펄
은 추운 겨울을 따뜻한 남쪽에서 지내기 위해 수십만 마리의 새들이
영양을 보충하고 쉬어가는 휴게소 같은 곳입니다. 개펄에는 먹을 게
풍부하고 쉬어가기에도 안성맞춤이라는 걸 새들은 수만 년 전부터
알고 있었을 것입니다. 그런 개펄이 차츰 메워지거나 오염되는 등 사
람들의 간섭이 심합니다. 산업화가 이루어진 게 기껏해야 반백년도
안 되는데 바다는 너무 많이 더럽혀지고 있습니다. 수천수만 년 전부

터 터전으로 삼던 새들에게 여간 미안한 일이 아닙니다.

　어떤 곳에서 연구조사를 한 내용인데요, 어린이들에게 5만 원씩 나눠주고 쓰게 했답니다. 결과는 물건이나 장난감을 구매한 아이들보다 여행을 한 아이들의 만족도가 높게 나왔고 여운도 길었다고 합니다. 사람이 여행에서 견문과 안목을 넓히는 것처럼 새들도 여행을 통해 더 강해지고 다양한 경험을 얻고 친구도 사귈 것입니다.

　새들은 어떨까요. 여행을 많이 하는 철새가 행복할까요, 아니면 한 곳에 안전히 안주하는 철새가 행복할까요. 뭐 일장일단이 있을 것입니다. 여행은 사실 위험을 감수해야 하는 단점이 있지만 자신을 성숙시킬 수 있다는 장점이 있습니다. 특히 새들에게 장거리 여행은 목숨을 건 모험이나 다름이 없습니다.

　도처에 사냥꾼이나 맹금류 등의 포식자가 호시탐탐 노리고 있으니까요. 거기다가 비축했던 에너지가 고갈되면 더 이상 산목숨이 아닙니다. 학자들은 새들이 오가느라 목숨을 잃는 경우가 반은 될 거라고 합니다. 그렇지 않다면 지구는 새들로 넘쳐났을 것입니다. 자유롭게 살던 새가 새장에 갇히면 스트레스를 받고 더러는 죽는 것처럼 사람도 마찬가지입니다. 자유로워야 스트레스도 덜 받고 질병에도 강해집니다. 오죽하면 현대인에게 가장 큰 질병의 원인이 스트레스라고 했을까요.

　나도 가끔 순례를 핑계로 길떠나기를 합니다. 수행자 집단은 자유로울 거 같지만 꼭 그렇지는 않습니다. 오가는 손님, 신도 맞아야지, 얘기 들어줘야지, 주기적으로 기도회다 뭐다 늘 긴장 속에서 산다고 해도 과언이 아닙니다. 어제는 철원 역사문화연구소 회원들과 철원 〈느치골〉 답사에 나섰습니다. 1,100년 전에 철원에 〈태봉국〉을 세운 궁예왕이 왕건에게 패주하면서 흐느꼈다고 하여 〈느치골〉이라는 이름이 붙여졌다고 합니다.

350년 전, 성리학의 대가 삼연 김창흡 선생께서 이곳을 답사하면서 꼼꼼하게 기록한 자료를 토대로 계곡을 따라 올라갔습니다. (군 사격장을 통과해야하기 때문에 평일에는 출입이 불가능한 곳입니다.) 다른 사람들에게는 나름대로 감회가 있었겠지만 나한테는 〈소운폭포〉 위에 있었다는 〈석천사〉가 가장 가고 싶었던 곳이었습니다. 석천사는 오직 삼연 선생의 유람 기록에만 적혀있는 전설의 절집입니다. 기록에 의지하여 숲 속을 뒤진 끝에 드디어 옛날 절집이 있던 자리를 찾았습니다. 여기저기 널린 기와조각, 옹기파편, 그리고 절 이름을 석천사로 이름 지었을 만큼 바위틈에서 흐르는 맑은 샘, 우리는 마치 숨겨진 보물을 찾은 것처럼 기뻤습니다.

석천사 바로 앞으로는 10여 미터는 넘는 소운폭포가 흐르고 작은 담潭이 계곡을 따라 무려 10개나 산재해 있었습니다.

한 곳에 앉아 쉴내 나는 땀을 식히는데 낙엽들이 흐르는 물에 몸을 맡기고 떠다니고 있었습니다. 옛사람이 이르기를 사람 사는 게 일엽편주(一葉片舟) 라더니 정말 그렇구나 싶었습니다. 기와조각만 굴러다니는 절터에서 간신히 참았던 까닭 모를 슬픔이 한꺼번에 밀려와 남모르게 눈물을 흘렸습니다.

350년 전에 이곳에 살던 스님은 어떤 분이었을까, 이 산골짜기에는 무슨 인연으로 와서 살게 되었을까, 그야말로 호랑이 담배 먹던 시절에 이 깊은 산골짜기에 절을 세웠다면 그 도력은 또 얼마나 대단했을까, 이 아름드리 오동나무는 언제 누가 심었을까.

기와조각이 많이 발견되는 곳이 법당이었을 것이고 사기그릇 파편이 발견되는 곳은 아마도 공양간이었을 것이며, 대체 이 산골짜기까지 공양미를 이고 지고 온 사람들이 있었을 테고 스님들의 삶은 또 얼마나 팍팍했을 것이며 무엇을 깨달았을까 등등, 나는 타임머신을 타고 350년, 500년, 아니면 더 먼 옛날로 돌아갔습니다. 어떤 이는 내가 350년 전 석천사에 살았던 스님일 거라고 합니다. 정말 그럴지도 모릅니다.

350년 전 잠시 철원에 와 살던 삼연 선생은 바로 이런 걸 말하고 싶어서 우리를 여기까지 험한 길을 안내한 것인지도 모릅니다. 문득 전기도 전화도 없는 섬 같은 이곳에서 살면 어떨까, 그리하여 350년 전 삼연 선생이 보았던 그런 감회를, 이곳을 찾는 사람들에게 보여주고 들려주었으면 참 좋겠다는 생각을 했습니다.

350년 후에는 또 어떤 수행자가 나와 똑 같은 얘기를 할지도 모를 일입니다. 하산하여 일행들과 저녁공양을 하면서 나는 오늘부로 '석천사 주지'라고 선언했더니 축하한다며 다 같이 위하여를 외쳐주었습니다.

배낭을 챙겨 어디든 떠나 영혼을 살찌울 일입니다. 전국에 널려 있는 노거수를 찾아 여행을 떠나도 좋고 나처럼 새를 찾아서 떠나는 여행도 좋을 것입니다. 나는 늘 그런 것처럼 새를 보러 떠납니다. 여러분께서도 쌍안경 하나 챙겨 겨울새를 찾아 떠나보시지요. 철원평야는 물론이고 천수만, 순천만, 우포늪, 주남저수지, 을숙도에서 수많은 새들이 여러분을 기다리고 있을 것입니다. ❀

2012년 11월 21일
미니습지를 만들었습니다. 물을 졸졸 흘려보내자 얼마 후 풀들이 돋아났습니다. 곤충들도 모여들기 시작했습니다. 진흙을 물어다가 집을 짓는 야생벌들이 부지런히 오갔습니다. 잠자리도 알을 낳으려는 듯 수면을 스쳐 나르고 물잠자리까지 등장했습니다. 산개구리도 모습을 드러냈고 무당개구리는 단골이 되었습니다. 뿐만 아닙니다. 새들이 목욕탕으로 이용하기 시작한 겁니다. 시나브로 미니습지는 숲에 사는 생명체에게 귀중한 옹달샘이 되었습니다.

가을이 지나고 날씨가 차가워지면 곤충들이 따뜻한 실내로 들어옵니다. 특히 딱정벌레류가 많이 들어오는데 방바닥을 기어 다니는 녀석에게 물 한 방울을 떨어트려주면 기다렸다는 듯 물을 마십니다.

이렇게 모든 생명체는 물을 의지해 살아갑니다. 그런데 물에서 사는 물고기는 어떨까요, 물이 많으니 물 걱정 하지 않고 살아갈 수가 있을까요? 공교롭게도 물고기야말로 물 걱정을 가장 많이 하는 생명체입니다. 물이 더럽혀지고 오염되면 물고기는 물 밖으로 나갈 수도 없고 그야말로 죽을 수밖에 없습니다. 인간 때문입니다.

공장폐수를 교묘하게 위장된 지하폐수구를 통해 은밀히 방류하다가 적발되는 사례가 비일비재합니다. 다행히 최근 곳곳에 하수종말처리장이 건설되었지만 축산폐수, 공장폐수, 생활하수 등 오염원을 막기에는 역부족입니다.

걷거나 자전거를 타고 한강과 낙동강을 순례한 적이 있습니다. 정부의 4대강 정비계획을 발표한 직후였습니다. 한눈에 보아도 강이 곳곳에서 더럽혀지고 있습니다. 각종 폐기물은 함부로 강변에 쌓여 있고 불을 질러 태운 흔적이 널려있습니다. 축산분뇨를 강변에 쌓아놓아 흑색 침전물이 끊임없이 강으로 흘러들어갔습니다. 강변을 무단 점거하여 농사를 짓거나 설치한 시설물이 쓰레기처럼 방치되고 있었습니다. 사정이 이러니 4대강 정비계획의 빌미를 제공했다고 해도 과언이 아닐 것입니다.

한탄강 상류는 여울이 많이 남아있어 계절마다 새로운 모습으로 우리를 반깁니다. 여울은 물속에 산소를 공급합니다. 물에 녹은 산소는 강물을 정화시킵니다. 여름장마가 지나가면 불어난 강물은 자갈이나 모래를 이동시켜 새로운 지형을 만들고 또 그곳에는 갈대나 물억새 같은 식물들이 자라며 옷을 갈아입습니다.

물은 생명입니다. ❋

2013년 1월
숲은 잠들지 않습니다.

누구에게나 가족처럼 함께 사는 식물이 있을 것입니다. 영화 〈레옹〉에서 레옹(장르노)이 품에 안고 다니던 화분이 참 인상적이었습니다. 어린 소녀 마틸다(나탈리 포트만)가 창가에 놓인 화분을 애틋하게 바라보는 눈빛을 아직도 나는 기억하고 있습니다.

문만 열면 보이는 게 식물이고 그들은 각자 저 알아서 잘도 살아갑니다. 물을 주거나 거름을 주지 않아도 성장하고 꽃을 피우고 열매를 맺으니 숲에 살면 식물이 특별할 것도 없습니다. 그러나 식물과 집안에서 동거하기 위해서는 끝없는 관심과 수고가 필요합니다. 아차 방심하면 식물은 시들시들 앓기 시작합니다. 장기간 외출하는 것도 곤란합니다. 그래서 나는 식물을 많이 키우는 사람은 늘 대단하다고 생각합니다.

겨울에 식물을 들여놓기 시작한 것은 연탄보일러를 놓고부터입니다. 전기장판 하나로 살 때는 겨울에 식물을 들여놓는다는 것은 절대로 불가능한 일이었습니다. 삭막한 겨울, 싱그러운 녹색 식물이 집 안에 있다는 것만으로도 한층 생기가 돕니다.

식물은 영양상태가 좋으면 잎이 반질반질하고 허브식물은 향도 진합니다. 특히 신경초는 수분이 부족하면 금방 축 늘어져 물을 달라고 애원하는 거 같아 애처롭기까지 합니다. 살짝만 건드려도 잎을 오므리고 잎자루를 축 늘어뜨릴 때면 마치 내 팔에 통증이 오는 느낌입니다. 그러다가 마시고 난 녹차를 우려내 주면 거짓말처럼 생기가 돕니다. 식물의 영혼이 차를 좋아하던 선비였나 싶게 말입니다. 신경초는 밤이 되면 잎을 남김없이 오므리고 잠을 잡니다.

이와 달리 가장 과묵한 건 석창포입니다. 차디찬 얼음 속에서도 푸른빛을 잃지 않아 올곧은 선비를 상징하는 석창포는 도대체 달다 쓰다 말이 없습니다. 말이 너무 없다보니 건드리면 쓰러지는 신경초보다 더 안쓰럽습니다.

활짝 손을 벌리던 부처손은 요즘 아기 손처럼 손가락을 모두 오므리고 지냅니다. 바위에 붙어사는 녀석이라 어지간한 가뭄에도 잘 견디는데 아마도 겨울을 타는 모양입니다. 웬일일까 싶다가도 편히 쉴 필요도 있겠다는 생각에 관망만하고 있는 중입니다.

나를 놀라게 한 건 바위떡풀입니다. 꽃이 지고 잎까지 말라버리더니 요 며칠 새 잎을 내밀었습니다. 오늘 아침에는 아주 작은 잎이 하나 더 돋아나고 있었습니다. 연탄 때는 방의 따뜻한 기온이 녀석의 겨울잠을 깨게 한 건 아닐까 괜히 미안했습니다. 눈이 하얗게 내리고서야 녀석은 아직 봄이 오려면 멀었다는 걸 알 것입니다.

나무가 꿈을 꿀 리가 있겠느냐고 할지 모르지만 사람에게 꿈이 없으면 희망이 없는 것처럼 나무에게 꿈이 없으면 어떻게 꽃을 피우고 열매를 맺을 수 있을까요. 나무는 겨울잠을 자는 동안 다사다난했던 지난 봄 여름 가을을 추억할 것입니다. 봄에는 마치 이팔청춘 봄처녀처럼 설레는 마음으로 새순을 밀어내고 꽃을 피우며 벌과 나비와 새들을 기다립니다. 그리고 벌과 나비와 새들에게 긴긴 겨울을 어떻게 지냈는지 일일이 안부를 물을 것입니다. 나무는 여름과 가을과 겨울이 어떤 모양으로 어떻게 다가오는지, 태풍이 몰아치고 추위가 닥쳐오면 어떻게 살아가야 하는지를 친절히 이야기해 줄 것입니다.

나무는 무성한 잎과 무성한 가지를 새들의 보금자리로 내줍니다. 새들은 이 곳 저 곳을 날아다니며 숲 안팎의 소문과 세상 소식을 빠짐없이 전합니다. 때론 내 귀에도 나무와 새가 대화를 나누는 소리가 들려옵니다. 사람들은 그 소리를 바람소리라고 일축하지만 바람이 나무와 새의 대화를 전해준다는 사실은 미처 알지 못합니다.

새끼를 돌보는 어미새들이 기쁜 것처럼 나무의 기쁨도 이만저만이 아닙니다. 딱따구리같은 녀석들이 가슴에 구멍을 뚫고 둥지를 틀어도 아픔보다는 기쁨이 더 크기에 인내하는 것입니다. 나무는 새끼들을 마치 제 자식이라도 되는 양, 새끼들이 혹시라도 떨어져 다치면 어쩌나 하고 전전긍긍 안절부절 할 것입니다. 그러다가 어미가 물어온 먹이를 먹고 무럭무럭 자란 새끼들이 날갯짓을 시작하면 가슴이 두근거립니다. 드디어 새끼들이 어미를 따라 힘차게 날아오르고 나무는 어미새보다 더 기뻐, 자신이 대지에 뿌리를 박고 사는 나무라는 걸 까맣게 잊어버리고 깡충깡충 뛰고 싶을 지경일 것입니다.

새들이 모두 둥지를 떠났다고 해서 나무가 당장 외로워지는 건 아닙니다. 한창 비행연습에 재미를 붙인 새끼들이 수시로 드나들며 쉬기도 하고 천적을 피해 숨어들기 때문에 나무는 심심할 겨를이 없습니다. 새끼들이 조잘조잘 얘기를 들려줄 때 나무는 손자 재롱을 보는 할아버지처럼 지그시 눈을 감고 흐뭇해할 것입니다. 행복한 나무입니다.

태풍이 불면 나무는 이때다 싶어 낡은 가지를 뚝뚝 꺾어 버립니다. 그래야 새 살이 돋고 더 튼실한 가지가 나오기 때문입니다. 사람도 그렇습니다. 안 좋았던 기억, 불쾌한 기억, 서운했던 일, 슬픈 추억 같은 것들은 한겨울 나무가 가지를 솎아내는 것처럼 툭툭 털어버릴 필요가 있겠지요?

한편으로는 나무에게도 시련이 없는 건 아닙니다. 가끔은 예기치 않게 강한 태풍이 부는 바람에 아끼는 가지가 부러져나간 적도 있습니다. 뿌리 채 뽑혀 쓰러지는 슬픔을 겪기도 합니다. 그렇다고 나무는 희망을 버리지 않습니다. 쓰러진 나무에서도 뿌리와 새싹이 돋으니까요.

가을은 열매가 익는 계절입니다. 그러나 농부들이 들판에서 곡식을 거둘 때처럼 나무는 수확을 하지는 않습니다. 수확을 하지 않으니 곳간도 필요가 없습니다. 그 대신 열매의 대부분은 숲에 사는 새와 동물들에게 공평하게 나눠줍니다. 나무는 자신보다는 야생동물을 위해 열매를 맺는다고 해도 틀리지 않습니다.

새와 야생동물은 나무의 고마움에 보답하기 위해 열매를 땅속 깊이 묻어둡니다. 실내에서 살던 섬진강 조릿대를 양지바른 곳에 심기 위해 땅을 팠는데 파는 곳마다 알밤이 쏟아져 나왔습니다. 다람쥐들이 감췄나봅니다. 마치 농부가 땅을 호미로 파고 알밤을 한 주먹씩 심은 것 같은 형태입니다. 이런 걸 보면 다람쥐가 알밤을 감췄다기보다는 심었다는 게 더 맞지 싶습니다. 나무와 야생동물들의 이런 상관관계를 보면 나는 그들이 절대로 서로 다른 별개의 생명체가 아니라는 생각을 지울 수 없습니다.

나무들이 봄 여름 가을 내내 농사지은 알곡을 다른 생명체를 위해 내주는 것만큼 숭고한 일이 또 있을까요. 자기희생이 없으면 불가능한 일입니다. 남김없이 내어주고도 거뜬히 살아갈 수 있는 생명체는 나무밖에 없을 것입니다. 그런 의미에서 나무는 존경받을 만한 위대한 존재가 틀림없습니다. 열매를 모두 내어준 나무는 서리를 맞고 찬바람이 불면서 잎사귀마저 모두 버리고 겨울을 준비합니다. 나무에게 겨울은 무척 긴 시간입니다. 사람에게 휴식이 없다면 지쳐 쓰러지고 마는 것처럼 나무에게도 긴 겨울이 없다면 몸살을 앓을 것입니다. 잎을 만들고 꽃을 피우고 열매를 맺는 수고를 긴 겨울이 되어서야 모두 내려놓고 쉬는 것입니다.

겨울잠을 자는 내내 나무는 지난 봄 여름 가을 내내 잘잘못을 스스로 반성하고 마음을 새롭게 다질 것입니다. 나무를 의지처로 삼은 무수한 생명체들에게 혹시라도 홀대한 적은 없었는지, 그들에게 눈곱만큼이라도 인색한 적은 없었는지 고맙고 미안했던 일들을 하나하나 곱씹으며 긴 겨울을 보낼 것입니다. 나무가 꾸는 꿈은 자고 나면 잊어버리는 허망한 꿈이 아닙니다. 나무는 가을이 지나면서 일찌감치 겨울눈을 만듭니다. 그러므로 나무에게 겨울은 잠드는 계절이 아니라 새해를 계획하는 준비의 계절입니다. 꽃은 언제 어떻게 얼마나 피울 것인지, 새순은 어느 가지에 얼마나 돋게 할 것인지, 새들 둥지는 어디에 틀게 할 것인지, 애벌레에게 먹일 새순은 얼마나 만들 것인지, 가지는 더 만들 것인지 말 것인지 치밀하게 계획하고 계산합니다.

나무들은 더 많은 열매를 맺고 더 많은 새들을 배불리 먹일 꿈을 꿀 것입니다.

새봄입니다. 여러분께서도 행복한 꿈 꾸십시오. 합장. ✳

인 지
생 략

연탄 한 장으로 나는 행복하네

도연 스님 지음

초판 1쇄 인쇄일 2014년 4월 30일
초판 1쇄 발행일 2014년 5월 6일

펴낸이 | 이 춘 호
펴낸곳 | **당그래출판사**
등록일 | 1989년 7월 7일(제301-2005-219호)
주 소 | 100-250 서울시 중구 예장동 1-72
전 화 | (02) 2272-6603
팩 스 | (02) 2272-6604
homepage | www.dangre.co.kr
e-mail | dangre@dangre.co.kr